やり込んだ乙女ゲームの悪役モブですが、断罪は嫌なので真っ当に生きます
4
MIZUNA present
illustration by Ruki
著 MIZUNA
ill. Ruki
JN067672
TOブックス

Contents

illustration ◆ Ruki　design ◆ アオキテツヤ(musicagographics)

CHARACTERS

＜登場人物紹介＞

バルディア

ライナー

立場上色々と厳しい事を言うが、
主人公の一番の理解者であり、
彼を導く良き父親。
ただし、気苦労は絶えない。
リッドを含め、家族をとても
大切にしている。

メルディ

主人公の妹でリッドとナナリーからは
愛称で『メル』と呼ばれている。
とても可愛らしく、寂しがり屋。
誰に似たのか、
活発、お転婆、悪戯好きな女の子。

リッド

本作の主人公。
ある日、前世の記憶を取り戻して自身が
断罪される運命と知り絶望する。
だが、生まれ持った才能と
前世の記憶を活かして、
自身と家族を断罪から守るために奮闘する。
たまに空回りをして、
周りを振り回すことも……。

クリス

バルディア領で『クリスティ商会』代表を
務めるエルフの女性。
感情豊かに走り回るキャリアウーマン。
リッドとの邂逅から、
バルディア家お抱えの商会となった。

ダナエ

バルディア家のメイド。
実力や人柄などを考慮され、
リッドとメルディの身の回りを
世話するメイドに認定された。
実は出来る子。

ナナリー

ライナーの妻であり、主人公の母親。
不治の病である『魔力枯渇症』を患っており、
リッドとライナーの活躍により
一命を取り留め、現在闘病生活中。
本来はお転婆、活発、
悪戯好きな女性らしい。

ディアナ

バルディア騎士団の一般騎士。
実力は高く、剣術以外にも、
暗器、格闘術など様々な武術に長けており
ライナーからの評価も高い。
最近、幼馴染のルーベンスと
恋仲になった。

ルーベンス

バルディア騎士団の一般騎士。
高い剣術の持ち主だが、恋愛には奥手。
しかし、リッドの後押しで
幼馴染と付き合うことに成功する。

サンドラ

リッドの魔法教師。
少し狂気的な所があるが、
様々な学問に精通している。
リッドと協力して、
『魔力回復薬』の開発に成功。
ナナリーの危機を救う活躍を見せる。

レナルーテ

ファラ・レナルーテ

レナルーテ王国の第一王女。
生まれた時か
ら政略結婚する事が決まっていた為、
毎日過酷なスケジュールで
様々なことを学んでいる。

エリアス・レナルーテ

ダークエルフが治める
レナルーテ王国の王であり、
ファラとレイシスの父親。
帝国との政治的な関係により
苦労が絶えない。

アスナ・ランマーク

ファラの専属護衛。
二刀流の実力は折り紙付き。

レイシス・レナルーテ

レナルーテ王国の第一王子。
思い込みが激しい部分があり、
惚れっぽいらしい。

シャドウクーガー

レナルーテの魔の森に住む魔物。
昨今レナルーテでは、
シャドウクーガーとスライムの
珍しい番を見ることがあるとのこと。

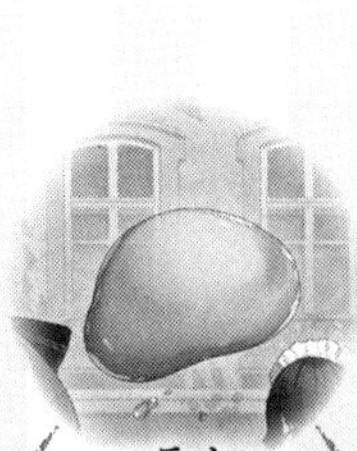

スライム

レナルーテの魔の森に住む最弱の魔物。
昨今レナルーテでは、シャドウクーガーと
いつも一緒にいるスライムの存在を
見かけることがあるらしい。

レナルーテ王国（ダークエルフ）

国王 エリアス・レナルーテ
王妃 リーゼル・レナルーテ
側室 エルティア・リバートン
第一王子（第一子） レイシス・レナルーテ
第一王女（第二子） ファラ・レナルーテ

レナルーテ王国華族

公爵 ザック・リバートン
侯爵 ノリス・タムースカ
男爵 マレイン・コンドロイ
他多数

レナルーテ王国暗部

頭 ザック・リバートン
影 カペラ・ディドール
他多数

同盟（密約：属国）

結婚 ファラ・レナルーテ

商流構築

未開の地

魔の森

シャドウクーガー
スライム
他多数

帝国貴族

マグノリア帝国（人族：帝国人）

皇帝 アーウィン・マグノリア
皇后 マチルダ・マグノリア
第一皇子（第一子） デイビッド・マグノリア
第二皇子（第二子） キール・マグノリア
第一皇女（第三子） アディーナ・マグノリア

マグノリア帝国貴族（人族：帝国人）

伯爵 ローラン・ガリアーノ
他多数

政略

リッド・バルディア

バルディア辺境伯家（人族：帝国人）

当主 ライナー・バルディア
妻 ナナリー・バルディア
長男（第一子） リッド・バルディア
長女（第二子） メルディ・バルディア

バルディア騎士団

騎士団長 ダイナス
副団長 クロス
一般騎士 ルーベンス
一般騎士 ディアナ
一般騎士 ネルス
他多数

バルディア辺境伯家関係者

執事 ガルン・サナトス
魔法教師 サンドラ・アーネスト
メイド ダナエ

協力関係

サフロン商会

代表（男爵） マルティン・サフロン（エルフ） 他多数

クリスティ商会

代表 クリスティ・サフロン（エルフ）
護衛兼使用人 エマ（猫人族）

鳥人族
馬人族
狐人族
バルスト
（人族）
バルディア
レナルーテ
（ダークエルフ）
魔の森

猿人族
兎人族
狼人族
王都
ズベーラ
(獣人族)
猫人族
鼠人族
熊人族
教国トーガ
(人族)
帝都
マグノリア帝国
(人族)
アストリア
(エルフ)
森林地帯
ガルドランド
(ドワーフ)

プロローグ

マグノリア帝国の隣国であり、バルディア領と国境が隣接するレナルーテ王国。その国の第一王女である『ファラ・レナルーテ』。彼女と僕の婚姻に伴う顔合わせが無事に終わり、バルディア領の屋敷に帰ってきた数日後の夜のこと。

お風呂から自室に戻ると寝間着に着替え、「うー……ん」と体を伸ばす。そして、ベッドに仰向けで寝転ぶと、天井をぼんやり見つめる。

「……レナルーテの温泉がもう恋しいなぁ」

残念ながらバルディア領に温泉はない。だから、思い出に浸る事しかできない悲しい現実に直面していた……温泉だけにね。ちなみに、屋敷で入浴できるお風呂は、お湯を沸かして浴槽に溜めて浸かるものだ。

良い所としては、ガルンやディアナにお願いして浴槽を移動させれば、自室など好きな場所で入浴できるという点がある。お願いしたことないけどね。でも、闘病生活で部屋から出られない母上は良く使っているみたいだ。

だけどそもそもの話、この世界においてお風呂は高級だから、好きに入れるだけでも有難いんだけどね。平民や騎士の皆は、沸かしたお湯で濡らした布を使って体を洗うのが基本だ。たまにその方法で済ますことがあるけど、日や時期によっては当然だけど寒い。

やはり、湯を張ったお風呂に浸かるのが一番気持ち良いと断言できる。しかし、そうは言っても屋敷の浴槽風呂と温泉を比べたら、どうしても広々とした温泉が良いと思ってしまうのが人情だろう。

「レナルーテの温泉は、開放感に溢れる露天風呂だったよなぁ。それに、料理も懐かしい感じで美味しかった……」目を瞑ると、レナルーテの迎賓館で出された数々の食事が瞼の裏に蘇ってくる。

レナルーテ王国は、なんと文化が『和』に近いのだ。つまり、『日本』と似た文化の国であり、食文化も前世日本人としては嬉しい『米』を中心としたものだった。

白いご飯、お漬物、味噌汁、焼き魚、温泉卵、納豆、豆腐、煮物と、どれもこれも美味しかったなぁ。思わず口の中で涎が湧きでてくる。

迎賓館では、当初は帝国風の料理が出されたんだけど「後学の為、皆さんが普段食べている食事を是非この機会に頂きたいです」と、迎賓館の責任者である『ザック・リバートン』にお願いした。

その結果、まさに『和食』が用意されたのだ。その光景に目を輝かせながら食事を頂いた。その時、父上とザックは目を白黒させていた気がする。そういえば、『お箸』をしれっと使いこなしていたことも皆が驚いていたっけかな。

「あ、そうだった。バルディア領の名物料理の候補を考えないといけないのに……すっかり忘れてた」

ベッドから起き上がると、頭の中でメモリーを呼び出す。そして、そのまま机の椅子に座るとメモ用紙に着想を書き記していくのであった。

料理から見えた世界の繋がりと今後の展望

「アーリィ料理長、このレシピと考えはどうかな。将来的にバルディア領の名物料理とかにしたいんだけど……」

「バルディア領の名物料理をお考えなのですか。リッド様は型破りな事をお考えになられますねぇ。しかも、意見を求めていただけるなんて大変光栄です」

「あはは、気にしなくて大丈夫だよ」畏まる彼にレシピを手渡した。

ちなみに、今いるのは屋敷の調理場だ。何故ここにいるのかというと、レナルーテと帝国の食材に加えメモリーとの連携を行えば、『料理』でも様々な事業展開ができると考えたからだ。

わかりやすく言えば、この世界で広まっていない『食文化』をバルディア領から発信すれば、莫大な利益を生む可能性があることに気付いたのである。

そして、すぐに料理のレシピを何個かまとめ、相談に乗ってくれそうな人をガルンに尋ねた。すると、バルディア家の料理長である『アーリィ・サザンナッツ』が良いだろうと紹介してくれた。善は急げということになり、現在に至るというわけだ。

しかし、レシピを見つめる彼の顔色は険しい。アーリィには料理に関する補足説明も行っているんだけど……気になって恐る恐る問い掛けた。

「何か問題があったかな。気になることがあれば言ってほしいんだけど、どうだろう」

「そうですね……では、率直に言わせていただきます。このレシピの料理はすべて、名物料理にするのは難しいと存じます」

「へ……？」予想外の言葉に茫然としてしまった。全部とはいかなくても、さすがに一つや二つはできると考えていたのに。まさか、全部ダメと言われるとは。

「リッド様、このレシピの料理がダメというわけではありません。ただ、バルディア領の名物料理としては現状だと難しいという意味で申し上げております」彼は申し訳なさそうに眉を八の字にしている。話が見えずに困惑しながら「ええっと、どういうことだろう」と思わず聞き返した。

それからアーリィは『難しい』と言った理由を説明をしてくれたけど、内容を聞いて衝撃を受けた。何故なら、その理由が『火』……もっと正確に言えば『燃料問題』だからだ。この世界における『火』を熾す燃料は主に『薪』と『木炭』が使われている。木炭は貴族が使う事が多く、平民の一般家庭ではあまり使われない。木炭を作るには、技術と手間に加えて輸送費がかかるので価格が当然高くなる。

その為、お金を持っている貴族が薪に加えて木炭を使用することが多いそうだ。平民は薪となる枝を森や山で集める、木こりや商人から薪を買うなどが主らしい。

「リッド様、この『ラーメン』という料理ですが、非常に面白いです。ですが、スープを作るのに長時間煮込むということはそれだけ『燃料』を消費するということでしょう」アーリィの言葉に、唖然とする。火を使うのに『燃料』が必要なのは当たり前だが、その『燃料』をこの世界では、何を主に使っているのかを考えたことはなかった。

「スープを温かい状態で保つということは、火を使い続けることになります。さらにスープとは別に、『麺』ですか。これを茹でる為にも別途に火を使い続けるとなっては、薪や木炭がいくらあっても足りません。リッド様や皆様に出すのであれば、月に一回ぐらいは出せるでしょう。ですが、平民も食べるような名物料理には、燃料の原価が高すぎて難しいと存じます」彼も『ラーメン』に興味があったのか、心なしか残念そうだ。

「そっか、燃やす為の『燃料』が問題になるとは思わなかったよ……」少し肩を落とすが、ふと新たな疑問が浮かんだ。

「そういえば僕達、バルディア領の燃料はどうしているのかな」

「ええっと、確か……バルディア領では、薪や木炭は木こりや商人。他にも数年前から、レナルーテでも仕入れているはずですよ」

アーリィはそう言うと、何かを思い出したようにハッとして手を『パン』と叩いた。「あ、そうそう。それから、リッド様が生まれる前の話ですが、帝国全土で薪や木炭の価格が少し上がったことがあるんですがね。しかし、レナルーテから仕入れる薪や木炭だけは、どういうわけか逆に少し安くなったと記憶しております」

「え……レナルーテからも薪や木炭を数年前から仕入れしているの!?」

不穏な何かを感じ取り、アーリィに食い気味に再度質問する。

「は、はい。レナルーテは森林や山が多いですからね。あの国は、薪や木炭などの燃料には困りにくいと思いますよ」

「そうなんだ。ちなみに、帝都だと薪とかってどうしているのかな」

今の会話の中で、ある仮説が僕の中に生まれていた。彼は考えてから、やがて「うーん」と唸る。

「確か帝都の燃料事情は商人から購入したり、国外から輸入。後は、国内に点在する貴族の領地から仕入れていたと思いますよ。帝都は、発展に合わせて人も増えていますからね。あ、そういえば帝都の友人が薪の価格が上がったと、手紙で嘆いていましたね」

「そっか。お友達も大変だね」

この時、帝国が塩の輸出を止めると脅してまでレナルーテを属国にした理由、それが、燃料と資源問題のような気がしてならなかった。人の発展に合わせて、森林資源を使うのは当然だろう。しかし、発展を続ける帝国内の森林資源は果たしていつまで持つのか。

その問題点に帝国が気付いていたのだとしたら、国力増加を続けるために森林資源が豊富なレナルーテは、絶対バルストに渡したくなかったはずだ。考えに耽っていると、アーリィが申し訳なさそうな声を出した。

「リッド様、申し訳ありません。そろそろ料理の仕込みを始めたいのですが、よろしいでしょうか」

「あ⁉ そっか、ごめんね。今日はありがとう。晩御飯、楽しみにしているね」そう言うと、アーリィはとても嬉しそうに微笑んでいる。

それにしても、バルディア領の名物料理を作るつもりが、思いもよらない問題に直面してしまった。気持ちを切り替えて自室に戻ると、何か良い方法がないか考え込むのであった。

◇

数日後、屋敷の自室で、頭の中でメモリーを呼び出していた。ちなみに彼は、『僕の記憶の化身』らしい。だけど、そう言うだけの力を持っている。なんと、お願いすれば前世の記憶を『魂の彼方』から見つけてきてくれるのだ。勿論、彼を使わずに思い出せる記憶もあるけど、人間は必ず忘れてしまう生き物だし、前世の記憶を自力で思い出すのにも限界がある。

その点、メモリーは凄い。彼が探せる記憶の条件は前世において、『意識的に見て記憶したもの』である。何かの作業中などに聞き流していた情報は無理だけど、意識をはっきり向けたものの……つまり、読んだ本の内容やネットで見た内容などは事細かに探すことが可能なのだ。

記憶の内容によっては多少時間がかかるけれど、大助かりしている。まさに知識の源泉であり、前世で言うところの『ネット』に近いかもしれない。

さて、そんなメモリーを呼び出して、会話しながらメモ用紙に色んな発想や着想を殴り書きしていた。

ちなみに、メモリーとの会話を時折つい口に出してしまうから、傍から見ると独り言を呟き続けている、ちょっと怪しい子供に見えるかもしれない。

「……と、まぁ、君から依頼された前世の記憶にある情報はこんな感じ。後は、言われた通り僕が気になった情報とかも今伝えた通りだね」

「ありがとう、メモリー。あとは、頑張ってまとめてみるよ」

「はーい。じゃあ、リッド。また何かあればいつでも呼んでね」

「うん。いつも本当にありがとうね」

「いいよ、気にしなくて」と少し照れた感じの声が返ってきた。しかし、それから間もなく、「あ、そうだ。言い忘れてた」とメモリーの声が真面目になる。

「リッド。ファラとのことおめでとう。それから母上のことも、特効薬に繋がる『ルーテ草』を見つけてくれてありがとう。僕も力になるし、これからも大変だと思うけど、皆のことよろしくね」

「わかった、ありがとう。だけど、僕もメモリーのこと頼りにしているんだからね。一緒に頑張っていこう」

「ふふ、そうだね。じゃあ、またね」メモリーの気恥ずかしさを感じさせる声が頭の中に響くと、彼の気配が消えた。

椅子に腰かけたまま両腕を上に伸ばして「うー……ん」と背伸びすると「ふぅ」と息を吐いた。そして、発想と着想を殴り書きしたメモ用紙を手に取り目を落とす。

「さぁ、メモリーとした話をまとめて父上に提出する『事業計画書』を作らないとね」

そう、先程まで彼としていた会話はすべてバルディア領を今後どうしていくべきか？　という内容だったのである。メモの殴り書きの内容を見直しながら、別のメモ用紙にするべきことを書き出した。

一つ目、バルディア領の燃料問題の解決と燃料輸出。

二つ目、養鶏と名物料理で資金確保。

三つ目、新屋敷建造。

四つ目、バルディア領発展に向けた人材確保と人材育成に向けた教育課程（カリキュラム）の作成。

五つ目、前世の記憶にある技術の導入。

六つ目、一～五を含め、バルディア領を守るための課報機関の設立。

「うん……こんな感じかな」腕を組んで目を瞑り思案する。

まず母上の治療に関してだけど、魔力回復薬の投与によって、以前より体調を安定させることに成功。そして、隣国レナルーテの訪問時において、目的の一つであった治療の鍵となる『ルーテ草』の入手経路を確保できた。加えて『魔力枯渇症』を独自に研究していた『ニキーク』というダークエルフの協力を得られて、魔力枯渇症の特効薬研究の加速も今後期待できそう。ついに『治療方法がない』状況から、『対症療法が見つかり、完治に向けた治療方法も研究中』という段階まで来たわけだ。魔力回復薬も『ルーテ草』の存在もなく、母上が死を待つだけの切羽詰まった状況は改善できた。

魔力回復薬では完治させることはできないけれど、体調を安定させられ時間稼ぎはできる。その間に、『ルーテ草』の研究を進めてサンドラやニキーク、研究者達に新薬開発を急いでもらうという算段だ。勿論、母上の体調が急変する可能性もあるから、油断はできない。

今後の治療方針は、魔力回復薬を投与しつつ、『ルーテ草』の新薬を地道に試していくしかない。闘病生活は大変だと思うけど、そこは家族で支えるつもりだ。

何より、急務であった母上の治療の目途がついたということは、『将来、断罪が訪れても領地を守れるだけの力をつける』という次の段階に注力できるということでもある。

断罪への道標、『悪役令嬢、ヴァレリ・エラセニーゼ』。彼女との接点は今のところはないけれど、偶然、運命の悪戯、物語の強制力等々……今後、何が起きるかわからない。それに遅かれ早かれ、帝都に行く機会もいずれ訪れる。いつ出会っても良いように備えておくべきだろう。

仮に彼女と出会わなくて済んだとしても、新たに発生した大きな力に将来巻き込まれることだってあり得る。その時に領地、家族、領民を守れる力が無ければ、それこそ断罪まっしぐらになる可能性もあるんだ。

従って、母上の治療に目途がついた今こそ、将来に向けた力を磨き、蓄えるべきだと考えている。なお、ここでの『力』とは、武力、権力、経済力など様々な『力』を指している。

最終的に目指しているバルディア領は『帝都』に負けるとも劣らない……マグノリア帝国において、第二の都市と言われる立ち位置だ。一番の都市は、帝都に譲らないとなると国内で角が立つからね。

領地が大きくなれば、帝国内におけるバルディア家の影響力も必然的に強くなっているはずだ。そうなれば、断罪されるようなでき事が起きても立ち向かうことができるだろう。

そしてここ最近、そんなバルディア領を目指すに当たり衝撃だったのは、バルディア家の料理長……『アーリィ・サザンナッツ』との先日の会話で発覚した燃料問題である。

領地の『名物料理』になりそうな案を彼に提示したところ、料理に使用する燃料費が馬鹿にならないと指摘されたのだ。その後、調べた結果、大陸における主な燃料は『蒔』や『木炭』であることがわかった。

この燃料問題を解決して、領内における燃料の安定供給を実現。勿論、燃料は領内消費に留めず、輸出して販売することも視野にいれるべきだろう。加えて領地における名物料理の基盤となる、『鶏』と『卵』も畜産の養鶏で安定供給を実現させる。

そして、燃料と養鶏を組み合わせ、比較的安価で名物料理を販売。領地に人を呼び込み観光収入を得る。これらで得た資金を使い、領地発展に向けた人材確保と育成にも力を積極的に注いでいく。

こうなると、諜報機関の設立は人材確保と育成に目途が付いてからになりそうかな。

でも、燃料に限らず輸出を考えるなら『物流革命』に繋がる技術開発も必要になるだろう。発想や着想は前世の記憶から引っ張り出せるけど、具現化するとなればエレン達に頑張ってもらわないといけない……となれば、やはり人手も必要になってくる。

新屋敷建造についてはバルディア家で働く皆の意見を取り入れれば良いから、そこまで難しくない……かな。「うん……」と呟き、ゆっくりと目を開けた。

「大体まとまった。後は、案を『事業計画書』として父上に提出しよう」

しかし、言うは易く行うは難しである。この世界には、パソコンもコピー機もないからすべて手書きで作らないといけない。その事実に今になって気付いてしまった。

「あー……でも、やるしかないよね」

自身を鼓舞するように呟くと、手書きの事業計画書の作成に着手する。前世の記憶にあるパソコンで作っていた提案書が懐かしい。

なお作業中にメルが訪ねてきたから、「どう、わかりやすいかな」と訊いてみると、メルは「うーん」と首を傾げてから二コリと笑った。

「にーちゃまって、えがにがてなんだね」

「えぇ!? そ、そうかな……」

うーん、結構自信があったんだけどなぁ……。

リッド、諜報機関について質問する

その日、自室にカペラを呼ぶと、二人だけで話したいからとディアナには退室をお願いした。当然、心配されたけど「大丈夫、何かあったら悲鳴を上げるから」と話したところ彼女は渋々ながら了承して部屋を後にする。それから彼と机を挟んでソファーに腰かけると、おもむろに切り出した。

「さて、こんな風に話すのは初めてだよね。早速だけど……君の所属していた組織と使う魔法について教えてほしいんだ」

「リッド様、失礼ですがいきなり何を仰っているのでしょうか……」

一見無表情だが、彼は少し困惑した雰囲気を出している。そんな中、あえて二コっと顔をほころばせた。

「うーん。大分、直球を投げたつもりだったんだけどなぁ。君を紹介してくれた、ザック・リバートン……というかおそらく、リバートン家が管理している秘密の……」

「いえ、もう大丈夫です。それでは、何をお知りになりたいのでしょうか」

カペラは呆れ顔で額に手をあてて、観念したように軽く首を横に振った。正直、彼らの国の組織についてすべてを知っているわけではない。レナルーテで起きた出来事に加え、彼が『ときレラ！』にも存在していた時のキャラ性から考察した結果だ。

ただ、気になることがあるとすれば、何故こんなにも早く彼は観念したのだろうか。抱いた疑問をすぐに投げかける。

「全部だね。今、君がすぐに話そうとした理由から、ザックが管理している組織の成り立ちからすべて。これは、お願いじゃない……『命令』だよ」

「畏まりました。私は既にリッド様の従者でございます。『聞かれたこと』はすべてお話し致しましょう」

彼は頷くと、ぎこちない笑みをこちらに向ける。もしかするとザックから、「僕に聞かれた時のこと」を想定して、事前に何か指示を受けているのかもしれない。ちなみに、彼が見せている『ぎこちない笑顔』はガルンの指導のおかげなのか、少しだけ以前よりも良くなっているような気がする。

「あはは……」と苦笑したけど、いつか笑い過ぎて腹筋が割れてしまうかもしれない。程なくして、カペラは何やら少し考え込むように俯いた後、顔を上げる。

「よろしければ、ディアナさんにも立ち会っていただきたいのですが、よろしいでしょうか」

「え、いいの？」

「はい。ディアナさんは私の同僚ですから……できる限り、情報は共有しておくべきでしょう」

無表情のまま淡々と語るカペラの言葉に頷くと、部屋の外で待機しているディアナに声をかける。状況と経緯を説明した後、彼女には僕の隣に座ってもらった。

「カペラさん、このようなことで私が心を許すとお思いですか」

「いえいえ、ディアナさんは同僚ですから情報共有したいだけです。それに、ディアナさんが心をお許しになっているのはルーベンス様だけで良いでしょう」

おそらく牽制するつもりの言葉だったのだろう。しかし彼は、言葉巧みにその牽制球を投げ返した。そのせいでディアナは「な……⁉」と、鳩が豆鉄砲を食らったような面持ちになっている。この場面でカペラがニコリとした笑顔なら面白いのかもしれないけど、無表情だから直球ド真ん中って感じだ。

「あはは。これは、一本取られたね。確かにディアナが『心』を許すのは、ルーベンスだけだね」

「リッド様！」

ディアナが珍しく顔を赤らめながら怒っている。うん、なんだかんだ二人は良いコンビになりそうだ。それにしても、元騎士団の凄腕メイドと元暗部の凄腕執事か。これほど頼りになりそうな従者は中々いないかもしれない。そんな事を思いつつ、話を先に進める為、「ゴホン」と咳払いをする。

「じゃあ、そろそろ話を聞かせてもらえるかな。カペラ」

「承知しました。では、私が知りうる限りの事はすべてお話致します」

彼はそう言うと、レナルーテの暗部組織『忍衆』について詳細を教えてくれた。何でもレナルーテにも軍はあるけど、ダークエルフの出生率の低さから消耗戦をすることはできないそうだ。個々の力で保たれた軍は強力だけど、敗れれば国の存続に関わりかねない……いわゆる『虎の子』であるらしい。レナルーテはその問題点を解決する為、昔から暗殺や謀略を駆使するようになった。次第に開戦前に勝敗を決せられるような諜報戦が、国としての戦略となったそうだ。

その結果、生まれたのが軍人や孤児など様々な所から優秀な人材をかき集め、特殊訓練を施した人員で構成された『忍衆』だという。また『忍衆』の存在意義は『国の存続』である為、レナルーテの歴史上に愚鈍な王族が居た場合、粛清することもあったそうだ。息を呑み、「王族すら粛清するなんて、徹底しているね……レイシスは大丈夫かな」恐る恐る尋ねた。

「レイシス王子はノリスにより歪められておりましたが、リッド様が性根を叩き直してくださいましたので大丈夫ではないでしょうか。まぁ、いざとなれば頭目と陛下が『矯正』に動くでしょう」

無表情かつ淡々と話す彼の言葉は、より辛辣に聞こえてしまう気がする。しかし、ザックとエリアスによる『矯正』なんて、想像するだけで恐ろしいなぁ。特にザックは笑顔で嬉々と行いそうだ。

(レイシス王子、頑張れ!! 君なら多分できるはずだ……)心の中でささやかながら応援の言葉を呟いた。その時、ディアナも疑問を抱いた様子で彼に問い掛ける。

「レイシス王子がノリスに歪められたということですが、何故それを放置していたのでしょうか」

「それは……申し訳ございませんが、『ディアナさん』からの質問だとお答え致しかねます」

「な……!?」

質問をわざとらしく拒否したカペラは、ちらりとこちらを一瞥してきた。当然、彼女も彼の視線に気付いていたらしくハッとした後、ワナワナと怒りに震えている。

　やれやれ……おそらく彼なりの悪ふざけなのだろうが、宥める側の立場も考えてほしい。二人のやりとりに呆れながらため息を吐いた。

「カペラ、『僕に聞かれたことだけ』に答えるという事かもしれないけど、ディアナにも話を聞いてほしいと言ったのは君じゃないか。それとも何か意図があるのかな。それなら、あえて言わせてもらうけど、ディアナが君に聞くことは僕同様にすべて話すこと。これも『命令』だからね」

「承知しました。リッド様のご命令通り、今後はディアナさんのご質問にもお答え致します。ディアナさん、先程は失礼致しました」

　どうやらカペラは、彼女にも話す指示を出してほしかったようだ。彼の中に何か特別なルールがあるのかも知れない。彼は答えた後、ディアナに握手を求めてスッと片手を差し出した。彼女もおずおずと握手に応じる構えを見せるが、途中でハッとすると口を尖らせて「……ふん。こんなことで馴れ合いは致しません」と言ってそっぽを向いてしまう。

「畏まりました。では、信頼していただけるよう今後努力致しましょう」

　二人の掛け合いを見ていると、やはり良いコンビになりそうだと思い「うんうん」と頷いた。だけど、今の様子をルーベンスとエレンが見たら、何やらショックを受けるかもしれない。そんなことを思いながら、本題を再開する。

「それじゃあ、カペラ。続きをお願いね。あ、ちなみに『聞かれなかった』はダメだよ。さっきは『聞かれたことだけ』って言ったけど、絶対に聞き忘れはあるからさ」

「承知しました。しかしその前に、私からも質問をしてもよろしいでしょうか」

カペラは話すうちに何やら疑念が湧いたらしく、少し怖い目でこちらを見ている。だけど、動じずに「いいよ。どうしたの？」と尋ねた。

「恐れながらレナルーテの『忍衆』について詳細を知ったリッド様は、一体何をするおつもりなのでしょうか」

「差し出がましいようですが、私も気になっておりました。良ければお聞かせくださいますか？」

「あれ、話していなかったかな」

そういえばこの件についてよくよく考えれば、詳細を誰にも言っていなかった気がする。でも今までの話の流れから、二人ならわかりそうな気はするけど……まぁ、いっか。怪訝な表情をしている二人に対して、軽く微笑む。

「それは、もちろん『諜報機関』を将来的に作るつもりだからさ」

「リッド様……『まさか』とは思っていましたが、本気で考えていらっしゃるのですか」

ディアナは呆れた様子でそう言うと、言葉を続けた。

「差し出がましいようですが、『諜報機関』は捉え方によっては『軍』となります。そのような機関を作れば、下手をすれば国家反逆罪となってしまうでしょう。いくら情報を集めるとは言え、少々危険過ぎると存じます」

彼女は強い口調ではっきりと意見を口にした。諫言だけど、考えがあってのことだからここで引くわけにはいかない。

「ディアナの言う通り、確かに危険な部分はあるかもしれない。でも、バルディア領を発展させるうえで『諜報機関』は絶対に欠かせない。国家反逆罪になる以前に、領地が滅んだらどうにもならないからね」

その時、やりとりを静かに見ていたカペラが、「恐れながら、私はリッド様のお考えに賛成いたします」と賛同を表明すると、その勢いのまま彼は話を続けた。

「バルディア領が今の規模のままであれば、情報を得ることに対して国家反逆罪はリスク的に釣り合わないでしょう。しかし、バルディア領が大きく発展するのであれば話は別です。領地が繁栄すれば、当然の事ながら各国や国内の諜報員達が来るはずです。それらを抑止、摘発する意味でも諜報機関は必ず必要になるでしょう」

「カペラ、説明ありがとう。というわけだからさ、ディアナも協力してくれるよね」

相槌を打つと、視線を彼女に移す。彼の言う通り、諜報機関を作る目的は情報収集だけではなく、情報流出を防ぐ意味合いも強い。それにバルディア家の騎士団は、外的要因や犯罪の取り締まりなどを主としている。

日々多忙の騎士団に諜報活動や流出の取り締まりなどを増やせば、業務効率が落ちるのは確実だ。その結果、二兎追う者は一兎をも得ず……という状況になるのが目に見えている。

ディアナは、やがてため息を吐くと、「畏まりました。私はリッド様の従者となりました故、我が主が決めたのであれば力の限りお支え致します」と言って会釈した。

「うん。ありがとう。一応、この件は父上にはまだ秘密でお願いね。絶対反対されそうだからさ」

二人は、「やれやれ」と首を横に振ると、苦笑しながら頷く。そんな彼らに対して、そのまま話頭を転じた。

「本当はカペラから全部聞いた上でお願いをしたかったんだけどね。是非、二人に協力して作ってほしい物があるんだ」

「私達、二人が協力ですか」とディアナが呟き、二人は互いに顔を見合わせる。しかし、すぐにディアナがハッとしてまたツンとなるが、カペラは相変わらず無表情のままだ。深呼吸を行うと、少しの間を置いてからおもむろに話し始める。

「作ってほしいのはね、諜報員を育てる為の『教育課程』なんだ。レナルーテの暗部を深く知るカペラ。バルディア騎士団で叩き上げのディアナ。君達の意見をまとめれば、きっと素晴らしい諜報員を育てることができると思うんだよね」

まぁ、僕達が本気で作った教育課程を学んだ人材は、前世で言う所の『特殊部隊』に近い感じになりそうだけどね。ふと気づくと、二人は思ったよりも興味深げに考えに耽っている。程なくして、口を開いたのはディアナだった。

「確かに、バルディア騎士団は白兵戦における連携や団体戦闘などには特化しておりますが、諜報活動、暗殺などの技術は残念ながら苦手と言わざるを得ません。その点から考えれば、情報を守る意味では力不足でしょう」

「忍衆は情報戦、暗殺、謀略には長けますが基本は単体、少数行動が主です。また、戦闘は極力控えるように学びます。故に、白兵戦における連携や団体戦は苦手としております。リッド様の仰る通り、忍衆とバルディア騎士団、それぞれの得意な部分を混ぜて隊員を育てれば、一人でも雑兵百人いや、それ以上の戦力を得られるでしょう」

彼女に続いてカペラも意見し、何故か申し合わせた様に見解は合致していた。二人共、優秀が故に互いの足りない部分を理解していたのだろう。それに、一人で雑兵百人以上の戦力となれば少数精鋭の諜報機関にも適任だ。ディアナとカペラは意気投合したかのように顔を見合わせ頷くと、こちらに熱い眼差しを向けてきた。

「バルディア騎士団を超える、リッド様の専属部隊を作りましょう」

「同感です。私の経験をすべて注ぎこみ、忍衆以上の部隊を作り上げてみせます」

「う、うん、よろしく……あ、でも人員確保はまだ先の話になると思うから、まずは教育課程の原案をまとめてみてほしい。それとこの話は内密にお願いね」

そう言うと、二人は「承知しました」と畏まり会釈する。この場を設けた目的の一つは、諜報機関設立の為に忍衆の仕組みをカペラから聞き出して参考にすることだった。その点から言えば、今日の話し合いはひとまず成功と言って良いかな。それにしても、二人の目が何やら期待に満ちて爛々と輝いているのは気のせいだろうか。

その後、話は本題に戻りディアナが質問した『レイシス王子』の件についてカペラは語り始める。彼の話を纏めると、どうやら一部の過激な華族を炙り出すのにレイシスを囮に使ったそうだ。何となくそんな感じはしていたので、さほど驚きはしなかった。しかし、彼女は嫌悪感を抱いた様子で眉を顰めている。

「……一国の王子を使ってまで行う必要があったのでしょうか」

「忍衆は頭目が決めた事に従うのみです。その方法が一番良いと判断したのでしょう」

何とも言えない空気になってしまい、あえて「ゴホン」と咳払いをして話題を変える。

「ところで、カペラが暗部で使っていた魔法を教えてもらっても良いかな」

「魔法……ですか」

きょとんとする彼に、二つ目の目的である『忍衆が使う魔法』について次々に問い掛ける。その様子にディアナは呆れ、カペラは苦笑いを浮かべた。

「畏まりました。それでは、ご説明するよりもお見せした方がわかりやすいと存じます故、場所を変えてもよろしいでしょうか」

「そうだね。じゃあ、訓練場に行こうか」

こうして『忍衆』で使用する魔法を見せてもらう為、部屋から訓練場に皆で移動するのであった。

闇魔法と魔法の可能性

部屋から訓練場に移動した僕とカペラは、軽い準備運動を行っていた。ディアナは、少し離れた場所で見守ってくれている。やがて、準備運動が終わると彼が畏まった様子で会釈した。

「では、これから私が所属していた『忍衆』においてよく使う闇属性魔法である『潜影術』をお見せ致します」

「うん、お願い」と答えると、彼はゆっくりと僕の影に近寄りしゃがみ込む。そして、影に手を触れると「……潜影術」と呟いた。

その瞬間、彼が影の中に吸い込まれてしまい、僕とディアナは目を丸くする。しかし、彼が入り込んだ影は普段通りのままだ。

「想像以上にすごい魔法だね。今、カペラは僕の影の中にいるの？」

声を掛けてから間もなく、影に目と口が浮かび上がりニヤっと笑った……ちょっと怖い。

「ご質問の通り、私は影の中に潜んでおります。この状態でも周囲の音や状況は見聞きすることが可能であり、ダークエルフの重要な諜報術の一つです。そして、影の中から魔力によって攻撃することも可能です……こんな感じに」

彼の言葉に合わせるように、影から突然黒い手がうにょうにょと生えてきた。

「うわぁ……!?」

まるでホラーのような光景に、思わず顔を引きつらせた。どうやら影による黒い手は、沢山生やすこともできるらしい。最初は一本だった腕の数がだんだんと増えていき、今は六本の腕が影から生えている。ふいにディアナを見ると珍しくサーっと顔色が青くなっていた。もしかすると、彼女はこの手のものがダメなのかもしれない。

程なくして、伸ばされた手が全部影の中に戻っていき、同時にカペラが影からヌッと現れた。うん、不気味だ。その光景を目の当たりにしたディアナは、顔を引きつらせて「ヒャ!?」と悲鳴に似た声を上げる。やはり、彼女はお化け系が苦手らしい。影から出てきたカペラは、こちらに振り向き「これで、よろしいでしょうか」と会釈する。

「うん。ありがとう。それにしても凄い術だね。これは誰にでもできるのかな」

「そうですね……影に潜れることを知り、明確なイメージと一定以上の魔力量。そして、闇の属性素質があれば可能かと。ただ、この魔法はレナルーテでは秘術扱いされておりますので、お二人の胸に秘めていただきたいです」と言った彼は一礼する。

実はこの時、内心わくわくが止まらなかった。闇の属性素質を持っていても、影に潜れるという発想を持たなければ扱うことができない。『魔法は属性素質を持っていても、想像できないことには発動できない』ということだろう。でもそうだとしたら、目の前で見た魔法を発動できるかもしれない。何故なら、僕も闇の属性素質を持っているからだ。早速試してみようと思い「わかった」と頷いてから、新たな疑問を彼に問い掛ける。

「今の魔法については、僕とディアナの心にだけ留めるよ。ちなみに、この『潜影術』を発動する時に他に意識している事とかあるのかな」

「ふむ……あとは影の理解でしょうか。光があれば影はできます。それが夜を照らす星や月の光でもできるということを知り、理解していることが重要と私達は習います。それと、自分の影には潜れません」

なるほど、影の仕組みは前世の記憶もあるから理解はできている。あとは明確なイメージを持てるかが問題かな。ただ、これについてはさっきカペラが見せてくれたからいけるかも。そう思い立つと、早速試すために、ディアナの影に近寄りしゃがみ込んだ。そして、彼女の影に手を触れて、先程のカペラが見せてくれた一連の動作を元にイメージを始める。すると、ディアナが首を傾げて「……リッド様、何をされているのでしょうか」と呟く。その時、「潜影術」と詠唱すると、瞬く間にディアナの影に吸い込まれた。いや、影の中に落ちた、と言ったほうが正しいかもしれない。地面がいきなり無くなり、ガクッとした感覚に襲われる。

気が付くと、真っ暗な世界からディアナを見上げていた。彼女は驚愕した表情を浮かべ、影に入り込んだ僕を探しているらしい。

今いる影の中は、まるで水の中にいるような感覚だ。水の中と違って息はできるけど、外からの音は水中のように少しくぐもって聞こえてくる。なるほど、これは諜報活動では恐ろしいほど効果的だと思う。

カペラが教えてくれた魔法に感嘆していると、「リッド様、大丈夫ですか⁉」とディアナの叫ぶ声がくぐもって聞こえてきた。それから間もなく、カペラも影をのぞき込んできた。相変わらずの無表情だけど、驚いた様子の雰囲気を纏っている。

「リッド様、聞こえますか！　影から出る時は、私達が見えている世界に向かって、飛び込んでください！」

「わかった」と頷くと、言われた通りに影から出ようと動き始める。だけど、これは飛び込むと言うより、泳いで水面に顔を出すという感覚に近い感じだな。やがて水面に見える影に手を差し出した瞬間、また吸い込まれるような感覚に襲われる。気が付くと、ディアナの影の上に立っていた。

一連の出来事を目の当たりにしていた二人は、目を丸くして言葉を失っているようだ。おずおずと「あ、あははは……できちゃった」と苦笑しながら頭を掻いた。すると、ハッとしたディアナが「リッド様、お怪我はありませんか⁉」と言ってしゃがみ込み、僕をぎゅっと抱きしめた。そしてすぐさま、体に異常がないか確認してくれる。彼女の問いかけに頷くと、安心してもらえるように微笑んだ。

「うん、大丈夫だよ。心配かけてごめんね」

「それでしたら、良かったです……」

胸を撫でおろした彼女は、スッと立ち上がり「失礼しました」と一礼する。彼女が頭を上げると、無言でやり取りを見ていたカペラが、ふか〜いため息を吐いた。

「……まさか、闇の属性素質までお持ちとは思いませんでした。頭目の言っていたことが少しわかった気がいたします」

頭目とは『ザック』のことだろうけど、何を言っていたのだろうか。彼の言葉の意図がわからず、首を傾げる。だけど、すぐにハッとして「カペラ、他の魔法もおしえてほしい！」と詰め寄った。

「……承知しました」と会釈するカペラの顔は無表情だが、その雰囲気は引きつったような感じがしたのは多分気のせいだろう。

◇

その後もカペラから『忍衆』が使用する様々な魔法を教えてもらうと、すぐに発動可能かどうか試していた。幸いなことに、教わった魔法はすべて発動することができることが判明。新しい魔法が使えるようになった嬉しさのあまり、ニヤニヤが止まらない。しかしそんな僕とは反対に、カペラは、信じられない光景を目の当たりにしたといった感じだ。

「リッド様は常識では測れませんね。まさかこんなに容易く、私の術を扱えるようになるとは思いもしませんでした」

「いやいや、カペラの教え方が上手だったからだよ。それに僕は魔法が好きで、いつも勉強していたからできたんだよ。普段からの積み重ねの結果さ」

皆から色々と言われる中、カペラにまで常識外れの扱いはされたくはない。それにしても、彼から学んだ魔法はとても興味深かった。『忍衆』に伝わるこの魔法は『特殊魔法』に分類されるだろうけど、闇の属性素質がないと使えない。つまり、属性素質の特性を生かせば、想像と発想力次第で様々な魔法を創ることが可能ということだ。

闇の属性素質があれば『影に潜れるかも』という発想をした人はある種の天才かもしれない。固定観念にとらわれず、想像してやってみることが魔法の創造には大事ということだ。

サンドラにも今度伝えて色々と魔法を創ってみよう。そんな事を考えていた時、ディアナから「リッド様、あまり無茶なことはなさらないでください。何かなさる時には『自重』という言葉を思い出していただきたく存じます」と声を掛けられた。思わず「え？」と首をひねるけど、すぐに顔を綻ばせる。

「大丈夫だよ。僕がそんな無茶で常識外れなことをするわけないでしょ。ちゃんと、新しい魔法を創るときはサンドラ先生と一緒にするからさ」

　すると、ディアナが目を見張り、「新しい魔法を……創れるのですか……?」と呟いた。カペラも彼女と同じような反応をしている。あ、失言したかも……と思ったが後の祭りである。その後、二人から色々と質問を受けることになり、誤魔化すのが大変だったのは言うまでもない。

屋敷建造の情報収集

　帝国と同盟を結んでいる隣国、レナルーテ王国の王女であるファラを僕の妻として迎える為、バルディア家では新しい屋敷を建造することが決まっている。これは、他国とはいえ王族を迎えるということからの配慮だ。他にも、帝国の辺境伯である父上の業務が外部に漏れることを防ぐ意味もあるみたい。

　だけどそんなことより、建造される新屋敷をより良くするべく、色んな人から意見を集めていた。そして今日も様々な意見を聞く為、屋敷のメイド達に声を掛けている。「屋敷で働く中で気になっている事を教えてほしい」と頼むと、彼女達は一様に最初は戸惑っていた。だけど、「何でもいいし、怒らないから」と伝えると、一人がおずおずと答え始める。

　後は流れるように皆から意見が出てきて、動線から始まり彼女達の過ごす部屋の問題。他にも井戸水、掃除洗濯など大小様々な話が出てくる。皆から次々に出て来る意見を、すべてメモに書き記していった。

「さすがに全部は無理だけど、新屋敷はできる限り働きやすい環境を整えるよ」と皆に向けて言ったその時、ダナエがおずおずと手を上げた。

「あの、もしよろしければ、結婚後もここで働けるようにしていただきたいです」

「どういうこと？　結婚後は働けないの？」

「いえ、正確には『子供』ができたらなんですが……」

周りのメイド達も彼女の言葉に微妙に頷いている。どういうことだろう、彼女達の言動に首を傾げる。だけど詳しく話を聞いた結果、衝撃の事実を知った。彼女達は結婚して子供ができると、仕事を辞めざるを得ない状況らしい。

様々な理由はあるが、一番の原因は育児にかかりきりになってしまうという点だった。町には子供を預かってくれる所はあるが、バルディア家のように働く時間が長い場合、ずっと預けるのが難しいそうだ。

それに、出産から初期の育児に加えて、出産後は体調が回復するまで長時間の仕事が難しい。結果、長期間休む必要になるので仕事を辞めることになる。ようやく体調が戻った時には、新しい人員が入っており、復職は難しいそうだ。

バルディア家は退職金が用意される他、最近ではクリスティ商会を通じて仕事を斡旋してもらえるのでまだ良いらしい。彼女達が悩んでいる問題と似た話を知っており、考えに耽ってしまった。

その時、「にーちゃま。それにみんなも、なにしているの？」と可愛らしい声が聞こえ、「んん～」

とこれまた可愛い鳴き声が響く。

この場に登場したのはメルと、彼女の両肩に乗ったクッキーとビスケットだ。メイド達はメルが肩に乗せている二匹に気付くと、みるみる青ざめる。そして、わざとらしく「あ⁉ 仕事に戻らないと……失礼いたします」と会釈すると、クモの子を散らすように去ってしまった。

残ったのは僕、ディアナ、ダナエ、メル達だけだ。去っていった皆をメルは目で追いながら「みんな、どうしたの？」と呟き、きょとんとして首を傾げている。

「うーん。クッキーとビスケットが怖かったのかな？」

「えぇぇえ⁉ こんなにかわいいのに！」

メルは驚愕したけど、すぐに肩に乗せている二匹を撫でて笑みを溢した。しかし、ふとダナエを見ると、彼女の顔は少し引きつっており、怖がっているような感じがする。

「恐れながら……」と傍で控えていたディアナが畏まる。「バルディア領に魔物はほとんどおりません。それに、魔物と言えばダンジョンに存在して、人を襲うイメージが強いのです。クッキーとビスケットはそのような魔物ではないと、私達は知っております。ですが、皆それでも怖いのでしょう」

「むぅう！ クッキーとビスケットはひとをおそったりしない、よいこだもん」とメルが頬を膨らませた。彼女の可愛い仕草に、この場にいる皆が微笑する。その様子に、メルは余計に怒って頬を膨らませたままそっぽを向いてしまった。

「うーん。クッキーとビスケットが皆と仲良くできるように何とかしないといけないね」

二匹はとても賢い魔物だから、メルの言う通り人を襲うようなことはないだろう。だけど、そのことを皆に知ってもらう何か良い方法はないものか。膨れ面のメルを宥めつつ、思案していると

「リッド様、差し出がましいようですが私からもお願いがございます」とディアナから声を掛けられた。振り向くと彼女が真剣な面持ちでこちらを見据えていたので、その迫力に少したじろいでしまう。

「な、何かな？」

「是非、屋敷建造と合わせて、温泉もしくは大浴場のお風呂もお願い致します」

彼女にしては珍しく、期待と必死さが言葉にある気がした。それにしても、温泉もしくは大浴場か。ファラも可能なら欲しいと言っていたから、何とかしたい気持ちはある。だけど『源泉』を掘り当てるというのは難しい……どうしたものかな。すると、メルが袖を「ちょいちょい」と引っ張り「にーちゃま、おんせんってなあに？」と質問してきた。

「うん？　そっか、メルは温泉をまだ知らないか。温泉っていうのはね……」

温泉についてメルに説明をすると、彼女は目が爛々となるが、同時に口を尖らせた。

「にーちゃまだけずるい。わたしもおんせんはいりたい！」

「ず、ずるいって言われても……温泉はレナルーテにしかないから、難しいよ……」

「むぅ、それならおんせんつくってよ！」

「えぇぇえ⁉」

ようやく萎んだというのに、メルはまた頬を膨らませる。たじたじになっていると、クッキーが

彼女の肩からスッと飛び降りた。そして前脚を伸ばしながら、二本の尻尾を立てて体を伸ばす動作を行うと、そのままゆっくりと歩いてどこかに行ってしまう。

「メル、クッキーがどこかに行こうとしているけど、いいの？」

「うん、クッキーとビスケットはたまにどちらかがいなくなるけど、かならずもどってくるんだよ。それに、ぜったいにどっちかがわたしのちかくにいてくれるの」と言うと、彼女は手を広げるとその場で「くるくる」と回った。ビスケットはメルの動きに合わせて遊ぶように、腕の上を走り回っている。可愛らしいメル達の仕草を見た皆は、思わず口元が緩む。

クッキーが居なくなり、温泉の話題もひとまず落ち着いたので、メルとダナエの二人と別れて執事のガルンを訪ねた。

「屋敷建造に向けての要望でございますか。屋敷の者に尋ねるとは、リッド様はまた型破りなことを考えますな」

「そう？　でも、僕よりも皆が使う事が多いでしょ。それなら、皆の意見を聞くべきかなって思ったんだよね」ガルンは嬉しそうに目を細くすると、間もなく思案顔を浮かべた。

「折角ですので、少し考えるお時間を頂いてもよろしいでしょうか。明日にでもまとめておきます。良ければカペラも呼びまして、改めてお話しさせていただくのはどうでしょうか」

「うん、わかった。じゃあ、続きは明日話そうか」

ガルンは、心なしか少し楽しそうだ。誰よりも屋敷のことを知っている彼が、屋敷建造の話に加わってくれれば間違いないだろう。それに、カペラもいればレナルーテ目線の話も聞ける。期待に胸を膨らませて、明日を待った。

◇

翌日。僕、ディアナ、ガルン、カペラは一つの部屋に集まり、色々と屋敷建造についての案を出し合った。事前にダナエを含むメイド達の他にも、屋敷で働く皆の意見もまとめている。

皆が案を出すと、ガルンが補足と修正を行い、ディアナが防犯的な部分を指摘。カペラが書記のようにまとめながら、レナルーテ文化の和室や庭、桜の木の植樹等についても触れる。露天風呂や大浴場、訓練場に道場、エレン達の工房、クリスティ商会の事務所、メイド達の宿舎と予定より色々盛りだくさんになった。話し合いを続けていく中、ガルンが畏まり疑問を発する。

「リッド様。今更ではありますが屋敷建造の予算はどうされるおつもりなのでしょうか。これをすべて行うとなると、かなりの金額になるはずですが……」

「うーん。父上が管理しているから正確な予算はまだ知らないんだよね。でも、最初に無理難題を言えば、後の条件が通りやすくなるでしょ？　だから、この初期案は無理やりにでも大きくしておきたいんだ」彼は感心する素振りを見せたが、すぐに怪訝な顔を浮かべる。

「リッド様の仰ることはその通りなのですが、誰からそのような事を教えてもらったのですか？」

ガルンの思わぬ切り返しに、「へ……!?」と慌てふためいた。「いや、それは……そうクリス、彼女から教わったんだ。最初の条件より低くなることがほとんどだから、何事もまずは無理難題を吹っ掛けて様子見をするのが商売の鉄則で交渉事の基本なんだってさ」急遽この場を乗り切る為、クリスから商談について教わったことにした。辻褄的にもおかしくはないはず。ごめんね、クリス。心の中で彼女に謝った。

「なるほど、クリス様が……」ガルンは合点がいった様子で相槌を打っている。「しかし、それをご自分のお父上に即実践するとは、ライナー様が頭を抱え込むわけですな」感嘆している彼に、ディアナとカペラが同意するように静かに頷いた。というか、父上は僕のすることに頭を抱えていたのか。いや、確かに抱えていた時が何度かあった気がする。今度、父上に会った時はお礼を伝えて、今後もよろしくお願いしますと言ってみようかな……怒られそうだけど。その時、部屋のドアがノックされる。

「はーい」と答えたところ、「にーちゃま、クッキーがいないのぉ……」とメルの悲しそうな声が返ってきた。急いでドアを開けると、そこには泣いて目を真っ赤にしたメル。そして、彼女を慰めるダナエが立っていた。

「メル⁉　どうしたの？」

「うぅ……クッキーが、かえってこないのぉ……」

「クッキーが……帰って来ない？」首を傾げながらメルの周りを見渡した。すると、ビスケットは彼女の肩にいるが、確かにクッキーの姿がない。ビスケットは、泣いているメルの涙をペロッと舐めて慰めている。

それにしてもクッキーが帰って来ないということは、昨日どこかに歩いて去ってからということだろうか。だとしたら、彼はどこに行ったのだろう……そう思った時、屋敷の中から「きゃあああ

ああ!?」と女性の悲鳴が響いた。

突然聞こえた悲鳴に茫然となるも、すぐにハッとする。「ダナエはメルとここにいて！」と泣いているメルを任すと、声がした方に向かって駆けだした。後ろには先程まで一緒に打ち合わせしていた皆もいる。やがて、悲鳴が発生した場所と思われる屋敷の玄関に辿り着く。そこに居たのは、泥だらけで大きさがライオンぐらいあるクッキーだ。

彼の真っ黒な体は泥でさらに黒くなっている。しかし、泥だらけにもかかわらず、クッキーが悠々と屋敷内を闊歩する姿を見てメイド達が阿鼻叫喚していた。

「きゃぁあああああ!?」

「お屋敷の絨毯が汚れてしまいます。クッキー様、こちらに来ないでくださぁぁい！」

「いやぁああ!?　誰が掃除すると思っているのですかぁああ!?」

「屋敷に入る前に、水浴びしてきてくださぁぁぁい!?」

悲鳴の正体がわかり、駆けつけた皆は一様に呆気に取られた。どうやら、メイド達が掃除中に玄関からクッキーが入って来たらしい。

ふと周りの絨毯に視線を落とすと、確かに泥で真っ黒になっている。メイドの彼女達からすれば、泥で絨毯を目の前で汚されるというとんでもない事件なのだろう。だけど急いで駆けつけた身としては肩の力が抜けてしまい、皆も同様にそんな感じだ。

呆れながら、「泥だらけで屋敷に入ったら、さすがに駄目だよ」と彼に声をかけた。すると、「がぁあああ!!」とクッキーが咆哮を発して、そのまま屋敷の外に出てしまう。「え!?　どうしたの、クッキー」そう言って、慌てて彼の背中を追いかけた。ディアナやカペラも後ろについて来てくれている。

クッキーの背中を追い始めて間もなく、急にある疑問が生まれた。彼はあえて、僕達が付いていける速度でしか走っていないように思えたのだ。

「クッキーはどうしたのだろうね？　付いてこいって言っているみたいだ」

「ええ、何か目的があるのでしょうか……？」

「レナルーテでも、シャドウクーガーの生態は謎が多いですからね。追いかけてみないと何ともいえません」僕とディアナが首を傾げる中、カペラはいつも通りに淡々としている。

それからしばらく走ると、クッキーは突然立ち止まった。ちなみにこの場所は、密かに魔法の練習をしていた屋敷の裏からもう少し離れたところだ。息を整えると、彼にゆっくり近寄った。

「もう、クッキーどう……したの……？」

「んん～」しかし、彼の先にあるものに気付いて、言葉を失った。湯気が立ちあがる水たまり、いやお湯だまりがあったのだ。「まさか……温泉？」近寄ろうとすると、カペラに制止された。

「リッド様、温泉には危険なガスが出る場合もありますので、私がまず確認いたします」

「え？　あ、そっか。気を付けてね」

その場で待つように指示を出したカペラは、警戒しながらお湯だまりに近寄ると、しゃがみ込んで匂いや温度を確認。そして、お湯を手につけて何度か口に運んでいる。ふとディアナの表情をチラリと窺う。すると案の定、目が期待に満ちていた。固唾を呑んで見守っていると、カペラはゆっくりと立ち上がり、こちらに振り返る。

「リッド様、おめでとうございます。これは紛れもない温泉の源泉でございます。少し温度が高いようですが、冷ませば問題ないでしょう。念のため誰かが温泉に入り、体に異常が起きないかの確認と数日の様子見は必要になりますが、おそらくは問題ないと思われます」

「おお!? これで、バルディアの屋敷でも温泉が入れる。凄いよ、クッキー」

感動して話しかけるが「んにゃぁ」と彼は興味が無さげだ。そういえば、猫は水やお風呂が嫌いなのが多いんだっけ? その時、突然歓喜の声が辺りに響いた。

「きゃあああ! リッド様、温泉ですよ、温泉。クッキー様、さすがはリッド様とメルディ様にお仕えする魔物です。リッド様、早速この温泉を屋敷内まで引きましょう」

「いや、さすがにそれは父上が帰って来てからやらないと、怒られるよ。せいぜい、バスタブをここに持ってくるとかじゃない。そうすれば、カペラの言っていた事も確認できるからね」

ディアナは少しシュンとしたが、すぐ明るい顔に戻る。

「承知しました。では、私は早速、確認の為にバスタブを持ってきてお湯の検分を致します。カペラさん、協力してください」

「わかりました。どの道、源泉の検分は早くしておくべきでしょう。もし危険だった場合は、それ相応の処理が必要ですから」彼女の勢いに押されるまま、カペラは検分を了承したようだ。

その後、クッキーと一緒に僕達は屋敷に戻ると、彼が温泉を掘り当てた事を皆に伝える。温泉発掘の知らせに、メイド達は歓喜に沸いた。当然、クッキーに対する皆の態度が劇的に変わったのは言うまでもない。それにこの時のクッキーは、どことなくどや顔をしていた気がする。だけど、彼は『泥だらけの状態である』ことを忘れていたようだ。絨毯を泥だらけにした罪による審判の時が、ある少女の登場によってクッキーに訪れる。

「クッキー、みつけたよ。もう、こんなにどろだらけにして……みんなにめいわくかけちゃだめでしょ。さあ、からだのどろをきれいにおとそうね」

「……⁉　んにゃあ⁉」

「メルディ様、私達もお手伝い致します！」

先程まで怖がっていたメイド達。だけど、温泉を掘り当ててくれたことで彼に対する恐怖心が無くなるか、薄くなるかしたらしい。メルを先頭に隊列を組んだメイド達は、手際よく彼を水洗い場に連行してしまった。

「んにゃぁぁあああああ⁉」

悲痛な叫びを上げる彼に向かって、優しく呟いた。

「頑張ってね、クッキー……これぞ、身から出た錆。いや、身から出た泥かな」

後日聞いた話だと、メルとビスケットに見守られる中、彼はメイド達にとても丁寧に泥を洗われたそうだ。

サンドラとの魔法研究

「母上、今日の体調はどうでしょうか」

「毎日ありがとう、リッド。サンドラと魔力回復薬のおかげで大分良いですよ。それに、新しい薬を飲み始めてから気持ち少し楽になっている気がします」

ニコリと笑う母上に、つられるように顔を綻ばせた。

「良かったです。父上も今回の帝都訪問は少し長くなるかもしれないと、母上を心配しておりましたから」

「そう、あの人がそんなことを言っていたのですね。ふふ」母上は嬉しそうにベッドの上から窓の外を見つめている。しかし突然ハッとすると、こちらに振り返った。

「そうでした。ファラ王女を含めてお三方からのお手紙を読みましたよ。レナルーテでは、想像できないような大活躍だったようですねぇ。何をしたのか詳しく話を聞かせてもらえるかしら」

「母上、申し訳ありません。今日はこの後、サンドラ先生と魔法の授業があります故、日を改めてもよろしいでしょうか」

少し黒いオーラを母上に感じて、逃げるようにサンドラの名前を出した。この後、サンドラの授業があるから、ゆっくり話せる時間がないのも事実だけどね。母上は「そう……」と肩を落とした。

「それなら、しょうがないですね。ですが、今度ゆっくりと聞かせていただきます」

「はい。承知しました」

一体、ファラ達が母上に充てた手紙には何が書いてあったのだろう。今の様子を見る限り、悪いことが書いてあった感じはしないけど、少し不安だ。その時、後ろからサンドラの声が響く。

「リッド様。お話中に申し訳ありません。そろそろお時間ですので、訓練場に移動致しましょう」

ちなみに彼女は、魔力回復薬の開発に続き、魔力枯渇症を完治させる特効薬の研究も行っている。その結果、主治医のような立場になっており、母上の部屋の出入りも多い。

「うん。わかった」サンドラの呼びかけに頷くと、母上のベッド横にある椅子からおもむろに立ち上がる。そして、畏まり「では、行って参ります」と一礼した。母上は「はい。いってらっしゃい」と答え、優しく微笑みかけてくれる。そんな母上に会釈すると、サンドラと一緒に訓練場に移動するのであった。

◇

訓練場の近くの黒板がある部屋に辿り着くと、早速サンドラに声をかける。

「サンドラ先生、今日は土と樹の属性魔法について教えてください」

「……リッド様、また何か企んでいますね」

今日は久しぶりの魔法授業の日だ。彼女は魔力回復薬の製造と管理、魔力枯渇症の特効薬の研究の合間を見て、ちゃんと僕の授業も怠らずにやってくれる。おそらく、本人が楽しんでいることも大きいだろうけど。彼女は小さくため息を吐いた。

「まぁ、いいでしょう。しかし、土と樹の属性魔法とは、難しい属性を聞いてきますね」

「難しい属性ってどういうこと」

サンドラは目を光らせると、黒板に文字を書きながら楽しそうに説明を始めた。

「まだ説明しておりませんでしたが、リッド様は魔法が『変質魔法』と『操質魔法』の二種類に分けられることはご存知でしょうか」

「うーん……。知りません！」

ニコリと微笑んだ彼女は「素直でよろしいですね」と頷いた。

「では、早速ですが魔法の属性素質は無属性を含めて『十種類』と言われています。そのうち『操質魔法』と言われているのが『土』と『樹』の二種類です。この二種類の属性は外部に向かって発動する際に、間接的にでも大地に接している必要があると言われています」

「え、そうなの」

思い返してみると、以前に全属性の発動を試した時、他の属性魔法はすべて差し出した手先から発動できた。だけど、『土』と『樹』だけは、足元の大地から発生していた気がする。考えに耽っていると、サンドラが「コホン」と咳払いをした。

「何をお考えになっているのか気になりますが、説明を続けます。土と樹以外の属性魔法は『術者の魔力をそのまま属性変質』して発動します。土と樹は『術者の魔力で存在する物を操り変質』して発動致します」

「つまり、『変質魔法』は魔力を糧にして発動できる魔法。『操質魔法』は魔力を糧にして存在している物を任意に操る魔法……という認識を持てば良いのかな」

サンドラはコクリと頷いた。「仰る通りです。とはいえ、樹も土も使える人が少ない上に、高度に扱える人は見たことがありません。まだまだ、研究の余地がある属性魔法ですね」

「なるほど……」と相槌を打ちながら、新たに得た知識の『操質魔法』について考えていた。土の属性魔法に関しては、サンドラの言う通り大量にある土を魔力で動かしているのだろう。だが、樹はどうなのか。以前、試しに発動した『樹槍』は、足元から先端の尖った木が生えながら進んで行った記憶がある。だけど、足元は草原で木なんて生えていなかったはずだ。

その時、ある考えに至ってハッとする。『魔力は生命エネルギー』という言葉を思い出したからだ。草や木に魔力という生命エネルギーを注ぎ込み、『成長促進』させて操ることができる。というのが樹の属性魔法の根本ではないだろうか。さらに言えば、闇属性魔法で影に潜れるから、想像力次第では樹属性魔法で行えることも多いはず。

俯きながら考えに耽っていると、誰かに呼びかけられた気がして「ん？」と顔を上げた。すると、目と鼻の先にサンドラの顔があり、「うわぁあああ⁉」と驚きのあまりつい声を上げてしまう。

彼女も「きゃぁあああ⁉」と悲鳴を上げて飛び退いた。前にもこんなことがあった気がする。

「お、驚きました。以前のように、話しかけても全く反応が無いから心配しましたよ」

「あはは。驚かせてごめんね。考えに耽っていて、サンドラ先生の声に気付かなかったんだ」

決まりの悪さを感じながら答えると、サンドラは「はぁ」とため息を吐き、胸に手を当て深呼吸をして心を落ち着かせている。それから間もなく、彼女はニヤリと口元を緩めた。

「それで……何を思いついて企んでいるんですか。リッド様」

「ふふ、ちょっと、試したい事ができたんだ。サンドラ先生の意見も聞きたいけど、ここだと目立つし……人気の少ない屋敷の裏に行こうか」

彼女は目を爛々とさせるが、わざとらしく悩む仕草を見せたあとおどけた仕草を見せる。

「畏まりました……ですが、愛の告白なら謹んでお断りいたします」

「そんなことするわけないでしょ。僕にはファラがいるんだからさ……あ」発した言葉に対して「しまった!!」と思った。別に事実だから良いんだけど、言った相手が悪い。そっとサンドラの顔色を窺うと、案の定とってもニヤニヤしていた。

その後、屋敷の裏に移動する間、「熱々で羨ましい限りでございますねぇ……」とサンドラに散々冷やかされる羽目になった。どっと疲れたのは言うまでもない。

※補足
魔法の属性素質十種類＝火、水、氷、風、土、樹、雷、光、闇、無

◇

「さてと、この辺で良いかな?」そう呟いて、周りを見渡した。うん、人気もないしここなら問題ないだろう。今いる場所は、属性魔法を以前練習した人気の無い屋敷の裏側だ。ちなみに、ここか

らもう少し進んだ場所にクッキーが掘り当てた温泉がある。

「ふむ。リッド様、今さらですが何を試すおつもりなんですか？」サンドラの質問に、屋敷に立ち寄り持ってきた物を手に取りだした。

「ふふ、これを使ってちょっとした実験をしようと思ってね」

「リッド様、そのゴミはなんですか」

「これはゴミじゃないよ。ムクロジの実っていう木の実さ」そう答えると、ムクロジの実の皮を取り外して中から『黒い実』を取り出した。そして、取り出した黒い実をサンドラに見せて質問する。

「例えばだけど、この『ムクロジの実』に樹の属性魔法で魔力を与えたらどうなるかな」

「やっぱり、型破りな事を考えていましたね。しかし、『どうなるか？』と尋ねられても何とも言えませんね。何も起きないような気がしますけど……。というか、樹の属性魔法を使える人でも呼んでいるんですか」

彼女は相変わらず不思議そうに首を傾げている。うーん、どうしたものか。これ以上は説明するより、試した方がわかりやすいかもしれない。とりあえず、木の実に魔力を込めてみることにした。ムクロジの実を両手で包み込んで、魔力を与えてみるが何も起こらない。ふむ、このやり方は効果無しか。不可解な行動に見えたらしく、サンドラは眉を顰めていた。

「リッド様、何をしているんですか。もし、魔力を込めるならせめて埋めてからの方が良いと思いますよ。でも、樹の属性素質がないと意味がないと思いますけどね」

「じゃあ、埋めてからもう一度やってみるよ」

サンドラの指摘通りに土をほじくり返して、ムクロジの実を埋めた。先程、魔力を込めたので少し様子を見てみるが変化はない。

「木の実に込めてから、埋めても駄目……か」

「リッド様、失礼ながら先程からお伝えしているように『樹の属性素質』をお持ちでないのにこのようなことをしても無駄だと存じます」彼女にしては珍しく、僕には樹の属性素質がないと思っているようだ。

まぁ、さっきから色々試して効果がないことが続いているからそれも当然か。そう思いつつ、次のやり方を思案する。魔法は固定観念に囚われない『想像力』が重要だ。それは、カペラから教わった影に潜れる魔法『潜影術』が証明している。

その時、ハッとした。闇の属性魔法である『潜影術』の習得の為には、影の性質の理解かつ明確なイメージが必要だった。じゃあ、今試そうとしている魔法にも同じことが言えるのではないか？そう閃くと同時に、種子を埋めた地面にもう一度両手を添える。しかし、今度は種から芽が生まれ、成長して成木となり、やがて大木に、さらなる時を経て巨木になるイメージを明確に描いた。うん。これなら、いけそうだ。深呼吸をしてから、おもむろに新たな魔法名を唱えた。

「……樹木成長！」

その瞬間、埋めた種子と魔力を通じて繋がったとわかる感触が手から伝わって来た。同時に種子に魔力を持っていかれる。それも想像以上に凄い勢いで、中々の食いっぷりである。

ふと種子を植えた場所に目をやると、土が盛り上がり何かが出て来ようとしていた。サンドラも

異変に気付き、「リッド様、何をしたんですか!?」と叫びながら後ずさりしている。魔力にまだまだ余裕を感じて、「いっけぇえええぇ！」と叫んだ。

その時、土の中から芽がちょこんと生えた。「ん……!?」とサンドラが首をひねる。だけど、すぐに轟音を響かせてどんどん大きく成長していく。種子が一瞬で成木となっていく様子を目の当たりにしたサンドラは、驚愕の面持ちを浮かべ「こ、これは魔法によって促された植物における一種の変態だぁあああぁ！」と何やら叫んでいる。

気付くと目の前には立派なムクロジの樹木ができ上がっていた。だけど、魔力はまだ樹木に吸われている感触があり、ニヤリと笑った。

「ものは試しだ。たっぷり持っていけ！」

「リッド様、なにを!? ちょっ、ま……!?」

既に成木となっているムクロジの木だが、魔力をどんどん吸い上げてさらに大きくなっていく。まるで前世の有名なアニメ映画で見た、種子から大木になっていく様子の再現だ。しかしその時、手に突然痛みが走る。これ以上は、危ないか……そう思い、地面に両手を添えるのをサッとやめて身を退く。すると間もなく樹木の生長がだんだんと緩やかになり、やがて止まった。

結構な量の魔力を持っていかれた気はするけど、体に異常はない。目の前に誕生した、ムクロジの巨木を見上げながら「立派な木になったなぁ……」と感慨深げに呟いた。

樹高は二十m以上ぐらいありそうかな。樹の表面はボコボコしており、樹齢を感じさせる。幹周(かんしゅう)もかなりありそうな感じで、前世においてネットやテレビで見た屋久杉の巨木みたいだ。ともかく、巨大な樹木が屋敷裏の草原に誕生したわけである。

その時、パラパラと何かが落ちて来た。なんだろう……足元に落ちた物を拾うと『ムクロジの実』だった。どうやら、ただ成長しただけではなくて、実もしっかりできたらしい。ともかく、これで仮説が正しかったことが証明されたかな。

『魔力は生命エネルギー』だから、植物に与えると成長促進効果があるということだろう。ただ、結構な魔力を持っていかれたから、今後の使用には注意が必要かもしれない。だけど、この魔法をうまく使えば色んなことができそうだ。「ふむ」と誕生した木に背中を預けて考え込んでいると、いきなり怒号が響いた。

「リッド様、樹の属性素質をお持ちだったんですか⁉　いえ、それよりもなんですか……なんなのですか、これは⁉　『ゴミを木に変える魔法』でも創ったんですか⁉」

サンドラにしては珍しく、かなり驚いた様子で大きくなった樹木を指差して血相を変えている。

「ゴミからは木は生まれないよ……樹の属性魔法の『樹木成長』で『ムクロジの実を成長促進した』だけだよ」

「な、なな……じょ、常識外れにも程がありますよ⁉　それに、まさかとは思いましたが、本当に樹の属性素質までお持ちだなんて……さすがの私もびっくり仰天です」

「ん？　樹の属性素質ってそんなに、珍しいの」

「はぁ……その点について説明いたしますね」

サンドラは呆れ果てたらしく、額に手を添えながら属性素質について教えてくれた。属性素質は、基本的に両親が持っている素質を引き継ぐことがほとんどらしい。それ以外の属性素質を持って生まれてくることはあるが、それはとても少数だという。その為、サンドラも僕が持っている属性素質が『火』と、以前使えると伝えた『水』だけだと思っていたらしい。

でも、この話を聞いて思わず首を傾げた。そもそも、この世界に魔法はあまり浸透していない。だから必然的に、魔法の属性素質がどのように親から子に引き継がれるのかは、ほとんど未解明に近いはずだ。だとすると、サンドラの言った内容の確認した分母はとても少ないのではないだろうか。

抱いた疑問をそのまま説明する感じで、サンドラに問い掛けた。ハッとした彼女は、思案顔を浮かべる。

「確かに、リッド様の言うことも一理あります。私も直接調べたわけではありませんからね。やっぱり、リッド様の発想力は素晴らしいです。『目から鱗が落ちる』というやつですね」

何やら感心している彼女に対して、今後の活動で鍵と成り得る一番重要な質問をした。

「サンドラは、人が持っている、『属性素質を調べられる道具』が存在しているかどうか知っている？」

「いえ……聞いた事ありませんね。研究者としては是非欲しいですが、一般的には無用の長物でしょうから、存在しないと思います」

この時、自然に口元がニヤリと緩んだ。様々な要因が重なった結果、この世界において属性素質を調べる道具の研究開発は進んでいないのだろう。それから間もなく、サンドラが首を傾げて肩をすくめた。

「リッド様、悪そうな顔になっていますよ。何を考えているのか存じませんが、面白そうなので私も協力します。その代わりに、属性素質を調べる道具ができたら使わせてくださいね」

悪そうな顔と言われてハッとすると、慌てて軽く首を横に振った。それから、あえて微笑んだ。

「ありがとう。それなら早速お願いがあるんだ。サンドラが帝都で研究所の所長をしていた時、一緒に働いていた優秀な人達がいるんだよね。彼らを将来的にバルディア領に呼ぶことはできるかな」

「随分と可愛い笑顔で仰いますね。それにしても、帝都の研究所に一緒にいた人達ですか。条件次第ではありますが、呼ぶことはできると思いますよ。皆、帝都から泣く泣く自分の領地に帰っていますからね」そう言った彼女は、少し決まりが悪そうだ。

サンドラは、過去に帝都の研究所で所長に抜擢されている。その際、彼女の下に集められたのは身分関係なく優秀な研究者達だったそうだ。

だが残念なことに、国家予算が平民に充てられたことに対して一部の貴族が不満を抱いたらしい。そして、一部の貴族達が行う様々な嫌がらせによって、まともな研究ができなくなってしまったそうだ。結果、サンドラを含めた優秀な研究者達は全員退職せざるを得なくなったらしい。だけど、優秀な人材を放置しておくなんて勿体ない……彼女からこの話を初めて聞いた時からそう感じていた。

「でも、彼等を集めて何をするおつもりなんですか?」首をひねるサンドラに、「実はね……」と今後の動きとして考えていることを伝えた。勿論まだまだ課題はあるけど、今日新たに創った『樹木成長』があれば、大分前進できるだろう。説明を聞いた彼女は目を爛々とさせた。

「リッド様は、本当に『型破りな神童』ですね。そんなことまで、考えていらっしゃるとは思いませんでしたよ。わかりました、とりあえず連絡を取ってみますね」

「うん、お願い。でも『型破りな神童』はやめてよね……」そう言うと、サンドラと巨木の前で今後のことの打ち合わせを開始するのであった。

◇

その後、『樹木成長』の魔法を使って生み出した巨木は、突然現れたことから屋敷の皆に怪しまれて大騒ぎとなる。巨木を目の当たりにしたメルは「すごぉーい、おっきい!!」と見上げて感動していた。

メルの肩に乗って一緒にやって来たクッキーとビスケットも、かなり気に入ったらしい。巨木の上に楽しそうにひょひょいと登り、枝の上で寛いだりしている。その様子を見たメルがむぅっと膨れて可愛らしく怒っていた。

「クッキーとビスケットずるい！　おおきくなってわたしもうえにつれていってよ」

「……!?　メルディ様、それは駄目です。絶対におやめください！」

メルの発言にダナエが血相変えて止めていたのが面白くて、つい笑ってしまう。その中でも、特にガルンの顔が真っ青になったのが印象的だった。

「このような巨木が、一日と経たずに屋敷の裏に生えたとはいまだに信じられません。ライナー様がお帰りになったら、さぞ頭を抱えるでしょうな」

「この巨木は、レナルーテの魔の森の奥地に生えている樹木のようですね」

ガルンとカペラが茫然として吐いた言葉に、（屋敷の裏に巨木が生えたくらいで大袈裟だなぁ）と心の中で呟いていた。

それから、巨木をどうするかについて様々な意見が交わされる。だけど、石鹸の代わりになる『ムクロジの実』を落とす木であることがわかると、屋敷の皆……特にディアナとメイド達から愛される存在となり、御神木のように扱われるようになった。しかしこの一件は後日、ディアナから注意される。

「リッド様、『ムクロジの実』は大変ありがたいですが、もう少しご自重ください」

「巨木が生えたぐらいで皆、大袈裟だよ。多分、父上もそんなに気にしないんじゃないかな」

この答えに対して、ディアナは大きい、とても大きいため息を吐いた気がした。けれども、軽く受け流して、次の計画に向けて色々と考えに耽っていくのであった。

エレンとアレックスの発明

「エレン、アレックス、どう？　ここにはもう慣れた？」

「はい。おかげさまでボク達、色々と好きなことができています」

「姉さんの言う通りです。作業場付きのこんな良い場所まで、ご用意していただき本当にありがとうございます」

この日、ドワーフのエレンとアレックスの為に用意した作業場にディアナと訪れていた。彼らをバルディア領に招いたのは、武具を含めて色んな物を作成してもらうためだ。そして、エレンに依頼していた品の試作品ができたと連絡をもらい、喜び勇んでやってきたという訳である。

「作業場を気に入ってもらえて良かったよ。それじゃあ、早速だけどお願いしていた試作品を見せてもらってもいいかな」

「はい、わかりました」二人は嬉しそうに頷くと、作業場の奥に入って行った。彼らが見えなくなると、傍で控えていたディアナが不思議そうに尋ねてきた。

「リッド様。お二人に何を依頼されたのか、よければお伺いしてもよろしいでしょうか？」

「うん。『属性素質鑑定機』だね。魔力を少しでも扱える人が使えば、その人の持っている属性素質を調べることができる鑑定機かな」

『属性素質を調べる鑑定機』と聞いたディアナは首を傾げている。

「また、珍妙な物をお願いしたのですね。魔力が扱える者は騎士団や一部の冒険者、後は貴族などしかおりません。それに、魔力を扱える者達は自身の属性素質を把握している者がほとんどです。従いまして、持っている属性素質が分かってもあまり意味がないと思うのですが」

彼女の言う通り、すでに自身の属性素質を把握している人には無用の長物だろう。それでも、確認を行える意味での有効性はあると思う。でもそれ以上に、これから行おうとしている事業には『属性素質鑑定』を可能とする物が絶対必要だ。

「そうだね。すでに魔法を扱える人達には意味がないかもね。でも、各個人の属性素質がすぐに分かるようになれば、組織としては大きく飛躍できると思うんだけどな」

「うーん。組織として大きく飛躍……ですか」突飛な話に聞こえたらしく、ディアナは相変わらず不可解そうな顔をしている。

その時、作業場の奥から四角い箱の上に透明な水晶玉が乗った物を、エレンとアレックスが大事に抱えて持ってきた。それを僕の目の前にゆっくり置いたエレンは、「コホン」と咳払いをして自信満々に胸を張る。

「お待たせしました‼ リッド様から言われた通り、魔刀で発生する魔鋼の色彩変化反応を応用して作った『属性素質鑑定機』の試作機第一号『属性素質調べる君』です！」

「おぉ⁉」驚嘆の声を上げると、彼女はドヤ顔を浮かべる。

「使い方は簡単。箱の上に置いてある水晶玉に手を置いて魔力を通せば、一定時間毎に色が変わります。その色を見れば、手を置いた人の『属性素質』がわかるという代物です」

「姉さん……説明は良いけど、やっぱりその名前はどうかと思うよ」

楽し気に語るエレンを横目に、少し痛々しい物を見るような目でアレックスが指摘する。わかりやすいから、悪い名前ではないと思うけどな。

「エレン、説明ありがとう。早速だけど、属性素質は無属性も含めると全部で十種類あるよね。これは無属性以外が分かる感じなのかな」

「リッド様の仰る通りです。ただ、一つだけ問題がありまして……」彼女は問い掛けに頷くと、困り顔で頭を掻いた。

「色彩変化反応は確認できたのですが……さすがにボク達だけだと、どの属性が何色になるかまでがわからなくて……これだけは、いろんな人で試してみるしかないかなと」

「なるほど……ね」

エレンとアレックスだけでは、確認できる属性素質は限られるから当然の事と言える。しかし、それでも一部の確認ができたということは、彼女達も多少魔法の心得があるということだろう。

程なくして、ふと周りを見渡した。今この建物内にいるのは僕、ディアナ、エレンとアレックスの計四人だけだ。「ふむ」と少し考えを巡らせてから皆に言った。

「エレン、アレックス、これからこの場所に僕達以外は誰も入らないようにしてもらえるかな」

「え？　わ、わかりました。アレックス、お店に鍵をかけて。ボクは作業場に鍵をかけてくる」

「わかったよ、姉さん」二人は声を掛け合い、あちこちの戸締りをいそいそと行っている。その様子を眺めていたディアナが、そっと話しかけてきた。

「リッド様、今度は何をなさるおつもりでしょうか。騒ぎになるような真似はなさらぬよう、お願い申し上げます」

「うん。大丈夫だよ。何か特別なことをするわけじゃないからね」

「だといいのですが……」彼女は、何故かとても心配そうにしている……なんでだろう？　それから間もなく、エレンとアレックスが戸締りを終えて戻ってきた。

「リッド様、お待たせして申し訳ありません。でも、何をなさるおつもりですか」

「ありがとう、エレン、アレックス。難しい事じゃないさ。僕が『調べる君』を使うだけだよ。でも、この場で見た属性素質は絶対に秘密でお願いね」そう言うと、この場にいる皆が何やら胸を撫でおろした。

「良かったぁ……また、型破りな事をお考えかと思って心配しましたよ。でも、わかりました。リッド様の属性素質は絶対秘密に致します」エレンの答えに、周りの皆もコクリと頷いている。

「皆……僕を何だと思っているのさ。僕は至って普通の子供だよ」

だけどこの時、皆は何とも言えない顔を浮かべていた。やれやれと肩をすくめると、深呼吸を行い『調べる君』の水晶に掌を置いた。そして、掌に意識的に魔力を流すと、水晶の中がみるみる赤く染まっていく。

「おお⁉　思ったより面白いね。これは『火』かな」

「おそらくそうですね。さすが、リッド様です。バルディア領の領主と言えば、代々『火の属性素質』をお持ちとボク達は聞いていますよ」

水晶の中で赤い色がそれこそ火のように、燃え上がっている。変化が起きて十秒も経過しないぐらいだろうか。やがて赤い色に変化が訪れて、今度は薄い水色に変化して波紋のような模様が波打っている。

「お？　今度は『水』の属性素質かな？」

「そのようですね。でも、相反するような属性をお持ちとは、リッド様っぽいですね」

エレンの言葉にアレックスやディアナがクスクス苦笑している。その様子に、思わずムッとするが、また色に変化が訪れた。今度は薄い緑に変わり、竜巻のように渦巻いている。

「これは、風っぽいね」

「そう……みたいですね。初めて見た変化ですから、記録しておきます」

何やらエレンの顔が引きつっているような気がするのは、気のせいだろうか。それから間もなく、また変化が現れた。今度は黄色で雷のように迸っている。

「これはどうみても『雷』だよね」

「はい。その通りだと思いますが……何故でしょう。ボク、あり得ないことが起きそうで、凄く嫌な予感がします……気のせいでしょうか」

「いやいや、属性素質の変化を確かめているだけだから、何も起きないと思うよ」そう言うと、エレンが戸惑った様子で「いや、そういう意味では……」と言ったところで、水晶の色に変化が起きる。

今度は深い青色の氷のような塊だ。しかし、何故だろう……水晶を見ていた皆の顔色がサーっと青くなった気がする。

「また変化したね。氷の属性素質みたい」

「はぁ……記録します」エレンはがっくり項垂れてしまう。ふと周りを見ると、アレックスは顔を引きつらせ、ディアナはサーっと顔から血の気が引いている気がする……どうしたんだろう、と思わず首を傾げた。

その後も『調べる君』は色彩変化を続けていく。土は茶色、樹は深い緑、光は白、闇は黒という具合だ。順番は闇が最後だったらしく、水晶の中の色は最初に見た火の赤色に戻った。

「よし、これで全部かな。もう何周かさせて、色の出る順番が一度も変わらなければ色彩変化の順番がわかるね」色の変化を確認して、その場にいる皆に声を掛けるが返事がない。

ふと顔を上げて皆に視線を移すと、三人とも茫然と立ち尽くしている。さすがに属性素質のことだろうと察して、バツの悪さを感じつつ「あー……」と頬を掻いた。

「ま、まぁ、全属性持ちも世の中には居るという事だね。だから、最初に言ったでしょ……絶対に秘密だよって」

「リッド様、この事はライナー様はご存じなのでしょうか」顔を真っ青にしたディアナの問い掛けにきょとんとする。

「え、知らないと思うよ。誰にも言ったことないからね。だから、僕の属性素質を知っているのはこの場にいる皆だけだね……内緒だよ」そう言うと、あえてニコリと笑った。すると、ディアナが額に手を添えながら項垂れて、「はぁー……」と深い、とても深いため息を吐く。

「リッド様には常識が通じない。いえ、常識では測れない方だと改めて思い知りました」

「本当ですよね。ボク、全属性持ちの人が存在するなんて考えた事もなかったです」

「俺も……リッド様とのご縁に感謝します」

「へ……?」

全属性持ちという事実を知った三人が、想像以上に衝撃を受けたことに、少し茫然としていた。その後、今回確認した属性素質について口外禁止であることを改めてこの場の皆に説明。

この時、ディアナが僕以上にエレンとアレックスに強く口止めをしていた。対して二人は「勿論です。絶対に口外致しません！」とディアナに直立不動で即答。そんなやり取りを横目に、心の中で（大袈裟だなぁ……）と呟いていた。

属性素質の件が落ち着くと、『調べる君』に魔力を流す作業を再開する。その結果、何度やっても色彩変化の順番は変わらなかった。理由は不明だが、どうやら何かしら法則性があるらしい。

「うーん、色彩変化の順番が決まっていると言うのは不思議ですね。でも、リッド様のおかげで全属性の色彩がわかりました。ありがとうございます」エレンはそう言うと、深々と頭を下げた。

「いやいや、『調べる君』の作成依頼をしたのは僕だからね。役に立てて嬉しいよ。後はこれを何台か量産しておいてほしいけど、可能かな」

エレンは「ちょっと待ってくださいね。計算してみます」と目を瞑り思案してから、ゆっくりと頷いた。

「可能……だと思います。ただ、材料となる『魔鋼』が足りないのでクリスさんにお願いして発注しても良いでしょうか」

「わかった。今度、クリスに会う予定だから、その時に伝えておくよ。それから、新しくエレンとアレックスにお願いがあるんだけど……いいかな」

「はい。何でしょうか」

「俺達にできることでしたら、何でも言ってください」

ニコリと頷いてくれる二人に、「ありがとう。じゃあ、早速なんだけど……」と切り出して、計画を伝える。そして、「是非、力を貸してほしい」とお願いしたところ、エレンとアレックスは目を爛々と輝かせて食いつき気味に首を縦に振った。

「是非、協力させてください！　もし、実現できればボク達も試したい事をもっと沢山することができます。絶対、実現させましょう」

「姉さんの言う通り、絶対に実現させるべきです！」

「う、うん。その時は、また相談に来るからよろしくね」

二人の賛同も得られたから、これで下準備は大体できた。後は、クリスに計画を伝えて見直しを加えた後、父上に相談すればおそらく問題ないだろう。計画が着々と進む嬉しさで、「ふふ、順調順調」とほくそ笑む。その姿を傍で見ていたディアナは「はぁ……」と深いため息を吐いていた。

リッドの事業計画

「うーん、こんな感じで大丈夫かな」僕は今、自分で作った事業計画書を見直しながら、応接室でクリスが来るのを待っていた。なお、この世界にパソコンや印刷機はないので事業計画書はすべて手書きである。作成中、メルから「にーちゃまが、かいてるえ、ちょっとへんだね」と言われて少し落ち込んだりもした。

サンドラとの魔法開発や実験の数々。エレンとアレックスにお願いして作成してもらった属性素質鑑定機。それからメモリーを通じて必要な前世の記憶と知識も得ている。以上を使用して、バルディア家の料理長であるアーリィから指摘された燃料問題。これの解決に向けての下準備が整ったのだ。後は父上を説得する為、この事業計画をまとめなければならない。

そこでクリスに「新しい事業計画で相談をしたい」と連絡を取った。彼女は商会を運営しているから、計画書の作成は得意分野の一つだ。有難いことに「近日中に伺います」と、クリスからすぐに返事をもらえた。そして、今に至るわけである。書類とにらめっこしていると、応接室の外からディアナに呼びかけられた。

「クリス様がいらっしゃいました。ご案内してもよろしいでしょうか」

「うん、お願い」

それから程なくして、黄金色の髪をなびかせたクリスが応接室にやってきた。クリスは簡単な挨拶をその場で行うと、対面上になるよう机を挟みソファーに座る。ディアナには申し訳ないけど、商談になるからと応接室の外で待っていてほしいと伝えた。

「畏まりました。ですが、クリス様にあまり無茶を言わぬようご注意願います」

「……言うわけないでしょ。僕を何だと思っているのさ」

「いえいえ。最近のリッド様の行いに型破りなことが多いものですから……それでは、失礼致します」ディアナは丁寧に、でもしっかりと釘を刺すように答えると一礼して退室する。やれやれと首を軽く横に振るが、ふと気付けばクリスは瞳に怪訝な色を宿していた。

「リッド様、今度は何をしたのですか？」

「え、何もしてないよ。それよりも、今日見てほしいのはこれなんだけど……」

「拝見します」クリスに自作の事業計画書を手渡すと計画の全容、現時点で気付いている問題点を口頭で説明する。その上で父上を説得しないといけないから、内容に問題がないかの確認をしてほしいと伝えた。

彼女は説明に「ええ、はい、なるほど」と相槌を打ちながら書類に目を通していく。その姿は真剣そのものだが、ふとクリスの目を見ると期待と畏れが混じったような複雑な感情が読み取れる。予想外の反応に少し不安になり、（あれ、事業計画書に何か問題があったかな……）と心の中で呟いた。

あらかたの話が終わると、彼女は事業計画書をもう一度最初から読み直す。やがて、書類をゆっくり机の上に置いたクリスは、額に手を添えながら俯いて「はぁあー……」と深いため息を吐いた。

「……この事業計画書はとても良くできています。『実現』できれば……ですけどね。リッド様、疑うわけではありませんが、こんなこと本当にできるんですか。初期投資にかかる費用が凄いので、回収できないと後々大変なことになりますよ」

「うん、そうだね。でも、その点は大丈夫だと思う。初期投資にかかる費用は、化粧水やリンスで得た利益を使うつもりさ。予算が足りない時は……クリスに共同出資者になってもらおうかな」ニコリと彼女の目を見つめた。

「はぁ……まぁ、リッド様がなされることですから間違いはないと思いますから、その時は私からも出資させてもらいますよ」

「ありがとう、クリス」

彼女は少し照れた様子で頬を掻くと、書類に再度目を落とす。そして、気になる点を見つけたらしく書類の一文を指差した。

「ライナー様に提出するなら、この点をもう少し詳細に書くと良いと思います」

「え、どこどこ」それからクリスと共に、事業計画書の手直しと確認を行うのであった。

◇

その後、作業がいち段落すると、ディアナが淹れてくれた紅茶を飲みながら一息入れる。その中、クリスがふと思い出したように呟いた。

「リッド様のことですから、事業計画書の内容は事前にお試しになっているんですよね」

「うん。仮定の話だけでは父上を説得できないからね。屋敷裏とか、エレン達の所で試したよ」

「はは……ディアナさんが先程仰っていた『型破り』な場面が想像できますね。リッド様、お屋敷の皆様にあんまり心配かけちゃ駄目ですよ」

「う、うん。気を付けるよ」彼女の指摘に頷いて、最近の言動を思い返してみる。確かに、ディアナには色々と心労をかけているような気がしないでもない。温泉を今度から好きなだけ入れるようにしてあげるから、それで許してもらおうかな。もしくはルーベンスとの仲が進展しやすいよう、新しい『浴衣』を取り寄せるとか……いや、それは逆に怒られそうだな。そんなことを考えつつ、机の上に置いてある『事業計画書』に目を落とすと、話頭を転じた。

「それはそうと、クリス。改めて事業計画書の件はありがとう。これで、父上に話してみるよ」

「いえいえ、お役に立てて良かったです」

「それと、新しく調達してほしい物があるんだけどいいかな」

「はい、なんでしょうか？」

僕は別紙にまとめていた『今後必要になる物のリスト』を説明しながら渡した。リストを受け取ったクリスは、内容を確認すると口元に手を当て「うーん」と難しい顔を浮かべる。

「一つは簡単、というかすぐに手に入ると思います。しかし、この『幹を傷つけると、白い液体が漏れ出す木』とは何に使う物なんですか？　名称も聞き馴染みがありませんし……」

「それは、まだ秘密かな。でも、クリスにとっても絶対良いことに繋がるはずだよ。種か苗木、何でもいいからお願いね」

「承知しました。あちこち、伝手をあたってみます」クリスはそう言うと、リストに目を落とした。

「あと、これは本当に良いのですか。以前は問題になるから見送ると仰っていましたけど……」

「そうだね。でも、あの時と違って問題になる可能性は低いと思う。先方には、事前に連絡して根回しをするから大丈夫。後はできるだけ、小さい子達がいいかも。覚えてもらうことも多いだろうからね」

問題がないと確認できた彼女は、ホッと安堵した表情を浮かべた。

「畏まりました。以前、ご依頼を頂いた件もまだ用意できておりませんから、合わせて確認しておきますね」

「うん、よろしく」

「あ、そういえば、リッド様にお伺いしたいことがあったんです」

クリスがふと何かを思い出したらしく、話頭を転じた。「うん。何かな」と尋ねると、彼女は瞳に怪訝な光を宿した。

「屋敷に来た時、ガルンさんから『リッド様に交渉術を教えていただきありがとうございます』と言われたんですが、何の事でしょうか。私、リッド様に交渉術なんてお教えしましたっけ……？」

「……!? ゴホゴホッ!!」

まさか、ガルンと先日行ったやり取りが巡り巡ってクリスに行くとは思わなかった。いきなり咳込んだ僕に、「リッド様!? 大丈夫ですか！」とクリスが心配して声をかけてくれる。

「ごめん、大丈夫。心配してくれてありがとう。でも、僕はクリスに謝らないといけないね」

「え……？」

呆気に取られている彼女に、先日の新屋敷建造の打ち合わせの時に起きたことを説明する。話が進むに従い、クリスは眉間に皺を寄せて、険しい顔となっていく。やがて説明が終わると、彼女は呆れ果てた様子でがっくりと肩を落とした。

「なんてことをしてくれるんですか。私を言い訳に使わないでくださいよ……」

「あはは……ごめんね？」すると、クリスはハッとして何か思いついたらしく、ニヤリと意地悪く笑った。

「良い事を思い付きました。折角ですからサフロン商会に伝わる『商学』を今後、リッド様にお伝え致しましょう。そうすれば、ガルンさんとの話も嘘になりません。それに、今後も打ち合わせをすることは多くなりますから、定期的にリッド様に会いにくる口実にもなります」

「えっと、それは良いけど、サフロン商会に伝わる『商学』なんて、簡単に外部に伝えて大丈夫なの」なんかよくわからないけど、商会に伝わる『商学』と聞くと何だか凄そうだ。

「はい。そんなに難しい物ではありません。どちらかといえば記憶力を向上させる為の勉強です。商売においては書面では残せない情報も多いですから、記憶力を鍛えておくことが基本という考えです。もちろんそれだけではありません……覚悟してくださいね」

「う、うん。お手柔らかにお願いします」

クリスは『商学』の説明中ずっと不敵な笑みを浮かべていた。

◇

後日、サフロン商会に伝わると言う『商学』をクリスから教えてもらったのだが、これが中々に大変なものだった。数字の羅列をクリスから口頭で伝えられて、瞬時に覚えて復唱しないといけない。四苦八苦していると、クリスは冷やかに口元を緩めた。

「リッド様は、『自重しなさい』と皆さんに言われても、すぐにお忘れになるようですからね。今後は忘れないよう、この機会に反省していただきます」

「……以後、気を付けます」

「ふふ、その言葉だけは何度も聞いております。さぁ、次の問題にいきますよ」

ちなみにこの訓練を続けた結果、瞬間的な記憶力が向上していき地味に色々と助かるようになっていくが、それはまだ先の話であった。

父上の帰還

今日は少し時間が空いて、メルにも懇願されたから久しぶりに書斎を訪れていた。書斎には、僕とメルの他にはクッキーとビスケット。そして、ダナエがドア近くに控えている。

なお、メルから懇願されたのは絵本の音読、読み聞かせだ。従って僕はいまソファーに腰かけ、膝に座るメルに絵本を読んでいる。あと意外なことに、いつも彼女と一緒のクッキーとビスケットも絵本に興味があるらしく、僕とメルを囲むように座っている。そんな状況の中、僕の絵本の音読を書斎にいる皆は楽しそうに聞いていた。声色を使って読まないと怒られるから、案外大変なんだけどね……。そんな時、書斎のドアがノックされ、返事をすると入ってきたのはガルンだった。

「リッド様、ライナー様が執務室でお呼びでございます」

「父上が？　わかった、すぐに行くね」

「えぇえ⁉　にーちゃま、またいっちゃうの。まえも、えほんのとちゅうでよばれたでしょ。もう、ちちうえきらい！」メルは頬を膨らませて『むぅ』となっている。

「メル、そんなこと言っちゃダメ。父上はバルディア領、ひいては僕達家族の為に、帝都でお仕事頑張ってきたんだよ。絵本ならまた読んであげるから、ね」

「うん、わかった。ごめんなさい。でも、にーちゃま、えほんはやくそくだからね」

「メルは良い子だね。うん、約束する」

絵本をまた読み聞かせする約束をメルと指切りしたところで、ダナエが近寄り会釈する。

「メルディ様。この後、私でよろしければ絵本をお読みいたしましょうか？」

「うん！　ダナエがよんでくれるえほんもだいすき！」

「ありがとう、ダナエ。じゃあ、後をお願いね」

「畏まりました」ダナエはそう言うと、笑顔で一礼する。

こうして書斎に残るメル達には、ダナエが代役として絵本を読んでくれることになった。メル曰く、ダナエも声色を使って絵本を読んでくれるそうだ。

その後、メル達と別れて書斎から執務室にガルンと移動する途中、ハッとして足を止めた。

「ガルン、ごめん。自室に父上に見せたい書類があるから、それを取って来るね」

「承知しました。ライナー様にはその旨をお伝えしておきます」

「うん、よろしく」ガルンに軽く謝るとすぐに自室に向かった。

父上に見せたい書類、それはクリスにも目を通してもらった事業計画書だ。部屋に戻ると書類を取り出して、何度も確認はしているけど最後にもう一度目を通した。

「よし。これなら、父上も納得してくれるはずだ」そう呟くと、父上が待っている執務室に急いで向かった。

◇

自室から持ってきた書類を片手に、深呼吸をして気持ちを落ち着かせると、執務室のドアをノックした。「……入れ」と父上の返事が聞こえたことで、おもむろに入室する。部屋の中には、ガルンと父上の二人がいた。

父上は執務机の椅子に座っているが、珍しく少し疲れた感じがする。きっと、帝都の仕事が大変だったのだろう。

「そこに座りなさい」父上はそう言うと、椅子から立ち上がりソファーに移動して腰掛ける。促されたソファーに僕も腰かけた結果、机を挟んで父上と向かい合う形となった。それから間もなく、父上がガルンに目をやった。

「濃い紅茶を頼む。あと、今日は茶菓子もくれ」

「承知しました」ガルンは会釈すると、執務室を後にする。父上が茶菓子をお願いするなんて珍しい。何か心労になるようなことでもあったのだろうか。

「父上、帝都での業務お疲れ様でございます。普段よりも大変だったのでしょうか？」

「そうだな、確かにいつもよりは大変だったが、何故そう思った」

父上は眉間に皺を寄せ、訝しい眼差しをこちらに向けている。普段は疲れを顔に出さないから、気になっただけなんだけどな。

「いえ、父上がいつもよりお疲れのご様子だったので……」

「ほう……」父上は相槌を打つが、同時に不敵な笑みを浮かべる。しかし、目が笑っていない。その瞬間、直感した。あ、これ、何か知らないけど父上が怒っているやつだ。だけど、何か父上が怒るようなことしたかな……と思い返してみるが、心当たりがない。無言でこちらを見据える父上に、覚悟を決めて尋ねた。

「えっと、父上。僕に対して何かお怒りというか、仰りたいことがあるのでしょうか」

「そうだな……まずは温泉だな」

「あ、温泉は僕じゃありませんよ。メルと仲良くなっているクッキーの仕業です。理由はわかりませんが、彼が掘りあてました。カペラやディアナ、あとメイド達の有志によって毒性がないのは証明済みです。父上が戻られたら、屋敷に温泉を引っ張る工事許可をもらおうと思っていました」

質問に答えながら、父上の顔色を窺う。しかし、怒っているのはどうやら温泉の事ではないらしい。丁度その時、執務室のドアがノックされる。父上が返事をすると、ガルンが紅茶と茶菓子を持ってきて僕と父上の前にそっと置いてくれた。

「すまんな、ガルン。ところで、温泉の源泉を屋敷には引けそうか？　問題なければ、明日にでも作業を開始してくれ」

「問題ないと存じます。早速、明日から作業を開始いたしましょう」

「父上、温泉の件で少しよろしいでしょうか？」この時、あえて挙手をして会話に入り込んだ。案の定、父上は僕の挙動を見て「うん？　どうした」と訝しめの視線をこちらに向けた。

「僭越ながら申し上げます。温泉を屋敷のメイドや騎士達も使用できるよう、彼等用の浴場も用意していただけないでしょうか？　湯量は沢山ありますから、屋敷の皆で使うべきだと存じます」そう言って、父上に深々と頭を下げる。これは率直な気持ちだった。

父上のことだから、言わなくても最初からそうするつもりはあったかもしれない。だけど、気持ちはしっかりと伝えるべきだ。それに彼等用の温泉は、屋敷の皆のやる気に繋がるから絶対にすべきだと思う。

「リッド、頭を上げなさい。わかった、メイドや騎士達用の浴場も用意しよう。ガルン、そちらの工事の手配も頼む」

「承知しました。ライナー様、リッド様、ご配慮に感謝致します。温泉の件、屋敷で勤めている者を代表して御礼申し上げます」ガルンは深々と一礼する。しかし父上は、「気にするな」と、すぐにガルンの頭を上げさせた。

「リッドの言うことがもっともだ。湯量が豊富であるなら、屋敷の皆で使うべきだろう。それに、石鹸の代用品もあるのだろう。そうだな、リッド」

「はい、父上。屋敷裏にある『ムクロジの木』から採れる『実の皮』には、石鹸と同じ効果があります。水で泡立てれば、体の汚れや服の汚れも落とせますよ」

折角だから、温泉近くに生やしたムクロジの木についても説明する。だけど父上は、何やら不敵な笑みを浮かべた後、こちらをギロリと睨んだ。その時、ハッとして心の中で呟いた。

(あ、巨木の件を父上に言ってなかったっけ……)

多分、言いたいことを察したことを、父上は察したのだろう。温泉工事の件をガルンに進めるよう伝え、同時に声を掛けるまで席を外すように指示をする。ガルンは会釈すると、退室してしまった。

部屋に二人きりとなり、静寂が訪れる。そんな中、父上の厳格な顔を恐る恐る見ると、あえて屈託のない笑みを浮かべてみた。対して父上はニヤリと口元を緩めると、こちらを鋭い目つきでジロリと睨む。

「さぁ、リッド。説明してもらおうか。あの巨木についてだ」

「は、はい、実はですね……」

自室から持ってきた事業計画書を机の上に『裏』にして置くと、巨木の出来事を話始めた。ここ最近、今後のことで考えていたことがあり、サンドラと一緒に魔法研究を行い試した結果、巨木が生えたのだと伝える。

さすがに火に油を注ぎそうなので、意図的に全力で魔力を注いで巨木にしたことは伏せた。何も言わずに聞いていた父上だけど、話が終わるとそれまでの怒りを爆発させる。

「リッド、このたわけが……何度言えばわかるのだ⁉　何かする時は事前に言えといっているだろう。あまり無茶をするなら、しばらく魔法禁止にするぞ」

「な……⁉　魔法禁止……それだけは困ります」勢い余ってその場で立ち上がり、全力で拒否反応を示す。父上はその反応が意外だったらしく、首根っこを押さえたように「ほう」と相槌を打った。

「そうか、そうか。『魔法禁止』はそんなに嫌か。ならば、今後は事前に報告しろ。内容にもよるが、あまりに酷い事後報告があった時は『魔法禁止令』をお前に出そう」

「むぅ……承知しました。巨木の件、事後報告となり申し訳ありません。以後、気を付けます」

『魔法禁止令』に頬を膨らませて、座りなおした。別にこっそり使用することもできるけど、万が一にでも魔法禁止令が下されれば、サンドラとの連携に支障をきたすことになるだろう……さすがにそれは困る。父上は僕に効く有効打を見つけたのが嬉しいのか、少し機嫌が良くなっていた。気付かれないように恕めしい目で父上を睨むと、心の中で（メルじゃないけど……父上嫌い！）と呟く。

魔法禁止令に屈したことに意地を張り、『むぅ』と頬を膨らませていると、その姿を見て、父上は硬い表情を少し解いた。それから程なくして、父上は机の上に置いてある書類に目を落とすと話頭を転じる。

「ところでリッド、お前の本題はこれだろう。この裏面で置いた書類はなんだ」

「それは……僕が今後のバルディア領の発展を考えて作った、事業計画書です」

「なに？　事業計画書……だと」父上は聞き返すように呟くと、眉間に皺を寄せた。こちらの顔を楽しむ余裕は無くなったらしい。「ゴホン」と咳払いをすると、畳み掛けるように言った。

「では、単刀直入に申し上げます。父上、今こそ『養鶏』を始めましょう」

「は……リッド、お前は何を言っているんだ」

「え……失礼ながら父上は『養鶏』をご存じではありませんか？」きょとんと答えると、父上は青筋を立て、眉をピクリとさせる。「この……」と何かを言いかけるが、すぐに眉間を手で揉みながら「ふぅー……」と深呼吸を行った。

「戯けたことを申すな……養鶏自体は知っている。だが、いくらお前の言う事でもわけがわからん。『養鶏』を始めるとはどういうことだ」

「はい。従いまして、この事業計画書を元にご説明いたします」そう言うと、机の上に置いておいた書類を、表にするとそのまま手渡した。

受け取った書面を見た父上は「これは……」と呟き、眉間に皺を寄せた。事業計画書は数枚綴りとなっているが、目を通してもらっているのは一枚目だ。やがて父上は、視線を書類からゆっくりとこちらに移した。

「……リッド、お前がこれを作成したのか？」

「はい。たたき台を作って、クリスに確認してもらいました。事業計画書として、問題はないかと存じます。書類に沿ってご説明してもよろしいでしょうか」

「この書類は、パッと見る限り問題がない。だから、『問題』なのだがな……まぁ、良い。説明を始めなさい」

きょとんとするが、すぐに気を取り直して考えている事業計画の説明を始めた。実はこの世界にも畜産の基本となる動物達……牛、豚、鶏が前世同様に存在している。ただ、大量飼育などは確立されておらず、品種までも全く同じというわけではないけどね。

なお、食料事情に目を向けると、肉関係は平民でも手は届く範囲の金額で流通している。ただ、それでも高級食材の部類になっているらしい。

そんな状況の中で何故、鶏なのか？　主な理由は、卵と鶏肉の入荷が安定して揃うことで料理の種類が大幅に増えることにある。他にも、オリーブオイルを作った後の搾りカスを、ニワトリの飼料に流用して無駄も無くせる部分も大きい。

牛と豚も考えたけど、やはり『卵』が安定生産できる利点を取ったという感じだ。それに、レナルーテで手に入る調味料の『醤油』等の存在も大きい。

鶏肉、醤油、小麦粉、油、これさえあれば……『唐揚げ』が作れるようになる。材料を少し変えて卵を追加すれば、鶏カツだって作れるのだ。

この世界において、これらはまだ知られていない料理である。従って、バルディア領の名物料理として広めれば面白いのではないか？　と考えたわけだ。

また、養鶏を行うことで領地内の食生活も今より、良くなるのは間違いない。領地の地力を向上させることにも直結するはずだ。まぁ、僕が食べたい気持ちもあるけどね。養鶏の利点、可能性についての説明が終わると、父上は額に手を添えながら俯いて「はぁ……」とため息を吐いた。

「私がオリーブを始めると言った時、周りが抱いた感情はこんな感じかもしれんな」

「父上、その通りですよ。何事も実行して、初めて分かることも多いのです。それに、鶏の肉を食べると筋肉増強に良いらしいですよ。特に『胸肉』という部位が良いそうです。食事を改善すれば、僕達を含めて領地に住まう全員に良い影響を与えられます」そう言うと、父上は首を横に振った。

「これだけでは、了承できん。すべての説明を聞いてから、総合的に判断させてもらおう。まだ、話していないことがあるのだろう」

「畏まりました。では、次の内容をご説明しますね」と言ってニコリと頷いた。さすが父上、すんなり通してはくれない。だけど、予想が正しければ、次の提案には十中八九で食いつくだろう。この時、父上は一息つくようにガルンの淹れた紅茶を口にした。

「二枚目は……『木炭』の大量生産を可能にする内容です」

「……⁉　ゴホゴホ、木炭だと⁉」

「はい。それよりも父上、大丈夫ですか」

「あ、ああ。問題ない。説明を続けてくれ」

「承知しました」頷くと説明を再開した。

◇

「……つまりですね。樹の属性素質を持っている者。彼らがちゃんとした魔法指導を受けることさえできれば、誰でも僕と同じ魔法『樹木成長』を使って木を生やすことが可能となります。その木を製炭すれば良いのです」

養鶏の時はあまり乗り気ではない印象だった父上が、木炭の話になってからはかなり前向きで真剣な顔つきになっている。この世界もしくは帝国において、やっぱり燃料問題というのは大きな問題の一つなのかもしれない。父上は説明が終わっても、まだ何も言わず書類を読み込んでいる。程なくして、「なるほど……」と呟いた父上は書類から視線をこちらに移した。

「お前の話はわかった。しかし、木炭を作る技術はどうするつもりだ。バルディア領にそのような技術はないぞ。それに、この事業計画書にもその点についての記載がないようだが？」

「その問題も解決済みです。提案をすべて受け入れてもらわないと話せませんが、技術は確保してあります。すべての提案に了承頂ければすぐに動き始める予定です」

「ほう」と相槌を打った父上は、こちらをジロリと睨んだ。「お前の事業計画書の内容をすべて認めないと、技術提供はしないつもりか。随分と悪知恵が働くものだ……まぁ、良い。説明を続けてくれ」

父上に会釈すると、樹の属性魔法による木材確保、木炭作成、人材育成。これらを同時進行で行うことにより、木炭を安定供給できると説明した。しかし、父上の顔は険しいままだ。

「リッド、お前の提案は確かに面白い話で可能性も感じる。だが、樹属性魔法を使えるかどうかの判断をどうするつもりだ。魔法の修練を長期間行い、魔力がある程度扱えるようになるまでその者が持っている属性素質は不明なのだぞ」

「問題ありません。その点はすでに解決済みです」

「……なんだと」父上は目を見張ると、少し身を乗り出した。続けて、ドワーフのエレンとアレックスに開発してもらった『属性素質鑑定機』のことを説明する。魔力を少しでも扱えるようになれば、色彩変化にて個人が持っている属性素質を判別できる装置であること。

また、属性素質鑑定機は改良中であり、いずれ手をのせるだけで判別できるようにする予定であることも話した。父上は口元に手を当て思案顔を浮かべていたが、やがて天を仰いだ。

「……まさか、帝都に行っている間にここまでの事業計画書を作って来るとはな」

「父上、養鶏と木炭製造の件。どうかお許し頂けないでしょうか……?」

父上は呼びかけに反応せず、目を瞑り何かを考え込んでいる。やがて部屋には静寂が訪れ、重々しい雰囲気が漂う。それから暫くして、父上がゆっくりと目を開けた。

「わかった、良かろう」

「……!? 父上、ありがとうございます」

硬い表情を解いて一礼すると、父上は眉間に皺を寄せながら釘を刺すように言った。

「ただし、木炭をまず作って見せろ。お前の考えた一連の流れで作成した木炭の品質……それを見てから最終的な判断を下す。それでよいな」

「はい、承知しました。必ず高品質の製炭を成功させてみせます」

条件付きとはいえ了承をもらえたことが嬉しくて、つい笑みがこぼれてしまう。父上も少し微笑んだ気がしたが、すぐに次の質問を始めた。

「ところで、リッド。お前の計画にある人材育成だが、どうやって人を集めるつもりだ」

「……それは、心苦しい思いもありますが、クリスティ商会経由で『奴隷』を集めようと思っております。何分、初めての試みに加えて機密事項が多いですから、その点も考慮して今回は奴隷が最適だと存じます」

『奴隷を集める』と聞かされた、父上はさすがに少し驚いた表情をしている。人材をどうするか？この問題点を最初から『奴隷』を集めることで対応をしようと考えていた。レナルーテと政略結婚の話がまとまる前であれば、奴隷を集めることはバルディア家の印象悪化に繋がる可能性があった。レナルーテは隣国バルストとの問題により、『奴隷』に対する嫌悪感がすごいからだ。

実際、ファラとの婚姻を妨害してきた派閥があったから、もし話が落ち着く前に動いていれば大問題になったかもしれない。

だけど、今はファラとの婚姻がほぼ決まったことに加えて、レナルーテの王であるエリアスとの繋がりができている。だから事前に連絡さえしておけば、おそらく問題は起きないはずだ。

「ふむ……」と父上は眉間に皺を寄せた。「商会を通して奴隷を集めたとして、我が領地での扱いはどうするつもりだ。帝国においては、奴隷の扱いは禁止となっているのだぞ。奴隷を集めたところで、有効活用できるとは思えん」

「はい。ですから奴隷の人達には、バルディア領が彼らを保護するために負担した金額を返済してもらいます」

「保護するために負担した金額を返済だと？」父上はそう言うと、怪訝な表情を浮かべる。

だけど、動じずに考えていることを、ゆっくり丁寧に説明をしていく。まず、奴隷の人達を集めるのにかかった費用を計算。それを、奴隷だった人達に平等に割り振り、バルディア領で働いてもらうことで少しずつ返済をしてもらうようにするのだ。

つまり、表向きはバルディア家が彼等にお金を貸して、各個人は身分を買い戻したことにすれば良い。勿論、働いてもらうことで、毎月のお給金は支給する。返済金を差し引いた金額になるけどね。

その代わり、彼等にはこちらで作成した教育課程を学んでもらい、製炭作業、養鶏、新たな技術開発など……バルディア領の発展に繋がることに従事してもらう。

そして、技術流出を防ぐため、彼等がバルディア領外に出るのは禁じる。ただし、借金返済後は領内であれば好きに生きて良い。後はバルディア領が窮地になった時、力を貸してもらえれば、いざという時の戦力にもなるだろう。あらかたの説明がおわると、父上は眉間を指で揉むと深呼吸を行った。

「ふぅー……奴隷に出資して身分を買い戻させる。そして、その出資金を返済させる為に我が領地で魔法技術を学ばせ、領地開発に貢献できる有益な領民とするか……末恐ろしい仕組みを考えるものだ」

「人は安寧安定を求めるものと存じます。我が領地に来たことで奴隷と言う身分から解放され、安寧安定した生活を得られれば、バルディア領から出て行く者はいないでしょう。何より、養鶏と製炭は素晴らしい可能性がある事業です。父上、お願いします。やらせていただけないでしょうか……!?」

そう言って頭を深々と下げた。今回の事業計画を進めることができれば、バルディア領は将来、飛躍的に大きくなれる。必死の想いを感じ取ってくれたのか、父上が優しく声をかけてくれた。

「リッド、頭を上げなさい。わかった……お前の好きにしろ。ただし、何度も言うように事後報告は基本禁止だ。何かあれば私が矢面には立つが、事前に知らなければ立ちまわれないこともあるからな」

「……!? 父上、ありがとうございます」

了承が取れたことで、安堵して思わず笑みが溢れでる。父上も表情が柔らかくなるが、すぐにいつもの厳格な顔に戻り「だがな、リッド」と眼差しを鋭くした。「先程、伝えたようにまずはお前が考えた一連の流れで『木炭』を作ってみせろ。最終的な判断はそこで下す、いいな?」

「承知しました」

養鶏場や製炭における一番の難題は父上の説得だったけど、条件付でも承認をもらえた。念押しされた『木炭』の製作に関しても、算段はすでについている。問題なく解決できるだろう。僕は両手を拳に変え、心の中で（やった。これで計画が前に進むぞ！）と強く叫んだ。その時、父上があることに気付いて首を傾げた。

「リッド、お前の主な提案は養鶏と製炭の二点ということでいいのか？　しかし、この三枚目はなんだ」

「あ……!?　すみません、忘れていました。それは、屋敷建造の要望と設計のたたき台です」

「なに……？」父上は書類に目を通すと、柔らかい雰囲気が消えた。

「ふぅ……新屋敷建造についての資料か。当然、これについても説明があるのだろう」

心なしか父上が疲れているような感じがするけど、あえて畳み掛けるように話を続けた。

「はい。勿論です。こちらの資料はレナルーテに訪問した際、ファラ王女やアスナの意見を聞いて取り入れております。それから、屋敷で実際に働いている者達の意見を集め、良い案があればそれも取り入れました」

作成した屋敷の設計案は温泉、和室、道場、桜の木など他にも盛り沢山だ。原案の受け入れはまず難しいだろう。父上は書類にゆっくり目を通すと、書類の一文を指差した。

「この、『託児所』という部屋はなんだ。やたら大きい上に、常駐員も設置するとあるぞ」

「それは、新屋敷で絶対に用意したい施設です。ご説明します」

怪訝な面持ちの父上に、屋敷で働くメイド達の現状を訴えた。その上で『託児所』は彼女達が結婚後、育児をしながらでも屋敷で働けるようにする仕組みの一環であること。また、仕事のできる人材を確保することにも繋がるだろう。労働環境の充実は短期的には成果は見えにくいけど、中～

長期的で考えれば必ず効果が出ると力説した。すると、父上は予想に反して関心があったらしく興味を示す。

「ほう……その点については、以前から気になっていたことではある。よかろう、この『託児所』については試験的に取り組もう。結果が良ければ、こちらの屋敷でも取り入れを検討するべきだな」

「ありがとうございます。しかし、反対されないのですか」

驚きのあまり賛成した理由を尋ねると、父上は眉をピクリとさせた。

「言っただろう。以前から気になっていた問題だと……それに、性別によって仕事の向き不向きはあるだろうが、『優秀な人材』に性別は関係ない。クリスやディアナ達を見ていればわかることだ。問題解決に繋がるのであれば、賛成こそすれ、反対をする理由はない」

予想外の答えに、内心で驚嘆する。メイド達から聞いた話だと結婚後は男性が働き、女性は家事と育児をするというのが世間一般の常識という感じだった。おそらく貴族社会はもっとそうだろう。だけど、父上の発言は以前からその点を問題認識していたということである。

「父上の御慧眼、恐れ入ります」

「茶化すな……それよりも、屋敷建造の案はこれで全部か。他に付け加えるようなことはないのか？」

「へ……」呆気に取られるが、すぐにハッとする。「他に付け加える事ですか⁉　ちょ、ちょっとお待ちください」慌てて腕を組んで考え込んだけど、皆の意見を盛沢山にした屋敷だ。何かを付け加える事が逆に難しいと気付いて首を横に振った。

「……ありません。部屋数などもかなり多いですので問題はないと思います」

「ふむ、そうか。では、この案で屋敷建造を進めるとしよう」

「え⁉　父上、よろしいのですか。今更ですが予算を無視して、かなり無理難題を入れたつもりなのですが……」疑問に対して、父上は不敵に口元を緩める。

「予算の心配はしなくても大丈夫だ、好きにしなさい。それだけの事をお前は既にしているからな。その報酬とでも思えばよい」

「は、はぁ……？　よくわかりませんが、好きにして良いということであれば、そちらの資料通りに進めていただければ幸いです」

「わかった。これで屋敷建造は進めよう」

よくわからないけど、資料の内容がすべて通ったことは素直に嬉しい。心の中で、（やった！）とガッツポーズをする。それから父上は、渡した資料をまとめると机の上に置いた。

「さて、お前からの話は以上でよいのだな」

「はい。養鶏、木炭、屋敷建造、以上の三点が今回お話したかったことですから」

「わかった」父上は頷くと、少し勿体ぶるように言った。「……では、私からも話がある。ファラ王女との婚姻についてだ」

「……！　はい。お願いいたします」相槌を打つと同時に、表情を引き締める。その後、父上は帝都でのやりとりを語ってくれた。ファラとの婚姻は、無事に認められ問題なく書類手続きが進められているそうだ。また、彼女をバルディア領に迎え入れた時に正式な婚姻となるらしい。

「屋敷建造はできる限り急がせる予定だ。とはいえ、これだけの規模となると少し時間がかかるかもしれんな」

「う……そ、そうですね」指摘に表情が少し引きつった。今回用意した屋敷建造の資料で落とし穴があるとすればそこだ。初案が通るはずがない……そう思って作業日程を考えず、皆の意見を全部取り入れ盛り合わせた結果の屋敷建造案である。建設に時間がかかるのもやむを得ないだろう。

（ごめん、ファラ。思ったより屋敷が凄いことになりそうだから、もう少し待っていてね……）と心の中で呟くのであった。

土の属性魔法

事業計画書を父上に提出してから数日後。

メモリーを通じて、前世の記憶から『木炭の作り方』を把握していた僕は、土属性魔法をここ数日研究、考察を重ねていた。その目的は、木炭を製造する上で欠かせない『炭窯』を製作する際、土の属性魔法を有効活用できるのではないか？　という考えに行き着いたからだ。

また、今日は魔法の授業日でもあり、訓練場にいる僕の目の前には魔法の師であるサンドラが立っている。彼女はこちらを見ると、何かを察したらしい。

「……リッド様、今日はどんな魔法を考えているのですか？」

「サンドラ先生、今日は『土の属性魔法』の研究をしたいと考えております」

「は……？」彼女は唖然とするが、間もなく首を傾げ肩をすくめた。「まったく、一体どれだけの属性素質を持っているんですか。まさか、全部の属性素質を持っている……とかじゃないですよね」

「はは、さすがにそれはないと思うけどね」

属性素質鑑定機における試作機の存在を、彼女にはまだ伝えてはいない。エレン達がサンドラに捕まると、こちらの製作依頼が滞りそうな気がしたからだ。

それにしても、今後の事を考えればエレン達の下にも早く人員を用意してあげたい。でも、だからこそ、父上との話し合いでまとまった『木炭製作』を成功……いや大成功させる必要がある。

ちなみに、今回彼女と魔法研究をする件は父上に書面で提出済みだ。言った、言わないにならない為にもね。まぁ、あれだけ事務仕事の多い父上が僕の書類をちゃんと確認できているのかは、少し疑問だけど。確信犯じゃないからね？　すると、何やらサンドラが瞳に怪訝の色を宿した。

「リッド様。つかぬことを伺いますが今回の魔法実験について、ライナー様には事前の確認を取っていますよね。先日の巨木の件で、私もお叱りを受けたんです。その点、問題ありませんよね」

「うん、勿論。書類で提出しているから、言った、言わないにもならないよ」

「本当ですか。でも、事務仕事で多忙のライナー様によりによって書面で知らせるというのは少し悪意も感じますけど……」

父上に相当怒られたのだろうか。彼女にしては珍しく瞳に宿した怪訝の色が消える気配がない。そんな彼女を説得する為、あえて上目遣いをすると首を横に傾げて囁いた。

「……サンドラ先生は、土の属性魔法に関しては興味がない」

「はぁ……興味がないわけではありません。わかりました。書類でちゃんと提出しているなら良いでしょう。考えていることを教えてください」

呆れた表情を浮かべる彼女だが、最終的には土の属性魔法に関しての興味が勝ったらしい。早速、木炭製造の為に必要な『炭窯』造りにおいて土の属性魔法を使用。効率的かつ優れた炭窯を作りたいと説明した。

「……そこで、サンドラには僕が試してみるから、気付いた点や助言をもらえると助かるなと思っているんだ」

「なるほど、わかりました。正直なところ、私はリッド様のように魔法を高度に扱える方と会ったことがありません。この機会に研……じゃなくて、土の属性魔法の可能性を見せていただきますね」

今、研究って言おうとしたよね……まったくもう。そんな彼女に少し呆れて首を横に振ると、気を取り直して集中を始めた。土の属性魔法は『操質魔法』と呼ばれているだけに、ある程度は術者の想像に合わせて動いてくれる。僕はその場でしゃがみ、地面に両手をついて炭窯の大きさのイメージを固めると呟いた。

「炭窯生成……」唱えた瞬間、魔力を大量に持っていかれる感覚に襲われると、次に地響きが辺りに轟く。そして、目の前で土が盛り上がり『炭窯』の元になる正方形をした盛土ができ上がった。

高さ　二m
奥行　七m

横幅　七m

うん。大体、想像した通りの大きさかな。木炭を大量に作るための大窯だから、結構大きく創った感じだ。すると、一部始終を傍で見ていたサンドラが「おぉ!?」と驚きの声を上げる。

「すごいです……!?　土の属性魔法を使いこなすとこんな物まで作れるんですね」

「何度か事前に練習していたんだけれど、明確なイメージがないと全然うまくいかないから大変だったんだよ。ちょっと、盛土を触ってみて」

「……?　わかりました」

首を傾げながら盛土を手で触ると「これは……」サンドラは感嘆の声を漏らして、こちらに振り向いた。「めちゃくちゃ硬くて頑丈じゃないですか。まるで、何年も踏みしめられたような土になってます」

「良かった。ただ、盛土にするだけじゃ駄目らしくてね。しっかり、踏みしめられた固めた土にしないといけないらしいんだ。魔法を発動する時にその辺もイメージしてみたんだよね」

炭窯の知識をメモリーに探してもらった時、現状で一番作りやすそうな炭窯は土で造る物だった。造り方や仕組みさえ理解できれば、魔法で盛土を作ること自体は案外簡単にできる。

しかし今回は、ただ盛土にするだけではなく、土を固める為の『圧縮』する工程も入ったから、想像以上に魔力消費量が多くなったのだろう。

「盛土の上の状態も見てほしいのだよね……よっと!」身体強化を使って、高さが二m程ある盛土に向かって飛び乗った。

「え!? リッド様」呆気に取られるサンドラに、盛土の上から手を差し出す。意図を察した彼女はため息を吐くと、手を掴み盛土の上によじ登った。

「おぉ～、盛土の上も踏みしめられた地面と変わらない感じがします。リッド様ぐらいの使い手になると、土の属性魔法の有用性はすごそうですね」

「そうかな。頑張れば誰でも使えるようになると思うけれどね……それよりどうだろう。この新しい魔法」

「ふむ」と相槌を打ったサンドラは、盛土を何度も踏んだり、しゃがんで盛土を手で触ったりしている。程なくして、こちらに振り向いた彼女はニコリと頷いた。

「良いと思いますよ。それに、確認した感じだと特別問題もなさそうです。ただし、これを使用する時は必ずライナー様に相談してからにしてくださいよ。これは無暗に人に見せて良い魔法ではありませんからね」

「うん。わかっているさ」

何はともあれ、これで炭窯造りに必要な魔法は完成。後は、父上に報告して実践するだけだ。

「よし。近日中に炭窯を造るぞ！」と声を出して気合を入れた。

炭窯製作

僕は今、執務室の前にいる。今日は、父上に相談したいことがあると、ガルンを通じて事前に連絡をしていた日だ。先日、サンドラに『炭窯生成』の魔法を見せ、問題ないという評価をもらえたから、後は動き出す為の了承を父上からもらえれば前に進める。

「ふぅ……」深呼吸をすると、意を決してドアを叩く。間もなく父上の声で「入れ」という返事が聞こえると、勢いよくドアを開けた。

「父上、失礼します。早速ですが、炭窯製作の準備が整いました。従いまして、騎士団員を僕に貸してください」

「はぁ……」眉をピクリとさせた父上は、少し呆れ顔で視線を書類からこちらに移した。それにしても最近、僕と話す時に皆がため息を吐いている気がする。少し、失礼じゃなかろうか。

「それで……『炭窯製作』とやらにはどのような騎士団員が必要なのだ」

「あ、それはですね」僕は炭窯製作の内容、手順について説明していく。あとついでに、サンドラと実行した土と樹の属性魔法の研究についても口頭で簡単に伝えた。

炭窯製作は、『炭窯生成』という魔法で基礎を造った後、仕上げは人力の手作業で行う算段だ。この時点で、それなりの重労働になることが予想される。

そして、炭窯が完成次第『製炭作業』に移行するけど、これもおそらく体力のいる作業だ。以上の理由から、身体能力の高い騎士団員が適正だろう。そう告げると、父上は「ふむ」と相槌を打った。

「よかろう。騎士団員の中でも特に口が堅く、体力のある者を選別しよう。それと、人数はどれぐらい必要だ」

「そうですね……十名程度、貸していただければ大丈夫だと思います」

おそらく、人数が多すぎると余ってしまうから十名程度が妥当だろう。それに、もし人手が足りない事態になっても、増員をお願いすれば良いだけだからね。

「わかった、十名程度だな。作業はいつから行うつもりだ」

「人数が揃い次第ですが、可能なら明日から作業を行いたいと思っています。作業日程としては、十日ぐらいの予定ですね」

「なるほどな。それならば、明日までには人員を用意しておこう」

「ありがとうございます、父上」ペコリと頭を下げて一礼すると、「では、早速準備がありますので、本日はこれにて失礼いたします」と言って執務室を後にした。

◇

父上との話し合いが終わり自室に戻ると、簡単な手紙を急いで書いてカペラを呼んだ。程なくして部屋にやってきた彼に、「エレンとアレックスに今日中に届けてほしい」と言って書き記した手紙を渡した。

カペラはここ数日、ガルンからバルディア家の執事として必要な教育を受けている。しかし、彼はやはり只者ではなく、ある程度のことはもうこなせるようになっているそうだ。あまりに飲み込みが早い為、ガルンが彼のことを素晴らしい逸材だと褒めていた。

「……承知しました。今日中であれば、私が直接行って参りましょう」

「そうだね。それなら、カペラから直接『エレン』に渡してね。多分、その方が喜ぶと思うから」

「……？　畏まりました」カペラは無表情で会釈すると、エレン達の所に向かう為、すぐに部屋を後にした。

あの様子から察するに、『エレンに渡してね』と話した意図は伝わっていないと思われる。ふと、窓からエレン達が過ごす工房のある方角を見つめて「……エレン、頑張ってね」と呟くのであった。

◇

翌日、父上の指示で訓練場には十数名の騎士団員達が僕の前に集まっている。顔ぶれを確認するように見回すと、ルーベンスやネルス。その他、屋敷内で時折すれ違ったり、護衛としてレナルーテに同行した見覚えのある騎士達ばかりだった。おそらく、父上が気を利かしてくれたのだろう。ちなみに、ディアナはメイド姿で僕の傍に控えてくれている。やがて、咳払いをすると、その場で一歩前に出た。

「今日は集まってくれてありがとう。父上から聞いているかも知れないけど、今日これから行うことは他言無用でお願いします」スッと一礼すると、騎士達が少し騒めいた。顔を上げると、代表するようにルーベンスが畏まり、右手を胸に当てながら会釈する。

「リッド様。有難いお言葉、ありがとうございます。ですが、我々はバルディア領の騎士団員ですから、遠慮は不要です。存分にお使いください」

「……そう？　じゃあ、遠慮せずに色々とお願いするね」

大変な重労働をこれから騎士の皆にお願いするから、ちょっと申し訳ない気持ちがあったんだよね。だけど、彼のおかげで大分気が楽になった。うん、遠慮せずにどんどんお願いをしていこう。

その時、荷台を引っ張る馬車がこちらに近づいてくるのに気付いた。目を凝らすと、馬車の馭者がカペラで、その両隣にドワーフのエレンとアレックスが座っているのが見える。

程なくして馬車が僕達の間近で止まると、エレンが飛び降りた。そして、白い歯をみせてニコッと笑顔を浮かべる。

「リッド様、お待たせしました。以前、ボク達にご注文頂いた『道具』が完成したのでお持ちしました」彼女は、腰に手を当てながらこちらに指でVサインをしてみせる。すると、アレックスも馬車から降りてこちらにやって来た。

「昨日、手紙を届けてくださったカペラさんに、結構量があることをお伝えしたら馬車と荷台まで用意していただけたので助かりました。リッド様、ご配慮いただきありがとうございます」

「そうなんだね。やっぱり、カペラにお願いして良かったよ」ニコリと頷いた。

昨日、カペラにエレン達のところに行ってもらった理由はちゃんとある。彼であれば、こうした様々なことに気を利かしてくれることを見越しての判断だ。カペラならガルンとの連携も取りやすいからね。こうした臨機応変な対応は、執事教育を受けている彼が一番手早くできるだろう。

それにしても、馬車の荷台がいるほどの量を作ってくれたのか。エレン達、張り切っていたもんなぁ……感慨に耽っていると、馬車から降りたカペラがこちらに近寄って来て会釈する。

「只今、戻りました」

「うん、ご苦労様。馬車と荷台の手配、ありがとうね。カペラに行ってもらって良かったよ」

「とんでもないことでございます。それより、まさかあのような道具をドワーフのお二人に作らせているとは思いませんでした。お二人の技術もさることながら、とても素晴らしい逸品でございます」カペラは無表情ながらも、言葉には少し驚嘆の色が混じっている。彼とのやり取りに、ディアナがきょとんと首を傾げた。

「リッド様。差し支えなければ、エレンさん達に何をご依頼されたのか、お伺いしてもよろしいですか」

「えっとね。シャベル、大槌、斧とか色々と炭窯製作に必要な道具だよ」

「え……」とディアナが目を丸くする。「そのような物の作成を、ドワーフであるエレンさん達にお願いされたのですか」

「う、うん。そうだけど……？」頷きながら周りを見渡すと、他の騎士達も彼女と似たような反応を示しているようだ。すると、エレンが咳払いをしてドヤ顔を浮かべた。

「リッド様、ただの道具ではありません。ボクとアレックスの技術を集結した道具です。ちゃんと鉄も全部鍛錬していますから、そんじょそこらのシャベルとは物が違いますよ」

「あはは……まぁ、姉さんの言う通り、安く用意できるその辺のシャベルより、格段に物が良いのは間違いないと思いますよ」アレックスが彼女の話を補足しながら苦笑する。

「ドワーフお手製の特製シャベル……ですか」ディアナがそう呟くと、騎士団の皆も何やらポカンと呆気に取られてしまったようだ。そんなにシャベルが珍しいのだろうか？　首を傾げていると、ディアナがそっと耳打ちしてくれた。

何でも、ドワーフが作る道具というのはどれも高級で金額が張るそうだ。その為、シャベルなどの日用道具をドワーフに依頼することはほとんどないという。従って、今回作成してもらった道具類はかなり珍しい逸品になるそうだ。話を聞いた僕は、そんなの、知らないよ……。と心の中で呟いていた。すると、エレンが満面の笑みを浮かべて視線をこちらに向ける。

「ボク達、リッド様から『炭窯』を造って『製炭』すると聞いて、今まで一番というぐらい頑張って作ったんですよ。今日もバッチリお手伝いさせていただきますね」

「そう……なんだ。ありがとう。二人の協力に感謝するよ」

ドワーフの二人は、知る限りで一番やる気に満ち溢れている。そう言えば、初めて炭窯製作のことを伝えた時も、二人はやる気に満ち溢れていたっけかな。その時、こちらの考えていることを察したのか、エレンが目を輝かせて詰め寄ってきた。

「リッド様、武具でも何でもそうですけどね。ボク達が何かを作るには『火』がいるんです。注文をもらった武具作成をする時には、燃料代金も含めるんですけどね。ボク達自身が作りたい武具にかかる燃料費用は、すべて実費になるんです。品質が良い木炭を大量に使える……つまり、好き放題に『火』が使える可能性があるなんて最高じゃないですか。ボク、リッド様にお仕えできて本当に良かったです」

「あ、ありがとう。でも確かに、武具作りにも火は重要だよね……何はともあれ、エレン達にも喜んでもらえて嬉しいよ」

彼女の勢いにたじろぎながら答えると、「コホン」と咳払いをして騎士団の皆を改めて見回した。

「さて、それじゃあ、炭窯を造る予定地に移動しようか」

「承知しました！」

騎士達は頷くと、姿勢を正して、勢いよく声を合わせて答えてくれた。こうして、炭窯製作がいよいよ開始されたのである。

◇

その後、皆を魔法で盛土を生成した場所に案内した。先日、サンドラの前で魔法を披露した場所でもある。元々、問題がなければそのまま使うつもりだったんだよね。

やがて、盛土が目視できる位置まで来ると騎士の皆は目を丸くした。何の変哲もない屋敷裏の草原に、いきなり高さ二ｍの盛土……明らかな人工物が目の間に現れたからだ。

「これ、リッド様が作られたんですか……？」ルーベンスが皆を代表するように呟いた。

「うん。魔法でね」相槌を打つと、皆を見回した。「見ての通り、魔法で基礎となる盛土は作れたんだけど、細かい部分までは難しくてね。だから、これからは手作業をしないといけないんだ」

「おぉ……」と騎士の皆は少し騒めくが、すぐにハッとして姿勢を正した。「承知しました。我ら、精一杯務めさせていただきます」

「うん、無理しないようによろしくね」

その後、騎士団の皆に動きやすく、汚れても良い服装になるように指示をする。そして、準備の整った騎士からエレン達お手製のシャベルを手渡した。それから、僕とエレン達で盛土の上に登って短軸五m、長軸六m程度の楕円のような線を印として書いた。

「じゃあ、大変だけど、この線の内側に沿って盛土を掘ってね。線の外に出てしまうとうまくいかないかもしれないから注意してほしい」僕がそう言うと、騎士の皆はコクリと頷いた。

「畏まりました。早速作業に取り掛かります」

ルーベンス達は返事をすると共に、作業に取り掛かり始めた。だけど、皆やる前から大変そうな顔をしている。何せ、固く踏みしめられた地面をシャベルだけで掘り起こすのだ。身体強化を使用したとしても、かなりの重労働になると思うから申し訳ない。

その中、ルーベンスがシャベルを地面に深々と突き刺した時『サクッ』と辺りに軽い音が響く。ルーベンス自身も思っていた手応えと違ったらしく、「ん？」と首を傾げているようだ。他の皆も、次々に地面にシャベルを刺すが、どれも『サクッ』と軽い音を響かせて深くに突き刺さっている。

すると、辺りの様子を見たエレンが「ふ……」と鼻を鳴らして声高らかに言った。「どうですか、ボク達の特製シャベルの切れ味は。これなら地面がサクサク掘れるはずですから、皆さん頑張りましょう！」

「お、おお!!」皆はエレンの言葉とシャベルに驚嘆しながら、表情が明るくなった。ちなみに、シャベルの形は先端が三角になっており、地面に突き刺しやすいのは確かだろう。それにしても、地面に良く刺さっている。おかげで予想以上に作業が早く進んで、早々に盛土の真ん中に楕円の大きな穴ができ上がっていく。

人の出入りができるように前側に焚口。後側の下には小さな排煙口を作成して、そこにはエレン達特製の煙突も設置する。この煙突に関しては、「木炭の為なら喜んで作ります」と、エレン達がやる気満々で作ってくれたものだ。

やがて、騎士の皆が頑張ってくれたおかげで、良い感じの形になってきた。そして、細かい部分をエレン達と僕で都度確認作業を行う。

今回、製炭する予定の種類は『黒炭』だ。作り方としては、『木材を酸素の少ない状態で加熱させる』ことが重要だ。通常の酸素が多い状態で火を付けると、木材は普通に燃えてしまうから黒炭は作れない。だけど、『炭窯』で『酸素の少ない状況を作り加熱』すれば、木材の中にある主な成分や物質は分解され煙となってしまう。最後に黒色の固体として残ったものが『黒炭』となるわけだ。これを『炭化』というらしい。

エレン達と行った細かい部分の調整は、煙突と繋がる排気口の大きさ、炭窯内の煙が排煙口に流れやすいよう窯の地面に少しだけ傾斜を付けるなどだ。この細かい調整をしっかりしないと、『良い黒炭』が作れないから、エレン達の目が真剣そのものだったということは言うまでもない。そんな彼らの作業に集中する横顔を見て、ドワーフの火に対する情熱はすごいなぁ……と心の中で感心しながら呟いた。それからしばらくして、確認作業も終わると周りの皆に声をかける。

「協力ありがとう、皆。第一段階はこれで終了したから、一旦休憩しようか」そう言って合図を出すと、ディアナとカペラが協力してくれた騎士団の皆に飲み物を配ってくれた。彼等はコップを嬉々として受け取ると、すぐに『グイッ』と呷っている。

しかし、ルーベンスにディアナがコップを渡した時だけ、すかさず周りの騎士達が「ああ、独身の俺には目の毒だ」とか、「早く結婚しろよな」など冷やかしの声が飛び交った。

ルーベンスは顔を赤らめながら反論しているが、ディアナは黙って笑みを浮かべている……いや、違う。注意深く見ると、黒いオーラが滲み出ている。異変を察した僕は、手を強く叩いて「パンパン」と音を鳴らし、次の動きの説明を始めた。

「皆、聞いてほしい。この後の作業なんだけど、黒炭にする木を切ってもらう予定だよ。力仕事になるけど、この後もよろしくね」

「畏まりました。しかし、この辺りには木は生えておりません。どこかに移動するのですか」ルーベンスはそう言うと首を傾げた。見渡すと他の騎士の皆も彼と同様の反応を示している。

確かに、『炭窯』を製作している場所の周りに伐採できるような木は見当たらない。どこかに移動して伐採する。もしくは、何処からか木材を持ってくると普通は思うだろう。だけど、僕には『樹の属性魔法』がある。

「大丈夫、木が無いなら、生やせば良いだけだからね」

「はぁ……？　良くわかりませんが、あまりご無理はされないでくださいね」ルーベンスはきょとんとした後、心配そうな表情を浮かべた。ちなみに、ディアナ、カペラ、エレン達は意図を察したらしく、やれやれと呆れ顔で首を横に振り、肩をすくめている……何故だろう。

やがて休憩時間が終わり、炭窯から少し離れた場所に移動する。そして、クリスにお願いして手に入れた『ある物』を袋から取り出すと、調子の良い声を発した。

「タララ、ラッタラーン♪　黒炭の元になる木の種～♪」僕の明るい雰囲気に「なんだろう？」と興味を持った騎士団の皆は、こぞって袋の中を確認するべく傍にやってきて覗き見る。しかし、袋の中に『ある物』を確認すると、揃いも揃って怪訝な表情を浮かべた。程なくして、代表するようにネルスが残念そうな顔をする。

「リッド様、楽しそうなところ申し訳ありません。その……言葉通り『木の種』となる『どんぐり』を見せられても反応に困るんですが……」

「ふふ、大丈夫だって。まぁ、見ていてよ」

不安そうに騒めいている騎士団の皆をよそに、『どんぐり』を土に埋めるとゆっくり深呼吸を行い、埋めた地面に両手をついて集中する。

「樹木成長」魔法名を唱えると、以前に巨木を成長させた時と同じく魔力を持って行かれる感覚に襲われた。だけど今回は、成長期間十年のイメージで魔力量を調整している。間もなく種子を埋めた地面から『にょき』と芽吹くと、すぐさま激しい葉音を響かせ、みるみる育ち成長する。目の前にはあっという間に、高さ十m前後の樹木ができあがった。

「ふぅ」と息を吐き、皆に振り返ると白い歯を見せてニコっと笑う。「ね。無ければ生やせば良いって言ったでしょ」

騎士団の皆やエレン達は、目の前で起きた出来事に度肝を抜かれたらしく、揃いも揃って唖然としている。ディアナとカペラは屋敷裏で突然生えた『ムクロジの巨木』の件から察したらしく、「やっぱり」と額に手を添えて項垂れているようだ。しかし、彼らに説明する時間もない。新たに『どんぐり』を取り出した。

「さぁ、どんどん生やすから、どんどん切ってもらうよ」

「えぇえええええ⁉」騎士団の皆は、今から行うことをようやく察してくれたらしい。だけど、ふと周りを見渡すと、屈強な騎士の皆が驚きの表情を揃いも揃って浮かべるという、ちょっと面白い構図ができあがっていた。

◇

「よし、大体こんなものかな?」

樹の属性魔法を使って、樹木を一定の間隔である程度生やしたところで一息ついた。すると、傍で控えながら見守ってくれていたディアナが、魔法で生やした樹木を見つめてポツリと呟く。

「ただの草原だったのに、リッド様の魔法で林に早変わりしましたね」

「そうだね。でも、皆に全部切ってもらって黒炭にするから、切り株しか残らないよ」

「リッド様、伐採した後の切り株はどうされるおつもりですか。そのままにして置くのは、さすがに見栄えが悪いかと」カペラが心配するように言った。

「うん？　ああ、心配ないよ。切り株に『樹木成長』の魔法を発動すればまた生えてくるからね。父上に確認は必要だけど、多分これはこのままかな」

「なんと、凄まじい生産力になりますね」そう言うと、カペラは驚嘆した様子で辺りの樹木を見回した。

実は『どんぐり』……つまり、『クヌギ』を選んだ理由はそこにある。クヌギは成長が早いから、切り取った後の切り株に『樹木成長』を発動すれば、またすぐに木材収穫が可能となるはずだ。今回はそれも試す予定にしている。

それと木炭の製作にあたり、エレン達に相談した際、『木の種類』についても指摘があった。何でも、木の種類によって燃え方に違いがあるらしい。

「一般的なものであれば、クヌギとかの堅木で作れる堅炭ですね。文字通り堅くて火持ちが良い木炭ですから、お勧めですよ」とエレン達から教わった。

この時、エレンとアレックスからは武具製造に一番適した炭……『松炭』をいずれ作ってほしいという要望をもらっている。それについては今回の『黒炭』の出来次第かな。と伝えたら二人共やる気満々になったので驚いた。エレン達との会話を思い返していると、ネルスが恐る恐る挙手をする。

「リッド様。この木を切る前に、一つお伺いしたいことがあるのですがよろしいでしょうか」

「うん。どうしたの？」

ネルスはどこか不安というか、心配そうにこちらを見ている。彼の眼差しの意図が分からず、どうしたのだろうと首を傾げた。

「いえ、その……この木は、リッド様の魔力を糧に大きくなりました。つまり、そんな木を切るとなると、リッド様の命を刈り取るような気がしまして……木を傷つけたら、リッド様に被害があるとかないですよね……？」

「そんな話、あるわけないでしょう……」

申し訳ないけど、思わず呆れ顔を浮かべてしまった。ネルスなりに心配してくれたのだろう。魔法で急速成長させた樹木を刈り取る作業なんて、おそらくこの場にいる誰もが未経験のはずだ。彼を含め、皆が不安になるのはしょうがないのかもしれない。そう思った時、ある悪戯を思いついてしまった。

「でも、そうだね。初めて行う作業だから、不安になる気持ちはわかるよ。それなら、皆を代表する形でルーベンスに一本目を伐採してもらおうよ」

「え……？　私ですか⁉」ルーベンスは突然の指名に目を丸くする。しかし、すぐに表情を引き締めた。「畏まりました。では、まず一本目を私が伐採してみますね」

「うん、お願い」

ルーベンスは、傍から見る限り不安を感じている様子はない。彼はエレンから『特製の斧』を受け取ると、肩に背負うように振りかぶった。そして、思い切りよく斧をクヌギに目掛けて振り下ろす。斧と樹木がぶつかる鈍い音が周りに響いたその瞬間、僕は脇腹を押さえながら「う、うわぁあああああ⁉」と悲痛な声を上げると、その場でパタリと倒れた。

「……⁉　リッド様‼　大丈夫ですか⁉」異変にいち早く気づいたのは、傍にいたディアナ。そして、カペラも僕を見るなり「リッド様⁉」と叫んだ。

「え……⁉　えぇぇえ！」ルーベンスは何が起きたのかわからず、困惑している。エレンとアレックスも「えぇ⁉」と驚愕しているようだ。

辺りが騒然として慌てふためき、皆の血相が変わってしまい、場の雰囲気がとんでもないことになっている。その様子を、こっそりと見聞きしていた僕は、（あ……これは、やり過ぎたかも）と内心で焦っていた。特にルーベンスに至っては、「お、俺はなんてことを……」と真っ青になり顔を両手で覆っているようだ。

ここまでの状況になるなんて、想定外である。慌てて何事も無かったように、スッと立ち上がる。そして、わざとらしいぐらいにニコリと可愛らしい笑顔を浮かべて、皆を見回した。

「皆さん、冗談です。僕は何ともありませんからご安心ください」

「……」

皆は立ち上がった僕の姿を見て、目が点になり唖然としている。またもや想像していた反応と違ってしまい、戸惑いを隠せずに「あ、あれ……？」と思わず声が出た。

するとその時、背後から凄まじいまでの威圧感を感じて「ハッ⁉」とする。恐る恐る振り返ると、そこに佇んでいたのは真っ黒なオーラに包まれ、怒りを露わにしているディアナだった。その姿に戦きながら、たじたじと尋ねる。

「どうしたのかな、ディアナ。そ……そんなに怖い顔をしなくても良いんじゃないかな。ただの冗談だから……ね」

「恐れながら申し上げます！　リッド様。冗談だとしても、これは悪ふざけが過ぎましょう。ライナー様からお許しも頂いております故、お目付け役として、この件は諌めさせていただきます」

「……ご、ごめんなさい」

それから間もなく、ルーベンスが近寄ってきて僕の体に異常がないか注意深く確認してくれる。やがて、どこにも異常がないとわかり彼はホッと安堵した。しかし、すぐに目に涙を浮かべながら、こちらをジロリと睨む。

「私も恐れながら申し上げます。ディアナの言う通り、これは悪ふざけが過ぎます。どれだけ皆が心配したかわかりますか!?　誰もがリッド様のように魔法に詳しいわけではありません。私達からすれば、初めてのことばかりで簡単なことでも何が起こるかわからないのです」

「うぅ……ルーベンスの言う通りです……本当にごめんなさい……」僕を叱るルーベンスは、凄まじい怒気に包まれていた。ここまでの怒気を向けられたのは、父上以外にいないだろう。でも、それだけ心配してくれているという気持ちも伝わってくる。段々と罪悪感で一杯になり、シュンと俯いた。すると、ルーベンスの怒気が薄くなる。

「失礼します」彼はそう言うと、僕を優しく抱きしめた。「でも、何にしてもリッド様がご無事で……ご無事で良かったです」

「ありがとう、ルーベンス。本当にごめんね」

彼とのやりとりはこれで終わったが、ディアナ、カペラ、エレン達からも同様に厳しくお叱りのお言葉を頂き、最終的に消えてしまいたいと思うぐらい落ち込んだ。

何故、あんな悪戯をしたのか。それは、僕の魔力で成長させた木だから、伐採すると術者である僕に被害が及ぶのでは？　という、迷信じみた話題が出たので、『そんなこと、あるわけない』ということを伝えたかった。だけど、用いた手段の『悪ふざけ』が過ぎた結果、予想以上に皆の心配を煽ってしまったというわけだ。

今後、人の不安を煽るような悪ふざけや悪戯の類は絶対にしないように気を付けよう。反省して心の中でそう呟いた。

◇

「皆さん、ご迷惑とご心配をおかけして本当に申し訳ありませんでした」僕はそう言うと、ペコリと頭を下げる。

先程、行った悪戯で現場が騒然としてしまい、作業どころではなくなってしまった。そして、ようやく現場が落ち着きを取り戻したので、改めて心配をかけた皆に謝罪したわけである。それにしても、やっちゃったなぁ……と落ち込んでいると、ルーベンスから優しく話しかけられた。

「リッド様。では、早速作業を再開したいと思います。つきまして、私が再度伐採を試みようと思いますが、よろしいでしょうか」

「あ……うん。お願いしてもいいかな」

「承知しました。でも、今度は『悪ふざけ』はしないでくださいね」

「はい……」僕は力なく頷いた。その後、ルーベンスは先程のように斧を肩で背負うように振りかぶると、力一杯振り降ろす。斧と木がぶつかる鈍い音が辺りに響くと、皆がこちらを注目する。僕はバツの悪い顔を浮かべて答えた。

「あ、うん。何ともないから、作業を続けてもらって大丈夫だよ」

「ふぅ……安心しました。では、作業を続けますね」

この場にいる皆のホッとした様子を感じて、「あはは……」と苦笑していた。

彼はその後、黙々と作業を続けていく。ルーベンスの伐採作業に疑問を感じて、傍に居たカペラに小声で尋ねた。

「カペラ、ルーベンスは何をしているのかな。真っすぐ切れば良いんじゃないの」

「リッド様、木を切るにも手順がございますので、よろしければご説明しましょうか」

「うん。折角だし、教えてほしいな」

「では……」カペラはそう言うと、木の切り方について説明してくれた。

まず、木を切る際には切り倒したい方向に『受け口』を作るそうだ。『受け口』の形のイメージは直角三角形と言えばいいだろうか。この『受け口』ができたら、その反対側となる『追い口』から今度は水平に切り込みを入れていく。『追い口』を入れていく場合、『受け口』を基準に切込みを入れる高さの位置を調整、確認する。

そして、調整が済んだら『追い口』から平行に切り込みを入れていくが、切込みが深くなると当然、木が傾いていくので神経を使うらしい。追い口を切り進めて、受け口に近づいていくとすべてを切らずに一定の幅を残す。この残した部分を『ツル』と呼ぶそうで、『ツル』の出来具合で倒れる方向の正確さも変わるから、かなり重要らしい。最終的に『ツル』という部分が支点となって、『受け口』を閉じるように木が倒れるそうだ。

「なるほど。斧で木を切ると言っても、技術がいるんだね」

「はい。ただ闇雲に斧で切ろうとすれば、木がどこに倒れるかわかりません。下手すると木の下敷きになってしまいます」カペラの説明が終わると、辺りに木が軋む音が鳴り始める。

「木が倒れるぞ!!　注意しろ!!」ルーベンスは大声を上げるが、木の倒れる方向には誰もいない。念のために注意喚起ということだろう。やがて、木がメキメキとひび割れて軋む音と、木の葉がぶつかり合う葉音を響かせながら倒れた。中々に大きく豪快な音に加えて、迫力がある光景だ。

「ふぅ……リッド様、これで良いでしょうか」ルーベンスは息を吐くと、畏まりこちらに振り向いた。

「うん、ありがとう。じゃあ、この木を炭窯の近くに置いておこう。後で、炭窯の中に入れられるように加工するからね」

「承知しました。では、伐採と移動を交互に行いましょう」

ルーベンスの言葉に従い、騎士団の皆は伐採した木を炭窯近くに移動させる。そして、また木を伐採するという作業を繰り返した。木の移動に関しては、身体強化を使える騎士なだけあって早い。木を切る作業もとても早くて驚いたけど、それについては理由があるとカペラが教えてくれた。

「リッド様、ここまで作業が早く進むのはエレン様達がお作りになった『斧』がとても素晴らしい切れ味だからです。後で、お二人にもお礼をお伝えしたほうが良いと存じます」

「え……あの斧ってそんなに切れ味凄いの？」僕はルーベンス達が斧を木に切りつける様子に目を

凝らした。すると、確かに斧が都度グサリと幹深くに刺さっている。むしろ刺さり過ぎて、引き抜くのに苦労している感じだ。

　おそらく身体強化と、斧の切れ味が合わさり作業速度が飛躍的に向上したということだろう。ふと、エレンとアレックスに目をやると、ご満悦な表情を浮かべてドヤ顔をしている。彼女達が用意してくれたシャベルと斧は、どちらも業物級の逸品らしい。ドワーフの……いや、二人の技術の高さに改めて驚嘆した。それから程なくして、伐採作業と移動させる作業が一通り終わり、皆に声を掛けた。

「皆、後は木を炭窯に入れられる大きさに加工するから、もう少し協力お願いね」

「畏まりました」

　その後、皆で協力して炭窯近くに置いておいた木を小さく加工していく。この作業に関してはこれといった注意点もないから、今までの作業の中で一番手早く終わった。炭窯の屋根を作るのに使う木材が確保できたので、今日はこれで十分だろう。

「よし。皆、今日はありがとう。このまま放置して、木は少し乾燥させるんだ。その後、次の作業に移る予定だから、またよろしくね」

　皆は頷きながら各々で返事をしてくれている。主な作業が終わり、後片付けも落ち着くと屋敷に戻った。自室で服を着替えると、作業の進捗状況を報告する為、執務室に向かった。部屋に辿り着き、許可をもらってから入室する。執務机に座っていた父上は、書類作業の手を止めると書類から視線をこちらに移した。

「ふむ、作業の進捗状況はどうだ。順調か？」

「はい。騎士団の皆やエレンとアレックスが用意してくれた道具のおかげで、想像よりかなり進めることができました。近日中には炭窯の完成と黒炭をお見せできると思います」

「作業が順調なのは良い事だ……しかし、それとこれとは別問題だ。これに見覚えがないか」

父上は相槌を打った後、『ある書類』を片手でヒラヒラと見せつけるように動かしている。どうしたのだろう……きょとんとしていると、少し怒気のこもった声で父上は書類を読み始めた。

「この書類にはこう書いてある、『サンドラ先生と魔法研究を行い実験致します。ご報告まで。リッド』とな……確かに報告しろとは言ったが、わざわざ確認が遅くなることを見越して、書類で提出をするとはな。随分、小賢しいことをするじゃないか」

「あ……それは、その、父上は仕事でお忙しいと思いまして……」すると父上は、眉をピクリと動かした。あ、これはダメなやつだ。父上からのお叱りを直感したその直後、「この愚か者が！」と激烈に怒られる。さらに、今日行った『悪ふざけ』の件もすでに父上の耳に入っており、いつも以上に激烈に怒っているようだ。

「書類や悪ふざけの件といい、お前は自分の立場がわかっていないようだな。今から、その性根を叩き直してやろう……。訓練場に行くぞ」

「えぇ!?　今からですか!?」

「当たり前だ！」

こうして、僕は父上から胆力訓練を急遽受けることになった。なお、胆力訓練は父上が真剣で襲ってくるので、それをひたすら躱し続けるというものだ。父上の技量により、真剣は僕の周りを紙一重で過ぎ去っていく。だけど今日の父上は、鬼の形相で目が怖い上、殺気がいつも以上に籠っている。普段より集中して訓練に挑んだけれど、肝が冷える瞬間が何度もあった。そして、父上の指導は僕が動けなくなるまで行われたのである。

◇

魔法で作った盛土を炭窯に使用できるように騎士団の皆で形を整えてもらい、これまた魔法で生やしたクヌギを伐採。その後、伐採した木材を窯に入れやすい状態に加工して、乾燥させる工程に入り数日が経過した。

今日は、炭窯の完成を目指しつつ、順調に進めば炭窯の上に屋根を制作する予定だ。先日の作業場所に予め集まってくれた皆は前回と同じ顔ぶれで、エレン達も参加してくれている。

「皆、集まってくれてありがとう。これから行う作業が順調に進めば炭窯は完成するから、改めてよろしくお願いします」僕はペコリと頭を下げた。その様子に、騎士の皆は笑みを浮かべている。

そんな中、騎士達を代表するようにルーベンスが一歩前に出た。

「リッド様。本日もよろしくお願い致します」

「うん。じゃあ早速、炭窯造りを開始しようか。この間、伐採して加工した木材を炭窯に隙間なく敷き詰める作業をお願いします」

「畏まりました」騎士団の皆は頷くと、身体強化を使いながら手際よく木材を敷き詰めていく。すると、エレンの注意する声が響いた。

「木材を炭窯に立てて敷き詰める時は、根っこ側の切り口を下にしてください。あ、ネルスさん。それは向きが違いますよ！」

「あ、申し訳ない……」

彼女が指示と確認を行い、炭窯一杯に木材が敷き詰められていく。しかし、大きな木材を並べるだけでは隙間がどうしてもできる。その隙間を埋めるように小さな木材を、槌で釘を打ち込むように差し込む作業を行い、炭窯には木材が一杯に敷き詰められた。

その後、火を入れる焚口と排煙口となる中央直線上に『竜骨』となる大きい木材を、炭窯に敷き詰めた木材の上に置く。これにより、炭窯を形作るわけだ。

敷き詰めた木材と竜骨の高さを合わせる調整ができると、炭窯に木材を敷き詰める作業は終わりになる。改めて炭窯の状況を確認すると、周りを見渡した。

「皆、ありがとう。次はこの間、掘り出した土をこの木材の上に被せるんだ。その後、ならして土を強固にすれば炭窯は完成するから、もう少しだけお願いね」

騎士の皆は汗だくになりながらも「はい。承知しました」と頷いてくれた。僕とエレンの指示に従い、皆はシャベルで土を敷き詰めた木材の上に被せていく。そして、槌などで叩いてならしの作業を行った。それから、余った木材で炭窯が雨で濡れないように工夫して、ようやく作業完了となる。結構いい感じにできたと思う。炭窯に問題がないか、再確認をすると皆に向けて微笑んだ。

「よし。これで、完成だね。皆、お疲れ様」

「いえいえ、お役に立てて良かったです。ですが、この後は火を入れるんですよね。どのようにするんですか」ルーベンスが、少し不思議そうな表情で質問をしてきた。

「これで、着火するつもりだよ」僕はそう言うと、掌から火を燃え上がらせた。着火には通常時間が掛かってしまうけど、魔法を使えば短縮できる。魔法を見た皆は、少し驚くがすぐに納得した様子で頷いた。ルーベンスも合点がいったようで、納得顔をしている。

「確かに、それなら火が付くのも早そうですね」

「でしょ？　でも、気を付けないと炭窯が吹っ飛んじゃうかもしれないから、そこだけは要注意かな……」とはいえ魔法による着火は、サンドラと魔法の練習を兼ね、何度か実験をしたことがあるから言う程の問題はないだろう。ちなみに、サンドラとした最初の着火実験では、火力が高すぎて大変なことになってしまった。その時、父上に怒られたのは良い思い出かな。

「よし、じゃあ、火入れをするから皆、念のために離れていてね」僕は炭窯の焚口の前に立った。

焚口は土で作られており、空気が炭窯内部にあまり入らないように小さい火入れ口が二カ所あるが、一カ所は予備だ。

皆に炭窯から少し離れてもらい火入れ口に手を差し出す。心の中で「着火」と唱えると、窯の中に魔法で生成した火が入っていき、木材に火が付くまで火力を調整した火を送り続けた。程なくして、焚口とは反対方向にある煙突から煙が出始めると、エレンが木材に火が付いたか確認を始める。

煙突には、炭窯の中が高温になりやすいよう『藁』で編んだ蓋がしてあるのだが、この『藁の蓋』を編んでくれたのはメルとダナエだ。二人も炭窯製作を手伝いたいと言ってくれたから、藁を編んで作る蓋をお願いすると、喜んで『藁の蓋』を作ってくれた。その蓋も、今しっかり活躍してくれている。やがて、エレンが火の確認を終えたらしくこちらにやって来た。

「リッド様、火はもう大丈夫です。後は、消えないように交代で火の番をすれば大丈夫だと思います」

「わかった。エレン、確認ご苦労様」頷くとこの場にいるディアナ、カペラ、エレン達、ルーベンスを含め騎士達皆を見渡した。

「皆のおかげで、作業が一通り終わりました。後は交代で火の番をしながら、数日経過すれば黒炭ができ上がります。ご協力頂きありがとうございました」僕はそう言って一礼した。それと同時に、辺りから歓声が発せられる。どうなるか不安な部分は多かったけど、何事もなく作業は進められたと思う。安堵の表情を浮かべて胸を撫でおろしていると、ルーベンスから声をかけられた。

「リッド様、まだ火の番があるのでしょう。その部分に関しても、私たちが交代で行いますのでご安心ください」彼はニコリと笑って会釈する。

「うん、ありがとう。でも、火の番についても決めておいた方がいいね」

その後、この場で話し合いを行った結果、火の番はこの場に集まってもらった騎士の皆で順番にしてもらうことになった。僕とエレンは、火の状態の確認を含めて炭窯に毎日訪れる予定だ。

ふとエレンとアレックスに目をやると、彼らは炭窯を見ながら嬉しそうにうっとりしている。その表情だけみると、火を見て喜んでいるちょっと危ない人みたいだ。すると、エレンが目を爛々とさせながらこちらに振り向いた。

「リッド様。これで、木炭が作れるようになったら、ボク達は武具を沢山作っても良いのでしょうか⁉」

「ね、姉さん、気持ちはわかるけど、ちょっと落ち着こうよ」

二人は木炭が手に入るようになると、武具を沢山作れると思っているみたい。実は、彼らにお願いしたいことがあるんだけど、その話はまだしていないのだ。

「武具もあるけど……お願いしたいものは、また別にあるんだ」

「別……？　まさか、また何か企んでいるんですか」エレンは怪訝な表情を浮かべている。

「ふふ、木炭が完成したら、またエレン達にはお願いしたいことがあるんだ。またその時に話すから、楽しみにしておいてほしいかな」

「わ、わかりました。リッド様の考えることはボク達の常識の外にありますから、仰る通りに楽しみにしていますね」

彼女は少したじろいでいるが、表情は楽しそうだ。その時、僕とエレンのやり取りを近くで見聞きしていた、ディアナとカペラの二人が急にわざとらしく咳払いをする。

「リッド様、私はそのようなお話を聞いておりません。エレン様達にお話しする時は、必ず立ち会わせてください。お目付け役として」

「私もその時は、立ち会わせていただければ幸いです。リッド様は放っておくと、何をされるかわかりませんせん故」

「二人共、僕を何だと思っているのさ」

何故か最近、ディアナとカペラからの視線や言葉が厳しくなっている気がするんだよね。僕は小さく「はぁ」とため息を吐くと、首を傾げて肩をすくめる。そんなやりとりをしている間も、炭窯からはモクモクと煙が立ち上がっていた。

炭窯に火入れから一日目。

窯の前には火の番をしている騎士と火の状態確認をする僕とエレン。そして、興味深そうに炭窯を見つめる父上の姿があった。

「これが、炭窯か……木炭を作る様子は初めて見るが、中々に面白い仕組みだ。木材を燃やすというよりは、高温で木材を熱することで木炭にするということだな」

「はい、仰る通りです。あと、今回作成した炭窯の利点は修復が比較的簡単な所ですね。土と水さえあれば、基本的な知識さえあれば誰でも修復できます」

実は結構前から僕とエレンで、炭窯の詳細を父上に説明している。何だか視察みたいな感じだ。ちなみに、事の次第は昨日まで遡る。

作業が一通り終わった当日、父上に炭窯の完成と火入れを行ったことを報告したところ、「わかった。炭窯まで案内しろ。実際に確かめさせてもらう」と父上から言われた。

だけど、さすがに作業が終わって間もない状況もあったので、明日にしてほしいと伝えて了承をもらい現在に至るわけである。なお、アレックスはエレンと交代制で炭窯の火を確認してくれているから、今この場にいるのはエレンだけだ。面前の炭窯についての説明と報告をあらかた聞き終えた父上は、珍しく満足そうな顔をしている。

「うむ。二人共、良くやってくれた。製炭が持続的に可能になれば、バルディア領に住む領民の生活も改善できるはずだ。それ以外にも、色々とできることが増えそうだな」

「お褒めの言葉を頂きありがとうございます」僕が一礼すると、エレンも慌てて追随するように頭を下げた。

「ライナー様、お褒めの言葉、ありがとうございます。ボク達、今後も精一杯頑張らせていただきます」

「良い、そんなに畏まるな。それより、今後の炭窯の動きをもっと教えてくれ」

「はい。承知しました」エレンが満面の笑みを浮かべて頷いた。その後、僕とエレンは父上に炭窯における製炭作業の全体像を説明する。

今回の炭窯では、木材の状態次第で火入れをしてから、木炭になるまでは合計で十四〜二十一日程度の時間がかかる。まず、火入れをしてから三〜四日目ぐらいに、二つある焚口の予備側を塞いで、窯の中に入る空気量を調整する。窯の熱で外壁にひび割れができた場合は、土を水で溶かして上塗りをして都度補修を行う。炭窯においての『土窯』は、必要な土と水と知識さえあれば補修しながら使い続けることが可能だ。

火入れをしてから五〜六日目にもなると、白かった煙が青みを帯びてくる。こうなると、窯を閉じる時期になって来た合図だ。ただ、注意しないといけないのが木材の種類や状態によって、窯を閉じるタイミングが変わってくることだ。こればっかりは経験が必要になる。この点に関しては、エレンとアレックスが指示と確認をしてくれる予定だ。説明を終えると、父上が静かに頷いた。

「炭窯における、製炭作業については良く分かった。しかし、今後の資材となる木材を生み出す魔法。『樹の属性魔法』についても見せてもらおうか」

「え……？　僕の魔法ですか。良いですけど……ここではお見せできないので、少し離れた伐採場に移動しても大丈夫ですか」

「わかった。案内してくれ」

エレンに炭釜を見るようにお願いして、父上と伐採場に向かった。

「ここが、伐採場です」

「ほう……木はもう生えておらず、伐採後の切り株のみか。樹の属性魔法を使用すると言っていたが、この後はどうするつもりだ」

「えーと、この切り株を再利用するつもりです。良ければ、お見せしましょうか？」

眉間に皺を寄せながら父上は頷いた。

「うむ……見せてもらおうか、リッド。お前の、樹の属性魔法の実力とやらを……な」

「わかりました。では、お見せしますね」

伐採後の切り株の前にしゃがみ込み、切り株に両手を差し出して心の中で『樹木成長』と唱えた。するとと、魔法が発動して魔力が切り株に持っていかれる。だけど、今回も調整をしているから問題ない。

調整した成長期間は十年だ。僕の魔力を糧にして、切り株はみるみる成長していき立派な成木となった。想像以上だったのか、父上が目を丸くしている。

「驚いたな。樹の属性魔法でこんなことが可能になるとは思わなかった。樹の属性素質を保持している者であれば、誰でも使用可能なのか」

「はい。おそらく可能だとは思います。ただ、しっかりとした基礎的な修練に加えて、僕が目の前で実践しながら教えないと独学だけでは厳しいかもしれません」

父上の問い掛けに、『樹木成長』に関して説明する。魔法は様々なことができる範囲がとても広いけど、それはあまり知られていないようだ。その理由として考えられるのは、この世界において魔法は『攻撃魔法』として使用されることが一般的であり、僕みたいな使い方を考える人の方がいないのだろう。

サンドラも言っていたけど、魔法を高度に扱える人がそもそも少ない。資料で調べても、この世界は魔法の教育環境が整っているとはとても言えない状況だから、使い方の知識もかなり限定的で偏っているようだ。僕が行っていることは、前世の言葉を借りるなら『コロンブスの卵』に近いのかも知れない。『誰も気付いていないが、気付けば誰でも利用できる画期的な発見。だけど、最初に発見するのは難しい』という意味だったはず。二人きりの状況ということもあり、『コロンブスの卵』という言葉の意味だけを魔法になぞらえて伝えると、父上は「ふむ」と唸った。

「面白い考えと言葉だな。確かに物事の多くは気付けば当然だが、最初に気付くのは難しいものだ。しかし、その『気付き』を既に得ているあたり、我が息子ながら末恐ろしいな」父上はそう言うと、畏怖が籠ったような鋭い眼差しをこちらに向ける。僕は誤魔化すように「あはは……」と苦笑するのであった。

炭窯に火入れから二日目。

今日はメルとダナエが炭窯を見学にやってきている。炭窯を見たメルは、物珍しそうに目を輝かせた。

「へぇーこれが、すみがまなんだ。なんだか、へんなかおりがするね」

「木材が熱で炭化しているから、その香りだね。人によって気分が悪くなる場合もあるから、メルも気分が悪くなったら言ってね」

「はーい」

煙の香りがあまり好きではないのか、クッキーとビスケットは少し離れたところでこちらを窺っているようだ。炭窯製作の段階からメルは来たいと言っていたけれど、危ないので完成するまではダメと言い聞かせていた。

「メルだって、おてつだいしたいもん！」と伝えた時は頬を膨らませて可愛く怒っていた。そこで、煙突の蓋を藁で編むようにお願いをしたわけだ。すると、メルの表情がパァっと明るくなった。

「うん。やる！」

「メルディ様、私もお手伝い致します。一緒に頑張りましょう」

メルは藁で蓋を編むという作業は初めてで、楽しかったみたい。ダナエは似たようなことをやったことがあるのか手際良く、メルを補佐してくれていたようだ。その時のことを思い返していると、メルが何か聞きたそうにこちらを見ていることに気付いた。

「ん？　メル、何か気になることでもあったかな」

「うん、にーちゃま。わたしとダナエでつくった『フタ』はどこにあるの？」

「ああ、それはね。いま、煙突の蓋に使っているよ。窯の上と煙突は危ないから見せられないけど、メルとダナエのおかげでとても助かったよ」

「ほんと⁉　えへへ」メルは、はにかんで嬉しそうだ。その姿を見たこの場にいる皆は、僕を含めて目を細めている。そして、その後もメルから炭窯について様々な質問を受け、この日はそれにずっと答えるという楽しい時間が続いた。

火入れから三日目。

「これが、リッド様が造られた炭窯ですか。構造がとても気になりますね。作業が終わったら窯の中も拝見させていただいてもよろしいですか」

「わかった。じゃあ、次の作業に移る前にはサンドラにも声をかけるよ」

今日はサンドラから魔法を教わる日……のはずだった。しかし、彼女に炭窯が無事、完成したことを伝えると、見たいと言い出して聞かなかったのである。止むなく炭窯を彼女に見せ、ついでに様々な説明を行っていたところだ。

「是非、お願いしますね」彼女はニコリと頷くと、辺りを見回した。「ところで、エレンさんはここにはいらっしゃいませんか」

「エレン？　彼女なら、いま窯の上で煙の状態を確認していると思うよ」そう言った僕は、すぐにハッとする。サンドラはエレンに会うのが本当の目的だったのではないだろうか。しかし、時はすでに遅い。声が聞こえていたのか、エレンがひょいと炭窯の上から顔を出した。

「リッド様。ボクのこと呼びました？」

「え？　いや……」

「あなたが、エレンさんですね。初めまして、私はリッド様に魔法をお教えしております。サンドラ・アーネストと申します」サンドラは、あえて僕に被せるよう発言した。

彼女にエレンをあまり近づけたくなかったのを察したのだろうか？　エレンはサンドラのフルネームを聞いて『貴族』と認識したらしく、慌てて炭窯の上から下りて汚れている服を手ではたくと、畏まった。

「サンドラ様、お初にお目にかかります。ボ……私はエレンと申します。改めて、よろしくお願いいたします」エレンはそう言うと、ペコリと頭を下げる。その様子にサンドラは、申し訳なさそうな表情をすると珍しく慌てた。

「エレンさん、頭を上げてください。私はもう貴族ではありませんから、普通に接してもらって大丈夫です。それより、私は魔法を色々と研究しておりますから、是非一度エレンさんとお話してみたかったんです」

「は……はぁ、そうなんですか？　それは、嬉しい限りですけど……」エレンは『貴族ではない』という言葉に引っ掛かりを感じたらしく、瞳に怪訝な色を宿して彼女を窺っている。二人のやり取りを見て、少し呆れながらも助け船を出した。

「エレン、サンドラ先生は悪い人ではないから大丈夫。秘密もちゃんと守ってくれるしね。それに、魔法研究に関しては帝国一かも知れないよ」

「え⁉　サンドラ様はそんなに凄い人なんですか……？」

『帝国一かもしれない』とサンドラを評したことで、彼女に対するエレンの見方が少し変わったようだ。それを察したのか、サンドラが照れた様子で咳払いをした。

「そうですね。『帝国一』かどうかはわかりませんが、魔法の知識には誰にも負けるつもりはありません。ただ、魔法以外の分野も研究が好きなので、エレンさんとは色々と話してみたいと思っておりました」

「そ、そんな、ボ……私の方こそ光栄です。是非、色々と聞かせてください」

「私に敬語は要りませんから、もっと楽しく話しましょう、エレンさん」

二人は少し話すとすぐに意気投合したらしく、ずっと楽しそうにしていた。ちなみに、火入れをしてから三日目となる今日は、エレンが二つある焚口のうちの予備口を塞いだ。これで炭窯に入る空気量はより少なくなり、木材の炭化がさらに進んでいくことになる。

　この点についても、エレンは楽しそうに彼女に説明する。サンドラも楽しそうに話を聞いており、研究好きな二人の相性は良さそうだった。

火入れから五日目。

五日目になると、炭窯の煙が白から青みを帯びた色に変わってきた。煙の色が変わってくると、窯を閉じる……つまり、焚口を完全に塞いで窯内の空気を無くすということだ。だけど、窯を閉じるタイミングは投入している資材などによっても違うので、長年の経験が必要となる。しかし、エレンが煙の色と香りを確認すると口元を緩めた。

「もう良さそうですね。窯を閉じましょう」

彼女が自信満々にハッキリと言ったので、僕は目を丸くする。気になって製炭作業の経験があるのか尋ねると、エレンはきょとんとした。

「え？　こんなの、すぐに煙の匂いや色、窯の音とか熱さでわかるじゃないですか。リッド様は感じませんか。この、木炭ができ上がっていく、雰囲気とか煙の香りや音の違いとか……」

「ごめん。それは、さすがにわからないよ……。そういう所がやっぱり職人気質というか、ドワーフ気質なのかな」

「あぁ……ボク達はあまり考えたことありませんでしたけど、そう言われるとそうかもしれませんね」

思い当たる節でもあるのか、エレンは合点がいった様子で頷いた。その後、彼女の指示で空気の入り口にもなっている焚口と、煙突を土や蓋などで完全に塞ぐ。これによって、窯を『止める』ことになるわけだ。

「これで、あとは火が落ち着くのを待つだけです。楽しみですね」

「うん。ここまで順調にできたのは、エレンとアレックスのおかげだね。本当にありがとう」僕はそう言うと、ゆっくり手を差し出した。エレンは、はにかみながらその手を握り返して「とんでもないことでございます」と謙遜していた。

◇

窯の火を止めてから十日ぐらい経過すると窯内の温度も下がり、安心して炭窯の中に入って作業が行える。これで安全に炭出しを行えるようになった。その後、焚口だった壁を壊して中への入口を作る。この時、壊した壁に使われていた『土』は、また次の製炭作業に再利用できるのが土窯の利点だ。焚口を壊して中を覗くと、設置した木材が炭の柱となって立ち並んでいる状態になっている。

「リッド様……炭が、炭が沢山あります！　あぁ……これで、ボクは武具を好きなだけ作れるんですねぇ」そう言ったエレンは、目を爛々とさせながら満面の笑みを浮かべ、うっとりしている。

「エレン。一応言っておくけど、この炭は武具作成の為だけに使う予定じゃないからね」

彼女の様子に少し呆れながら、窘めるように言葉をかける。でも、確かに炭釜の中の様子は圧巻であり、壮観だった。こんなに炭の柱が立ち並んでいる光景なんて見たことがない。

炭窯の中を確認した後、通りやすいように出入口周辺にある灰や細かい炭を掃除すると、木材と布で作った『担架』を持ってきた。でき上がった炭を窯から外に運びだす為の道具だ。担架を使って炭を移動させると、『カラン』と木炭独特の乾いた透明な音が辺りに響いた。良い感じにでき上がったようだ。

炭窯から出した炭を一カ所にまとめる中、エレンが炭の品質を確認している。『炭切り』という、小さい鋸のようなもので炭を切って中まで炭化しているか調べているのだ。真剣な表情で数本を調べたあと、彼女はニコリと満面の笑みを浮かべた。

「リッド様、問題ありません。とても良い炭です。これが、量産できた暁には武具作成から、領民の生活までとても豊かにできると存じます。改めて、おめでとうございます」

「……!? エレン、ありがとう」

満面の笑みを浮かべて答えると、一緒に作業をしてくれていた皆から歓声と拍手が鳴り響く。バルディア領において、炭窯による製炭作業が無事に成功した瞬間であった。

次の動きに向けて

炭窯が完成して製炭作業も成功したことで、僕は今後のことを打ち合わせするべく、屋敷の執務室を訪れた。そして、僕と父上はいつも通り机を挟んで向かい合って座っている。ただ、いつもと違うのは、机の上には今回作った『黒炭』が置いてあることだ。父上は『黒炭』を手に持って確認すると、おもむろに頷いた。

「うむ。木炭に間違いないな。良くやった、リッド。これは、我が領地においてとんでもない快挙になるだろう。製作過程や仕組みなどについてはできる限りの間は秘匿事項とする」

「秘匿事項の件、承知しました」僕は頷くと、本題に話頭を転じる。

「では、父上。本題になりますが、先日提示した事業計画の件。これでお許し頂けたという認識でよろしいでしょうか」

父上は話題を予想していたのか、驚いた様子はない。しかし、眉間に皺を寄せながら「はぁ……」とため息を吐いた。

「こうなれば、止める理由もない。しかし、奴隷購入の件に関しては、クリスティ商会を通すと言えど慎重に動く必要がある。算段がついたら、必ず私に報告と確認をしてから判断をするようにしろ。これは絶対だ」

「はい。畏まりました」平静を装って頷いたけれど、内心では歓喜してガッツポーズを取っていた。サンドラやディアナ、カペラにお願いしていた教育課程は、まだ完成には至っていないけれど、まずは第一歩だ。しかし、まだ話し合いは終わっていない。表情を引き締め、咳払いしてから父上に次の話題を話し始める。

「父上。早速、新しいご相談なのですが、炭窯近くの土地に『宿舎』を併設したいと存じます。よろしいでしょうか」

「それは、奴隷用の宿舎という認識で良いのか」

父上はなにやら怪訝な表情を浮かべている。一応、この件は事業計画書にも書いていたんだけどな。

「はい。そうなりますが結構な人数が必要になりますから、大きめの宿舎を建設したいです。人数で言うなら……二百人ぐらいでしょうか」

「なんだと！　二百人も奴隷を買うつもりか⁉」

父上の表情は厳格なままだが、驚愕した様子で声を荒らげる。僕は慌てて付け加えるように言った。

「え、えーと、最終的にはその規模を考えておりますが、少しずつ買っていく予定です。製炭以外にも色々と考えていることがありますから」

「どちらにしても、二百人規模を用意するつもりか……」父上は額に手を当てながら俯いた。

これからバルディア領を発展させる為に考えていることには、どうしても人手がいる。それに奴隷を買った時点では、彼らの属性素質が判別できない。だから、一定以上の人数はどうしても必要になるだろう。

製炭作業の成功や披露した『樹の属性素質』から魔法の可能性に加え、先日の『コロンブスの卵』の話を再度持ち出した。その上で、改めて必要性を説明する。父上は難しい顔を浮かべるが、やがてゆっくりと頷いた。

「……わかった。宿舎建設を許可しよう」

「ありがとうございます！　では早速、こんなこともあろうかと、宿舎の設計希望案をお持ちしておりますので、ご確認願います」

「随分と準備のいいことだ……」父上はそう言いながらも、書類に目を通してくれる。

その後、宿舎をどのようにするかについて、二人でしばらく話し合いを行う。その中で、いつも向き合ってくれる父上に改めて心の中で感謝していた。

◇

話し合いの結果、父上はこちらのお願いした希望をほぼ承認してくれた。教育課程を奴隷に施した場合の可能性について、父上は投資をする価値があると認めてくれたのだ。ただ、渋々と言った感じでの承認だったから、父上は今もかなり渋い顔はしている。

「ふぅ……リッド、承認はするが『資金』のこともちゃんと考えろ。奴隷の購入資金に加えて、宿舎の建設費用ともなれば、初期投資が相当かかるだろう。資金繰りも考えなくてはならんのだぞ」

「はい。その点についてはは化粧品関係の利益をすべて回そうと思っております。それから、クリスに事業計画の相談をした時に、父上の許可をもらえれば資金提供してもらえるように話はついております」

父上は、眉をピクリとさせると渋い顔のまま小声で呟いた。

「ふぅ……クリスも大変だな」

「え？　父上、クリスがなんですか？」僕は良く聞こえずに、思わず聞き返した。

「いや、何でもない。クリスと打ち合わせをして、問題があれば必ず私に相談をしろ」

何を呟いたのか少し気になったけれど、それよりも今後の動きで必要だと考えていたことを思い切って伝えることにした。

「畏まりました。それで、父上。その、それとは別に相談したいことがあります」

「なんだ。また、私のあずかり知らぬところで何かやらかしたのか……？」

父上の瞳に怪訝な色が宿り、こちらをジロリと見つめる。慌てて首を振り否定する。

「な、何もしていませんよ。ただ、今後の事を考えて前世の特殊な知識を持っている事を数名に伝えようと思っております」

「……数名とは誰を考えているのだ」父上の表情が一気に険しくなるが、臆せず誰に伝えるつもりか丁寧に理由も含めて説明する。今考えていることが実を結んでいき成功していけば、持っている知識を活かしてできることは増え多岐に渡るだろう。その時、皆と今より深い連携をしていく為にも、僕の知識について話しておくべきだ。父上は難しい顔のまましばし思案すると、おもむろに言った。

「わかった。ただし、その話をする時には私も立ち会おう。その方が説得力も出るだろうからな」

「承知しました。では後日、名前を挙げた皆を集めますね」

厳格で険しい表情の父上は、「はぁ……」とため息を吐くと、額に手を当てて俯いてしまった。思わず心配になり問いかける。

「父上、大丈夫ですか……？　もし、どこか具合が悪いなら、症状をお聞かせください。レナルーテのニキークに連絡をして何か良い薬草を探してもらって、サンドラに調合してもらいます」

「いらん……余計な心配だ。それよりもまだ、話があるのだろう」

「は、はい。では次の件なのですが……」

顔を上げた父上は、何とも言えない迫力を醸し出しながらこちらを見つめている。その迫力に気圧された僕は、言われた通り話頭を転じて話を続けた。

木炭販売と奴隷について

「……1251822……51……77？」

首を傾げながら答えると、クリスはニコっと小悪魔のように笑った。

「惜しいですね。『1251825225199』です」

「はぁ……一瞬でいきなり十三桁はさすがに難しいよ」

今日は自室において、クリスから『サフロン商会』に伝わると言う『商学』を学んでいる。そして、商学の基礎となる記憶力の訓練をしているわけだが、これが中々に大変だ。

クリスが一瞬だけ紙に書いてある数字を見せてくれるんだけど、その数字をこれまた一瞬で覚えて回答するというものだ。前世で言う『脳トレ』に近いかもしれないけど、最初から十三桁と彼女は中々にスパルタだった。

何度か試すうち、多少は食いつけるようになったけど、それでも全部の数字を一瞬で覚えるというのは大変だ。結構頑張っていると思うんだけどね……成功にはまだ至っておらず、シュンとなって俯いていた。

「いえいえ。リッド様は素晴らしいですよ。それに、回答できることも大切ですが、覚えようとすることが大切ですからね。もう少し慣れてきたら、次は口上になりますからね。頑張りましょう」

「こ、口上……」

紙で一瞬でも大変なのに口上となると、さらに大変そうだ。クリスの話に反応して顔を上げたが、また俯いて「はぁ……」と小さくため息を吐いた。その様子を見て、彼女は口元を緩めて「ふふ」と笑った。

「リッド様でもそんな表情をされるんですね。わかりました、今日はここまでにしておきましょう。それに、何かご相談があると聞きましたけど……」

「う、うん。実は木炭の件で進展があったから、またクリスに相談したいことがあるんだ。『商学』は、次までに良い結果が残せるように頑張るよ」

『商学』で使った教材を片付けていた彼女は、『木炭の件で進展』と聞いて一瞬だけ目を光らせた気がする。しかし、表情はいつもの通りでコクリと頷いた。

「畏まりました。『商学』の件は楽しみにしております。それはそうと、製炭が成功したんですね。おめでとうございます。しかし、私の故郷のアストリアも知ったら驚くでしょうね……」

「ありがとう。でも、クリスの故郷の『アストリア』って言えばエルフの国だよね。木炭とか作ってるの?」

「あれ……? リッド様はアストリアで『製炭』していることを知らなかったのですか。てっきり、その件で私に相談したいことがあるのかと思っていました」

「え……そうなの」

レナルーテが製炭をしているとは思っていたけど、エルフ国のアストリアでも製炭しているとは思わなかった。そもそも、エルフが『製炭』をしているということに、あんまりイメージが湧かない。折角なので、アストリアの木炭について尋ねてみた。クリスは少し考え込むけれど、「まぁ……リッド様なら大丈夫かな」と言うと話し始める。

エルフは森と共に生活はしているが、生活に木材は欠かせないから森の生活で得た知識を使い、昔から木材生産専用の森林を管理しているそうだ。木材生産用の森林で伐採した『材木』は輸出や木炭と使い道は様々。ただ、木炭に関しては国内での消費が優先されるらしく、輸出する分はあまりないらしい。

「アストリアで作っている木炭の輸出先は、ほとんど近隣諸国の貴族の皆様ですね」

「そうだったんだ。じゃあ、バルディア領で作った『木炭』をクリスティ商会で扱うのは難しかったりするのかな……?」少し不安気に尋ねる。

アストリアが木炭を輸出していることを認識していなかったのは、こちらの落ち度だ。クリスの立場が悪くなるのであれば、クリスティ商会を通して木炭は売りに出すべきではないかもしれない。

彼女は首を傾げるが、何かを察したらしくハッとすると、口元をニヤリと緩める。

「そうですね。実家のサフロン商会が、本国から嫌味ぐらいは少し言われるかもしれません。ですが、私の所には何もないと思いますよ。私はエルフですが、商会の拠点はバルディア領ですからね。それに、何かあればリッド様が何とかしてくれるのでしょう?」

「う、うん。そうだね。クリスの事は僕がちゃんと守るよ」

「その言葉、忘れないでくださいね。木炭はクリスティ商会で扱えますからご安心ください。むしろ、看板商品になりえる商材ですから、是非とも売らせていただきたいですね」クリスはそう言うと楽しそうに笑い始める。どうやら、からかわれたらしい。「む……」と少し膨れるが、彼女は何やら強めに咳払いをした。

「リッド様。今回のお話は木炭だけなのでしょうか？　他にも何かあると思ったのですが……」

「あ、そうだった。あと、奴隷購入に関しても父上から許可が取れたんだ。宿舎の建設が終わり次第お願いしたいと思っているんだけど、大丈夫かな」

その後、奴隷購入の許可を得たことから希望人数、宿舎の規模。ディアナやカペラ、サンドラにお願いして作成中の教育課程についてなど、話せることはクリスにできる限り話した。ここまで話した理由は、人材を求めている時に隠し事はしないほうが良いと思ったからだ。話を聞いたクリスは、思案顔を浮かべると口元に手を当て俯いた。それから、少しの間を置いて彼女がゆっくりと顔を上げる。

「リッド様が仰せの条件で数を揃えるとなると、おそらく『獣人族』で集める事になると思いますが、よろしいでしょうか」

「獣人族……クリスのところにいる『エマ』さんも獣人族だよね？」

「はい。彼女は獣人国ズベーラの出身です。私の父が、ズベーラに行った時に奴隷として連れて帰ってきました。まぁ、私には奴隷と言うより姉妹か家族のような感じですけどね」

クリスは少しおどけるが、すぐに雰囲気を変えてこちらを見据えた。

「差し支えなければ、この件を『エマ』にも話してよろしいでしょうか。獣人族に関しては、彼女の方が私より詳しいはずです。良い案がでるかもしれません」

「わかった。それはクリスに任せるよ。ところで、獣人族と人族に生活や健康面。何か違いとか、問題になりそうなことはないかな」

獣人族の奴隷と言われると、一番気になる部分は健康管理だ。今後、バルディア領で住んでもらう場合、主な領民である人族と健康面において何か極端な違いがあれば、色々大変なことになってしまう。彼女は腕を組んで考え込み、「うーん」と唸った。

「エマにも念の為に聞いてみますが、生活や健康とかの違いは何もないと思います。あと、人族と違うとしたら、部族によって姿が多少違う所や一部の獣人だけが使える魔法があるとか、ないとか聞きますね」

「なるほど、それなら問題なさそうだね。ちなみに、部族によって多少姿が違うということは、エマさんは『猫獣人』の部族ってことになるのかな？」

「はい、エマは猫人族の部族と聞いております。獣人族の部族には、他にも『狼』や『狐』など多数いるそうです。私もすべて把握しているわけではありませんけどね」

クリスの話を聞いて、口元に手を当て考え込むように俯いた。『一部の獣人だけに使える魔法』については、少し心当たりがあるから追々確認すれば良いだろう。問題は部族だ。獣人族にそんなに部族がいるなんて考えてもいなかった。

確か、『ときレラ！』のゲーム本編に出てきた獣人族のキャラは、猫みたいな感じだった気がする。うーん。でも、やっぱり未読スキップで全部飛ばしていたから、『ときレラ！』で獣人族における各部族の説明があったか覚えていない。だけど、僕みたいなモブキャラで、種族が獣人族となっていたキャラはモブ絵でも多少違いがあったような気がするけど……どうだったかなぁ。思案していると、「リッド様、獣人族はダメでしょうか？」クリスが不安気に恐る恐る尋ねてきた。

「え……？　あ、いやいや。そんなことはないよ。だけど、獣人族なら全部族の人達が集まると助かるかも。得意不得意とかありそうだしね」

「承知しました。では、エマにも確認してみますね。その上で、バルストにある伝手に獣人族の全部族で確認を取ってみます」

そういえば、『人族ではない』という理由だけで相手を見下す人も世の中にはいるらしい。僕は絶対そんなことはしないけどね。

「クリス。念のために言っておくけど、僕は獣人族だからって何も思わないよ。エマさんの猫耳と尻尾を初めて見た時は可愛くて、驚いたぐらいだもん」

「畏まりました。でも、ふふ。そうですね、確かに可愛いかもしれません。エマにリッド様が仰ったことを伝えておきますよ」

彼女は頷くと、嬉しそうに微笑んだ。獣人族の特徴を『可愛い』と言う人はあまりいないのかな。そんなことを感じつつ、クリスと以前話した事業計画や今後の動き。その他、必要と思われることの再確認と打ち合わせを遅くまで行うのであった。

カペラとルーベンス

「リッド様。武術訓練に臨む意気込みが強くなりましたね。やっぱり、レナルーテでアスナさんに負けたのが悔しかったんですか？」

「……!?　そりゃ、悔しいに決まっているでしょ」

今日はルーベンスと武術訓練の日だ。訓練所には木がぶつかり合う音が絶えず鳴り響いており、僕は木刀、ルーベンスは木剣で打ち合っている。ちなみに、木刀を使うようにしたのは、エレン達から購入した『魔刀』を扱う練習も兼ねているからだ。

それとルーベンスの指摘通り、アスナに負けてから武術訓練により力を入れて取り組むようになった。ファラがバルディア領に来れば、専属護衛であるアスナも当然やってくる。武術訓練からの視点で言えば、アスナという練習相手が増えると考えれば良いかもしれない。でも、仮に練習だとしてもファラの前で何度も負けたくはない……これは意地であり、『打倒アスナ』を心の中でひそかに掲げていたのだ。すると、それを見透かしたかのようにルーベンスの鋭い一撃が僕の木刀を弾いた。

「リッド様、訓練とはいえ考えごとは……」

彼は木刀を切り上げるように弾いたから、腕が上がっている。そこに勝機を感じて、「まだだ!!」と声を荒らげ、ルーベンスの顔めがけて蹴り出しながらバク宙を行った。そう、アスナが見せた技の『サマーソルト』を流用したのだ。

「うぉお!?」彼は何とか躱すが、体勢を崩してしまう。その間に、弾き飛ばされた木刀を素早く回収。体勢を直しているルーベンスに斬りかかった。

「ここだぁ!!」

「素晴らしいです、リッド様。しかし、まだ負けてあげることはできません」

力一杯、素早く斬りかかるが彼には木刀をまた弾かれてしまった。二回も木刀を弾かれ、奇襲となるサマーソルトも不発。これは完全な負けだ。でも、ルーベンスもちょっと大人気ない気がする。

「むぅ」と頬を膨らまして抗議した。「……ちょっとは僕に、勝たせてくれても良いと思うけどね!?」

「ふふ……そうしたい気持ちもありますが、武術に慢心はいけません。私はできる限り、リッド様の壁でありたいのです」

武術を習い始めて、未だにルーベンスに勝てた事がない。彼に一本入れれば、勝利となり次の段階に移行してくれるそうだ。でも、これ以上の段階ってどうなるのだろう？　その時、「リッド様、よろしいでしょうか」と声がしたから振り返るとカペラが会釈する。

実は今日の武術訓練を見学したいと彼から申し出があったのだ。特に断る理由もないし、「うん。見学して良いよ」と答えていたんだけど訓練に夢中ですっかり彼のことを忘れていた。カペラは傍にやって来ると、ルーベンスに視線を向ける。

「ルーベンス様、先程の訓練さすがでございます。差し支えなければ、リッド様の動きで気になる点がありました故、お伝えしてもよろしいでしょうか？」

「はい、大丈夫ですよ。是非、リッド様にお伝えください」ルーベンスがニコリと答えると、カペラはこちらを見据える。いつも通り無表情だけど、優しい雰囲気を感じた。

「では、大変僭越ではありますが、気になった点をお伝え致します」

「うん、お願い」頷くと、カペラは丁寧に説明をしてくれた。彼曰く、僕の動きは直線的なものが多いらしく、武術に慣れた相手であれば出方を予測しやすいそうだ。もう少し、フェイントや変則的な動きを意識するだけで、全然違うらしい。彼の説明はとても分かりやすくて「なるほど……」と相槌を打つが、ある違和感を感じてハッとした。

「ルーベンス、カペラが言っていた事に気付いていたんでしょ？」

「そうですね。ですが、私からお伝えするよりも、ご自身で気付かれたほうが良いという判断をしておりました。その証拠と言ってはなんですが、今日の動きはとても良いものでしたよ」

やはり彼も、動きが直線的だったことには気付いていたようだ。僕はまた「むぅ」と頬を膨らませる。

それにしても、さすがはレナルーテの元暗部。訓練を少し見ただけで、すぐに問題点に気付く洞察力はすごいと思う。だけど、「はぁ……」と僕はため息を吐いた。

「……急に変則的な動きと言われても正直よくわからないなぁ……お手本でも見られればいいけどさ」俯いてシュンとなりそう呟くと、ルーベンスが口元に手を当てながら頷いた。

「そうですね。それなら……カペラさん。『お手本』を見ていただく意味で、私と立ち合いませんか」

「私ですか？　承知しました。私でよければ、ルーベンス様と立ち合いましょう。リッド様、よろしいでしょうか」

「へ……？」何やら勝手に話が進んで、二人が模擬戦をしてくれることになった。カペラの実力を見たことがない僕は、興味津々となり目を輝かせる。

「うん。二人の実力を是非見せてほしい」

「承知しました」

二人は畏まり一礼をすると、まずルーベンスがそのまま訓練場の真ん中に移動する。カペラはすぐに移動せず、こちらに会釈した。

「リッド様、申し訳ありません。そちらの木刀をお借りしてもよろしいでしょうか」

「え？　あ、そっか。カペラは持ってないものね。はい、どうぞ」

「ありがとうございます」彼は木刀を丁寧に受け取り、ニコリとぎこちない笑みを浮かべ一礼する。カペラが自然な笑顔になるまで、まだまだ時間がかかりそうだ。その後、彼はルーベンスと同じく訓練場の中央に移動した。やがて二人は、木剣と木刀を構えて互いに相手を見据えている。すると、ルーベンスがこちらを横目で一瞥した。

「リッド様、開始の合図だけお願い致します」

「うん、わかった」

少し離れた場所からでも、彼らの間に強い緊張感が漂っているのがわかる。見ているこっちも何故か、緊張してしまう。

「では、ルーベンスとカペラの模擬戦を行います。始めてください！」声高に発したことで模擬戦の火蓋が切られたが、二人とも互いに見合って動かない。おそらく、どちらも相手の出方を窺っているのだろう。でも、どこか嬉しそうな楽しそうな雰囲気も漂っている。ルーベンスは木剣を正眼に構えて、カペラは木刀を下段に構えている状態だ。

「帝国の剣として名高い、バルディア家の騎士団。そこに属する有望な騎士と、こうして模擬戦を行えるなど夢にも思っておりませんでした。この機会、存分に楽しませていただきましょう」

「私も、レナルーテの実力者と手合わせする機会に恵まれるとは思っておりませんでした。リッド様の従者として相応しい実力なのか……是非お見せいただきたい」

二人の会話が終わると、漂っていた雰囲気が殺気満ちたものに変わった。

「承知しました。では……参ります」カペラはそう言うと、下限に構えていた木刀を肩に背負い、身を少し屈めて大地を蹴った。その衝撃で砂埃が舞い上がる。対するルーベンスは、彼の動きを正確に捉えていたらしい。すぐに視線を左に向け、カペラの一撃を受け止めた。その瞬間、辺りに木がぶつかり合う激しくも鈍い音が響き渡る。そして、目を凝らすとルーベンスの表情に険しさが見て取れた。

「……!?　カペラさん、さすがですね。ここまで、重い一撃とは思いませんでしたよ」

「私も失礼ながら、ルーベンス様に受け止められるとは思っておりませんでした」

彼等は互いに挑発しているようだけど、それよりも見覚えのあるカペラの挙動に、僕は目を見張っていた。

「あの動きは『アスナ』の初手と一緒だ……レナルーテの基本剣術なのかな」

彼の初手は、アスナが見せた初見殺しの技に近い。何せ、身体強化を使用してこちらの死角に一旦跳躍してから、襲い掛かってくるのだ。相手を目で追い続ける必要があるけど、瞬きする間に死角に跳んで消えるから、技の性質を最初から知っていないと対処が難しい。

そして、カペラは砂埃が舞うほどに地面を蹴ったのだ。その動きは、アスナが僕に繰り出した技より鋭く激しい印象を受けた。

だけど、それを見失わずに目で追ったルーベンスもさすがだ。二人は鍔迫り合いをしたかと思ったら、すぐに距離を取り間合いを作る。しかし、間もなくカペラが次の技を仕掛けていった。

「な、なにあれ……」僕はその動きを見て驚愕した。

彼は身体強化を使い、ルーベンスの周辺を目にも留まらぬ速さで駆け回り攪乱している。対してルーベンスは、彼の動きを見失ってはいないらしい。落ち着いた様子で、カペラが仕掛けてくるのを待っているようだ。だが、それはルーベンスの悪手になってしまう。

カペラは、攪乱する為だけに駆け回っていたわけではない。木刀を地面に当て擦りながら駆け回ることで、意図的に砂を巻き上げていたのだ。舞い上がった砂により視界が悪くなったことで、ルーベンスはさすがにカペラを見失ったらしい。

ルーベンスにできたその隙を見逃すはずがない。ここぞとばかりに、彼はルーベンスに襲い掛かる。しかし、ルーベンスも彼の意図に気付いており、近づいてくる音に集中していたのだ。カペラの襲い来る斬撃を瞬時に認識して次々と受け流している。

「えぇ……こんな攻防は凄すぎて、『お手本』にならない気がするんだけど」唖然としながら思わず呟いた。今回の模擬戦は『変則的な動き』を見せてくれるという意図で開始されている。

だけど、カペラの動きは変則的過ぎて、とても真似のできるものではないだろう……それを受けきっているルーベンスも相当だと思うけど。その時、ふとあることに気が付いた。

「あれ……僕がカペラに渡した木刀が短くなった……？」いや違う。さっき砂埃を舞い上げる為に地面に当て擦りしていたので、木刀が削れたのだ。

「もしかして、わざと削って脇差か小太刀ぐらいの大きさにしたのかな」

やがて、舞い上がった砂が落ち着くと二人は一旦間合いを取った。するとカペラは、短くなった木刀を片手で逆手に持ち替えた。どうやら推察は当たっていたらしい。

「ルーベンス様、本気を出しますのでご容赦下さい」

「カペラさんがここまでの実力を持っているとは、正直驚きました。私も本気でお相手しましょう」

彼等はまた互いに挑発しているが、当初と少し様子が違う。おそらく、相手の実力を認めて二人共本気になったのだろう。何故なら、彼等の身体強化から漏れ出す魔力を、先程より強く感じるからだ。さすがに少し呆れた。

「やり過ぎじゃないかな？　あの二人……」

それから間もなく、カペラがルーベンスに向かって突撃を開始する。だけど、その動きは今までとは違う。これまでは『剣術』という感じだったけど、彼が行っている今の動きは『短剣術』というか『体術』に近い印象を受けるものだ。

ルーベンスの斬撃を紙一重で躱すと、そのまま密着する。そして、短い木刀を使った斬撃や足技など、全身を使って反撃をしている。ちょっと、変則的過ぎると思う。

動きの質が突然変わったことに、ルーベンスも四苦八苦しているようだ。しかし、少しずつ慣れてきたような感じも見受けられる。

気付けば二人の激しい動きで訓練場には砂が舞い上がり、木剣と木刀がぶつかり合う鈍い音が鳴りやまない状況になっていた。アスナとの御前試合もこんな感じだったのだろうか。そんなことを考えながら、呆然と模擬試合を見つめていると、後ろから声を掛けられた。

「リッド様、あの二人は何をしているのですか……?」

振り返ると、そこに居たのはとても険しい顔をしたディアナだ。もしかして、二人が喧嘩でもしていると思ったのかな。

「武術における『変則的』な動きの見本を、僕に見せてくれるってことで、二人が模擬戦を始めたんだよ。ただ、当初の目的を忘れている感じはするけどね」僕は、やれやれと首を傾げながら肩をすくめておどけた。

遠巻きからずっと見ているけど、二人は明らかに熱くなり過ぎて『僕に見せる模擬戦』であることを忘れ、試合に夢中になっている。勿論、見ていて勉強になるし面白いけど、あれは真似しろと言われてすぐにできるような技じゃない。

すると、ディアナが額に手を添えながら首を横に振り「はぁ……」とため息を吐いた。「男と言うのはどうしてこう……馬鹿ばっか、なのでしょうか……リッド様は、あんな風に熱くならないようにしてください」

彼女の強めの口調に「う、うん。気を付けるよ」と少したじろぎながら頷いてからハッとする。なんと、訓練場の周りに沢山のメイドや屋敷の人達、騎士すらも足を止めて二人のやりとりを遠巻きに眺めているではないか。どうやら、模擬戦がいつの間にか観客試合になっていたようだ。さすがに、これ以上騒ぎが大きくなるのはまずい。そう思い、大声で二人に呼びかける。

「ルーベンス、カペラ。とても勉強になったからもういいよ」

それなりに大声を発したが、二人に止まる気配がない……聞こえなかったのかな。首を傾げるも気を取り直して、さっきよりも大声を発して再度呼びかけた。

「二人共、もういいってば！　決着はまたの機会にしよう。諦めて、そこで試合終了だよ……あれ？」

やっぱり呼びかけても彼らの動きが止まらない。その時、ディアナが呆れ顔で眉をピクリとさせる。

「あれは、模擬戦に夢中で聞こえていませんね」

「えぇ……」さすがに呆れてしまった。まぁ、それだけ集中しないといけない相手同士ということなんだろうけど。でも、どうやって二人を止めようか？　少し困った顔をすると、隣にいたディアナが「コホン」と咳払いをした。

「リッド様、私があの二人を止めて参ります」

「え、大丈夫。あの二人の中に入るの」

「はい。騎士団でもよくあることで、慣れていますから」ディアナはニコリと微笑み、スッと歩き出し二人の間に入る。その瞬間、彼女はルーベンスの腹に拳をめり込ませた……気はするが、こちらの位置からでは良く見えない。ともかく、ルーベンスの動きは止まった。同時にカペラもビクっとして動きを止めるが、ディアナに何か言われたらしく、少しシュンとなり俯いているようだ。遠巻きに見てたけれど、二人の動きが止まったことで、僕は駆け寄って声を掛けた。

「ルーベンス、カペラ、やり過ぎだよ。僕の勉強の為にした『模擬戦』でしょ。勉強になったし、面白かったけど……もう少し、常識の範囲内でやってよね」

何やら三人は揃って鳩が豆鉄砲を食ったような顔になったが、ディアナが何故か笑いのツボに入ってしまったようで「くっくく……」とひたすら笑いを耐えている。カペラとルーベンスはお互いに顔を見合わせると、ペコリと頭を下げた。

「リッド様、夢中になり過ぎて申し訳ありませんでした」

「私も、バルディア領に来てから初めての模擬戦だったので、熱くなり過ぎました。申し訳ありません」

「うん。わかってくれたならいいよ。それよりも、カペラの動き凄いね。良ければ、僕にも教えてよ」

「ありがとうございます。しかし、よろしいのでしょうか……？」

予想外の答えだったらしく、カペラは無表情ながらに少し驚いた雰囲気が出ている。すると、ルーベンスが彼の背中を押すように頷いた。

「いいですね。カペラさんはかなりの実力者ですから、リッド様のお力に必ずなれますよ」

「そうだよ。見ているだけでも、カペラの実力は間違いないことがわかったから、父上には僕から伝えておくからさ」

「私で良ければ、お力になれれば幸いです」カペラはぎこちない笑顔を浮かべて会釈する。

こうして、今後の武術訓練にカペラが加わることになった。ディアナは僕達のやり取りに、少し呆れていたけれど、特に何も言わなかった。

後日、父上にこの件を伝えると険しい顔を浮かべる。だけど、ディアナをカペラの監視員として一緒に参加させるなら良い、と了承をしてくれた。

ディアナにそのことを伝えたら、彼女は小さく「はぁ……」とため息を吐くがコクリと頷いてくれる。

カペラとルーベンスの模擬戦は、一時どうなるかと思ったけど、結果として武術訓練に皆が参加してくれることに繋がったわけだ。打倒アスナに向けて一歩前進だと喜んでいたけど、ふと気づいてしまう。

「……今更だけど、ディアナ、カペラ、ルーベンスの三人からまとめて教わるってことは、武術訓練が大変なことになるような気がする」僕はそう呟くと、顔からサーっと血の気が引いた気がした。

でも、すぐにハッとして、疑念を払拭するように首を横に振った。

「大丈夫、きっと大丈夫なはず……大丈夫だよね？」

リッドの秘密

『特定の人物に今後のことを考え、秘密を打ち明けたい』僕が父上に先日相談した件だ。今日はその『特定の人物達』に声を掛け、屋敷の執務室に集まってもらった。ちなみに、特定の人物というのはクリス、サンドラ、エレン、アレックス、ディアナの五人だ。

皆は顔を見合せながら、何故集められたのか？　と不思議そうにしている。だけど、父上もこの場にいることで、執務室の雰囲気は何とも言えない緊張感に包まれていた。

「皆、今日は集まってくれてありがとう」僕はそう言うと、ペコリと頭を下げる。すると、父上が咳払いをし、皆の注目を集めて話し始めた。

「この場に集まってくれた面々は、いつも息子が世話になっている。中には、型破りなことで振り回された者もいるだろう。だが、今後も息子、リッドの力になってほしい」

「……父上、息子本人を前にして『振り回された者もいるだろう』というのはどうかと思いますけど……」

つい要らぬ口を出してしまい、父上からジロリと睨まれる。ハッとすると、誤魔化すようにそっぽを向いた。そのやり取りを間近で見ていた皆は、噴き出して「クスクス」と忍び笑う。父上は眉間に皺を寄せながら「茶化すな……」と注意すると、この場にいる皆を見回した。

「それより、ここに集まってもらった皆には、息子のリッドから重要な話がある。内容は……他言無用のバルディア家の機密事項だ。無論、秘密を洩らした場合、処罰もあると思ってくれ。その上で話を聞くかどうか、各自で判断をしてもらいたい」

父上がいつも以上に凄んだ面持ちを見せたことで、この場に居る皆は息を呑んだ。対して、僕は父上と反対に明るく微笑む。

「父上の言った通りで、もし聞きたくない場合は今この場で退室してくれて大丈夫だよ」

話を聞いた皆は、それぞれに怪訝な表情を浮かべている。そんな中、クリスがスッと手を上げた。

「リッド様、よろしいでしょうか」

「うん。どうしたの」

「リッド様がこれからする話を聞いたとして、何か私達の現状に影響はあるのでしょうか」

瞳に怪訝な色を宿しているせいか、クリスはいつもより慎重な様子が窺える。彼女は商人だから、この手の話には人一倍の警戒心があるのかもしれない。少し考え込むと、言葉を選びながら慎重に答えた。

「うーん。特には何もないかな。僕がこれからする話は、今後の為の情報共有という感じだね。ただ、バルディア家の機密事項に該当するから、この場を設けたと思ってくれたらいいかな。ですよね、父上」

「そうだな。その認識で間違いないだろう。今までと待遇や生活面において、何か変わるということはない。約束しよう」

「承知しました。ライナー様、リッド様、お答えありがとうございます」

話を聞いた彼女は畏まり頷くが、その表情はまだ少し険しい。すると、今度はサンドラが挙手をしたので問い掛けた。

「サンドラ、どうしたの」

「……失礼ながら、その秘密というのはリッド様の『型破りな言動』に関係しているのでしょうか」

彼女は質問を終えると同時に、ニヤリと口元を緩めた。その質問を聞いた他の皆も、何かを察したらしくハッとしている。最早、この場の意味とバルディア家の機密事項が何たるか。彼女の質問で、皆も気付いたことだろう。まぁ、サンドラらしい質問だけど。僕は呆れ顔で「はぁ……」と小さくため息を吐いた。

「僕の言動が『型破り』なのかどうかはともかく、その辺については答えられないね」

「承知しました。ありがとうございます」

答えを聞いた彼女は畏まった後、会釈する。この会話のやり取りで、皆の表情が確信に変わっている。もう何を話す場なのか見え見えな状況だ。ふと父上に目をやると、額に手を当てて首を横に振っている。そんな中、あえてこの場にいる皆をもう一度見渡した。

「ふぅ……どうかな。退室する人がいないなら、このまま話を続けようと思うけど」

呼びかけてみるが皆は誰も席を立とうとはしない。むしろ当初よりも落ち着いており、少し笑みも溢している みたいだ。さっきの会話で、これから行おうとしている話の内容が僕に関することだとわかったから、もうそんなに気構えしていないみたい。その時、エレンが気恥ずかしそうに呟いた。

「えーと、ボクはリッド様に仕える為に来ましたから、問題ないです!!」

「俺も、姉さんと同意見です」

エレンとアレックスがそう言うと、ディアナが淡々と会釈する。

「私はバルディア家に仕える『従者』でございます故、秘密は必ずお守り致します」

「私はリッド様の『秘密』に興味ありますから、是非伺いたいですね」

サンドラも最初こそ少しおどけるが、最後は畏まって頷いた。残ったクリスは、何とも言えない表情で悩んでいる。でも、席を立とうとしていないから、聞いてくれるつもりなのだろう。そんな彼女に、あえて祈るような視線を上目遣いで送った。

「クリス……」

クリスは向けられた視線に、「う……」と決まりの悪い顔を浮かべる。やがて、観念するようにガックリと頷いた。

「リッド様、そんな目で人を見ないでください。大丈夫です、最後まで聞かせていただきますから」

「……!? クリス、ありがとう」僕はパァっと明るく笑みを溢す。すると、クリスは照れ隠しのように頬を掻いた。

「ふむ。話はまとまったようだな。では、リッド。この場にいる皆に説明を始めなさい」

「はい、父上」一旦気持ちを落ち着かせる為に「ふぅ……」と深呼吸をする。そして、意を決して皆を見回した。

「僕には前世の記憶があります！」

「……は？」

あまりに予想外の答えだったらしい。息を呑んで僕を見つめていた皆は、呆気に取られてきょとんとしている。それから間もなく、皆を代表するようにクリスが恐る恐る口を開いた。

「ぜ、前世の記憶……ですか？」

「うん。信じられないと思うけど、本当だよ」そう言うと、前世の記憶を取り戻した時から、今までに至るまでの経緯を丁寧に説明していく。その上で、前世において今いる世界を『疑似体験』していたことも伝える。

やがて、説明が終わると部屋には静寂が訪れ、皆は何とも言えない表情を浮かべた。沈黙が続く中、父上が口火を切った。

「突然の話で驚くのも無理はない。私も初めて聞いた時は耳を疑った。だが、リッドが持っている知識や、言動はそう考えれば納得が行くものが多い。それと、私も詳しくは聞いていないが、前世の世界とやらは、我々の文化とは異なるものが多いそうだ……そうだな、リッド」

「えーと……そうですね。ただ、『文化が異なる』という言葉は間違いではありませんが、それだけだと正しくもありません。付け加えるなら『文明が進んでいる』でしょうか」

父上は信憑性を持たせる為、あえて補足説明を行い、話を振ってくれたのだろう。それに、『文明が進んでいる』という言葉に反応して、サンドラ、エレン、アレックスの表情が少し変わった気がする。するとサンドラがスッと手を上げた。

「サンドラ、どうしたの？」

「リッド様、正直にわかには信じられません。しかし、とても興味深いお話です。よろしければ、前世の記憶にあるという『文明』についてもお伺いしたいと存じますが、よろしいでしょうか」

「ボ、ボクも聞きたいです」

「俺もです」

彼女に追随するようにエレンとアレックスが声を上げた。三人は『文明』に興味津々らしく、目が爛々としている。クリスとディアナも三人程ではないけれど、興味を引かれているようだ。

「……わかった。じゃあ、この場では少しだけ話すね」

「ありがとうございます。リッド様。よろしくお願いします」サンドラが相槌を打ち答えると、他の皆も静かに頷いた。そんな皆を見回すと、前世の文明について淡々と説明を始める。

サンドラ、エレン、アレックスの三人は、話が進むに従って目の輝きが増していく。途中から三人の質問に僕が答える、質疑応答の状況になってしまう。やがて質疑応答が落ち着くと、三人は感心した様子で唸っていた。

「うーん。『魔法が存在しない』というのは頂けませんが、面白い世界ですね」

「リッド様の話を聞く限り、確かにボク達よりかなり発達している文明だと思います」

「俺もそう思う。空を飛ぶ乗り物とか、鉄で造られた船というのはすごく気になるよ」

「……質問はもう大丈夫かな」僕は、目を輝かせて語り合っている三人を横目に呟いた。想像以上に三人の質問が多くて大変だったけど、答えられることは答えたからね。一息ついて、皆を見回すとふいにクリスが手を上げる。

「リッド様、よろしいでしょうか」

「うん、クリスは何が気になるの」

「気になると言うか、リッド様はその知識を使って何をなさるおつもりでしょうか。それと、私達に話した理由もお伺いしたいのです」

彼女の質問で、皆の目の色がまた少し変わった。不安と興味が入り混じったような、そんな目をしている。だけど、質問に対してニコリと微笑んだ。

「することは何も変わらないよ。これからも母上を助ける為、領地発展の為に知識は使っていくつもりさ。だけど、今後は考えていることの規模が大きくなってくるから、協力してくれる皆には情報共有する為に事前に伝えたかったんだ」

そう、これから行おうとしていることは、前世の知識と魔法を活かして領地をより発展させることだ。将来的に僕が『断罪される』可能性があることは、父上を含めて誰にも伝えていない。

しかし、ここにいる皆は、僕に関わった以上、将来的に何か影響がある可能性が高いはずだ。その時、皆を守ることができるだけの『力』を、僕自身が手に入れておく必要があると考えた。でも、僕一人だけでは、できることに限界がある。

だからこそ皆に協力を求め、より領地を発展させて『力』を得ようという訳だ。すると、クリスが安堵した表情を浮かべた後、ニコリと頷いた。

「承知しました。どこまでお手伝いできるかわかりませんが、私は可能な限り協力させていただきます」

「ありがとう、クリス！」

彼女とのやり取りをきっかけに、皆が頷き声を上げた。

「ボク達は当然、協力させていただきます。ね、アレックス」

「勿論。それと是非、リッド様の知識をもっと伺いたいです」

「私もです。特に、魔法とリッド様の知識を混ぜ合わせたらどうなるのか、とても楽しみです」

エレン、アレックス、サンドラと続き、最後はディアナが畏まって会釈する。

「リッド様の従者として、私は付き従うのみでございます」

この時、嬉しいあまりに目が潤んだ。本心で言えば、受け入れてくれるかどうかとても不安だった。父上は認めてくれたけど、他の皆はどうだろうか？　本当は最初の時点で、退室するかどうか気が気じゃなくて、もし誰かが部屋を退室したらどうしようと思っていたのだ。だけど皆は信じてくれた……それが嬉しくて、自然と目元が熱くなったのだ。しかし、間もなくハッとして目元を拭い、パァっと明るく破顔する。

「皆、ありがとう。改めて、これからよろしくね」そう言うと、ペコリと頭を下げた。

顔を上げて改めて見回すと、皆の瞳に慈しみの色が宿っていることに気付く。どうやら、泣いてしまったことがバレバレだったらしい。気恥ずかしくなり、「あはは……」と少し俯いて頭を掻いた。すると、サンドラが咳払いをして手を上げる。

「それで、リッド様は今後、何をどうするおつもりなのでしょうか」

「あ、それはね……」

彼女の質問に答えながら、今後の動きで何を考えているのかを丁寧に説明する。この件について話すのは初めてだから、父上も寝耳に水だったようで目が点になっていた。やがて話し終えると、この場にいる皆は唖然として、開いた口が塞がらないという表情を見せている。

「リッド……そんな話は聞いていないぞ」父上が呆れながら呟く。

「そうですね。今、初めて言いましたから……」

眉を顰めた父上は、額に手を添えながら「はぁ……」とため息を吐いて、ガックリ俯いてしまった。それから間もなく、サンドラ、エレン、アレックスがハッとする。そして、目を爛爛と輝かせた。

「リッド様、やりましょう。ボク達、リッド様の知識を学んで必ず作ります」

「俺もやります。いえ、是非やらせてください」

「未知の知識と魔法を組み合わせるなんて……なんて素晴らしい。これは研究意欲を刺激されますね」

クリスは、意気込む三人を横目に「やれやれ」と肩をすくめていたけれど、やがて僕を真っすぐに見つめる。

「こんな機会に巡り合うなんて、バルディア領に来る前には思いもしませんでしたよ。私も皆さんが必要な物を集められるよう尽力させていただきます」

「ありがとう。皆、改めてこれからもよろしくね」

そう言って一礼すると、それまで事の次第を見守っていたディアナが「コホン」と咳払いをしてから、射貫くような鋭い視線をこちらに向ける。

「リッド様。皆様のご協力を得られたこと、大変喜ばしいことではあります。ですが、自重もお忘れないようお願い申し上げます」

するとと、父上が「うむ」と頷いた。「ディアナの言う通りだ。お前は自重しているぐらいが丁度良いのだ。皆の協力を得られたからと、調子に乗ることのないようにな」

「う……承知しました」

目つきの鋭い二人に凄まれて、思わずたじたじとなりながら首を縦に振る。ふと周りに目をやると、この場にいる皆が揃いも揃って納得顔を浮かべており、二人に同意するように頷いていることに気が付く。そんなに、無茶苦茶な言動はしていないけどなぁ……内心で首をひねるのであった。

動き出すバルディア領

皆に秘密を話した後、それぞれの動きはとても忙しくなった。まず、エレンとアレックスには『属性素質鑑定機の改善』と『製炭作業』をお願いしている。

炭窯の火付けと木材調達は僕と騎士達で行っているけれど、その後の管理者は二人にお願いしている状態だ。だけど、いずれは誰でも管理が行えるよう、作業工程を資料にまとめるようお願いをしている。作業場を訪れた際、この話をエレンとアレックスにした時、二人は首を傾げていた。

「リッド様、製炭作業の製法をまとめて本当に良いんですか。差し出がましいようですけど、製炭の技術はあまり外部に出さないほうが良いと思いますよ」

「俺もそう思います。こういった技術は資料にしてしまうと必ず狙われますから、口伝で教えていくのが良いんじゃないでしょうか」

エレンとアレックスの表情と言葉から本当に心配してくれていることがわかる。そんな二人を安心させるように僕はニコリと頷いた。

「製炭の件は大丈夫だよ。真似が本当にできるなら、真似されてもいいしね。それよりも、製炭を沢山行うことが優先だから、製炭の工程を資料にして誰でもできるようにすることの方が重要だよ。だから、お願いね」

「そうなのですか？　まぁ、リッド様がそう仰るなら、ボク達は構いませんけど……」

二人は顔を見合わすと、きょとんとしていた。そんな彼らの様子を見て「ふふ」と忍び笑う。そして、もう一つの件を二人に尋ねた。

「ね、ところで、『属性素質鑑定機』の改良はどんな感じかな？」

「はい、改良は良い感じですよ。サンドラさんと協力して研究していますからね。何とか魔力を意図的に扱えない状態でも、手を触れれば色彩変化反応を起こすことができそうです」

「おお⁉　それは素晴らしいね」

想像以上の改良の進み具合に、思わず驚嘆しながら満面の笑みを浮かべる。エレンは照れ笑いを浮かべるが、ふと疑問を思い出したらしくハッとした。

「あ、そういえば、『属性素質調べる君』の件ですけれど、手をかざして反応を示すようにするだけでも、開発費が結構かさんでいます。製炭やクリスさんが扱っている商材と比べると、あまりお金にならなさそうですけど……大丈夫でしょうか？」

「……まるで、お金儲けが目的みたいな言い方をしないでよ。それに、属性素質鑑定機の使い道はまだ秘密だけど、成功すれば開発費を考えても大量のお釣りがくるかな」

「あはは。やっぱり、お金じゃないですか」エレン達は、少し意地悪な笑みを浮かべている。

彼らの反応に、「やれやれ」と首を傾げて肩をすくめた。二人が疑問に思うのも無理はない。この世界において『魔法』は貴族、軍、冒険者など一部でしか使用されていないからだ。普及が進んでいない一番の理由は、魔法の教育環境がほとんどないことが挙げられる。その為、平民などの一般人はまずもって魔法を学ぶ機会がない。

それに、もし学ぼうと思っても貴族以外では、独学という方法になるのがほとんどだ。しかし、独学となれば教材費が馬鹿にならない上、習得する為の時間も相当必要になるから一般人にとって現実的ではない。

他にも『属性素質』という問題もある。仮に『水属性の魔法』を将来的に使用したいから、魔法を学んだとしても『水の属性素質』があるかどうか、現状において判別する方法がない。

つまり、『魔法を学んでも、目的の魔法を使えるかどうかわからない』という、博打要素とも言える問題点があるのだ。ちなみに、魔法を一から独学で学んだ場合、初期魔法を使用できるようになるだけでも、最低一年以上はかかると言われているらしい。入手した教材と本人の才能にもよるらしいけどね。勿論、それでも学ぼうとする人もいるかもしれないけれど、それはこの世界において稀だろう。

国によっては魔法を研究している機関もあるみたいだけど、『魔法の教育』を身分関係なく実行している国はまだないと思う。それに、貴族の魔法教育に関しても、魔法の理解や扱える術などは、教師となる術師ごとでかなり差があると睨んでいる。

サンドラに以前聞いた話だと、貴族は魔法を学ぶけれどあくまで護身術程度。戦いが身近でない限りは、深く理解するまで学ばないことも多いらしい……勿体ない話だ。

そして、『属性素質鑑定機』をエレン達に作ってもらった理由はそこにある。僕は『属性素質鑑定機』を使用して属性素質を把握した人達に、サンドラ達がまとめている魔法の教育課程を施すつもりだ。これにより、誰もが今までより短期間で魔法を扱えるようになるだろう。

その後、僕が開発した魔法を教えれば、魔法による公共事業、製炭作業、他にも様々なことが行える。この計画が成功すれば、魔法に対する認識は変わるはずだ。今からその時が楽しみで、想像するだけで口元がニヤリと緩んでしまう。すると、エレンが訝しげに言った。

「リッド様……悪そうな笑みになっていますよ」

「え⁉　そんなことないよ」

ハッとして表情を直すけど、彼女は呆れたまま首を横に振った。

「あまり、無茶なことはしないでくださいね。ライナー様やディアナさんがいつも心配していますからね」

「う、うん。気を付けます」エレンの指摘に、コクリと頷くのであった。

◇

エレン達と打ち合わせをした数日後。この日は、サンドラから報告したいことがあると連絡をもらい、彼女を屋敷の応接室に招いていた。僕達は、机を挟んで対面上にソファーに腰かけている。机の上には、ディアナが淹れてくれた紅茶がそれぞれの前に置いてあり、湯気が立っていた。その紅茶をサンドラが一口飲んで「ふぅ、美味しいですね」と呟くと、彼女はこちらを見据えて口火を切った。

「リッド様。先日お願いされました件……私が所長をしていた時の人達に大体連絡がつきました」

「本当!? それで、反応はどんな感じだろう。バルディア領に来てくれそうかな」

期待と不安に満ちた目をサンドラに向けた。すると彼女は、不敵に笑い始めドヤ顔を浮かべる。

「ふふ、皆来るに決まっているじゃないですか!? こんなに素晴らしい研究たい……ではなくて環境があるんです。それに、研究に関して援助もしてくれるとなれば、断る理由なんてありませんよ」

「……来る人達に僕のことをなんて言ったのか気になるけれど、来てくれるなら一安心だよ。帝都の貴族に嫌な思いをさせられたっていうから、どうなるかと内心不安だったからさ」

「ああ、それについては、私が問題ないと太鼓判を押しましたからね。『所長が好きな研究をできる環境なら是非行きたいです』と皆口を揃えて言っていましたよ」サンドラはそう言うと、ニヤリと笑った。別にサンドラが好き勝手に研究をしているわけじゃないんだけどね。一抹の不安を覚えつつも、彼女の元部下の人達が来てくれることに胸を撫でおろしていた。

『属性素質鑑定機』を使って属性素質が確認できても、魔法を教えてくれる優秀な教師陣がいなければ計画が頓挫しかねない。そこで、彼女が帝都の研究所で所長だった時、部下だった人達に目を付けた。彼らは、身分関係なく高い能力を評価されて帝都に集められたが、貴族のやっかみによる圧力や嫌がらせにより、辞めざるを得なくなった人達だ。そんな彼らに、研究できる環境を与えて教師をしてもらえればこれ程に心強いことはないだろう。しかし、彼女の言葉には、少し呆れて

「はぁ……」とため息を吐いた。

「一応、言っておくけど、何でも『研究』を認めているわけじゃないからね。今は、母上の容態に関わることが第一優先なんだから、そこを忘れてもらったら困るよ」

「その点については、問題ありません。私がしたい研究は、リッド様から指示があるものですから、嘘ではありませんからね。これからも、楽しませていただく所存です」

釘を刺すつもりで言ったんだけど、サンドラは相変わらず不敵な笑みを浮かべたままだ。その言動に「やれやれ」と首を傾げて肩をすくめるが、すぐに気を取り直して『魔法の教育課程』に話頭を転じると、打ち合わせを再開した。

それからしばらく話し合いを続け、打ち合わせがいち段落する。サンドラは紅茶を飲み終えると、珍しく真面目な雰囲気になった。

「リッド様。それはそうと、ナナリー様に投与している新薬の件ですが、幾分か効果が出ているみたいです」

「……!? 本当！」思わず身を乗り出した。

「はい。ただ、絶対というわけではありません。今までは魔力回復薬を飲んでいただいても、魔力量は減り続けていました。しかし、新薬を投与してから魔力量の減り方に鈍化がみられます。このまま、両方の薬の投与を続ければ、魔力量の回復が見込めるでしょう」

「そっか……良かった……」話を聞くと、全身の力が抜けてソファーに深々ともたれかかる。そして、ようやく……ようやく、光が見えてきた……。と心の中でそっと呟いた。

魔力回復薬では完治できず、いつまで効果があるのか。母上の容体が以前のように急変する可能性だってある。毎日いつもどこか不安で、母上の部屋を訪れては他愛無い話をしていた。ルーテ草も絶対に効果があると信じて、自分に言い聞かせていたけれど、それでも最悪の可能性はいつも頭を過る。そんな中、ようやく新薬による効果の兆しがあるという……こんなに嬉しいことはない。

すると、目頭が熱くなるのを感じて服の袖で拭った。

「ありがとう、サンドラ。今までで一番、嬉しい吉報かもしれない」

「はい、私もご報告できて嬉しいです。今後、さらに詳しい内容がわかりましたら、またご報告いたします。恐れ入りますが、詳細はもう少しお待ちください」

「うん……ありがとう」

打ち合わせが終わると、彼女からの吉報はすぐに父上にも届けられた。後日、サンドラから聞いた話だと、父上は厳格な表情のまま聞いていたそうだ。そして、「そうか、ひとまずは安心できるか……」と呟いた後、執務室で一人になりたい、と言って人払いをしたらしい。

きっと表情を崩す姿を人に見られたくなかったのだろう。その様子がすぐに脳裏に浮かんで、父上っぽいなと一人で「ふふ」と忍び笑っていた。

動き出すバルディア領2

「ふふ……リッドが読む絵本は、いつ聞いても楽しくなりますね」

「うん！　にーちゃまが、よんでくれるえほんは、いつもたのしいの」

「ありがとうございます、母上。それに、メルもね」僕の答えに、メルは「えへへ」と嬉しそうに体を揺らしている。

僕は今、母上の部屋を訪れている。母上の側に寄り添いながら妹のメルに絵本を読んでいたけれど、丁度読み終わったところだ。なお、メルに対する絵本の読み方は相変わらずで、登場人物によって声色を変えないといけない。同じ声色を使おうものなら、「それ、さっきといっしょだよ」とメルから厳しい指摘が入るのだ。最近は彼女の傍にいるクッキーとビスケットも頷いて指摘してくるから、審査がより厳しくなっている。

そんなメル達の指摘に四苦八苦しながら僕が絵本を読む姿を、母上はいつも楽しそうに見守ってくれている。ちなみに、僕は母上が寝ているベッドに腰かけていて、メルはそんな僕の膝元に腰かけている状況だ。

その時、ふとサンドラの言葉を思い出して、母上にそっと視線を移す。新薬による回復の兆しが見えた。という話を聞いているせいか、今までよりも顔色が良い気がする。

新薬による効果が出ていることは、母上にまだ伝えられていない。一過性の可能性もあるので、情報をよりまとめてから伝えるべきという判断だ。すると、母上が視線に気付いたらしく、ニコリと微笑む。

「リッド、どうしたのです？　何か気になることがありましたか」

「い、いえ。何でもないです。ただ、体調はどうかなと……」

「ありがとう。でも、今のところ落ち着いているから大丈夫ですよ」

周りを安心させるように、母上は優し気に答えてくれる。その声に、僕やメルが笑みを溢したその時、部屋のドアがノックされた。僕が返事をすると、「リッド様、クリス様がご到着されました」とディアナの声が返ってくる。

「わかった。応接室に案内して、僕もすぐに行くから」

「承知しました」

それから間もなく、やり取りを間近で見聞きしたメルは、残念そうにこちらを上目遣いで見上げる。

「えぇ、にーちゃま、またいっちゃうの？」

「うん。ごめんね、メル。また、今度……ね？」

しょぼんとメルは俯いたが、母上がすぐに助け船を出してくれた。

「メル、リッドを行かせてあげなさい。その代わりに私が絵本を読んであげましょう」

「……!?　ほんとう、ははうえ！」メルはパァっと満面の笑みを浮かべる。その表情の変化が可愛くて、僕と母上は思わず破願する。

「よかったね、メル。母上に読んでもらえるなんて、うらやましいよ」

「えへへ」と嬉しそうにするメルを母上にお願いすると、少し名残惜しさを感じながらも部屋を後にする。そして、クリスが案内された応接室に向かった。

◇

「ごめん、クリス。待たせたかな？」

「いいえ、私もディアナさんに案内されたばかりです」

互いに挨拶をしながら、机を挟んでソファーに座る。それと同時に、ディアナが僕とクリスに紅茶をサッと用意して机の上に置いてくれた。

「ありがとう、ディアナ。申し訳ないけど、商談になるから席を外してもらっても大丈夫かな」

「承知しました。何かありましたらすぐにお声掛けください」

彼女は綺麗な所作で会釈すると、そのまま部屋を後にした。クリスはディアナが部屋を出て行くと、不思議そうに尋ねてきた。

「リッド様。差し出がましいようですが、ディアナさんにも秘密を共有していますから、この場にいてもらってもいいのではありませんか」

「うん、そうなんだけどね。でも、商談は二人でした方が良いと思っているんだ。内容によっては彼女の重荷になることもあるだろうしね。勿論、必要な時は声をかけるつもりさ」

クリスの疑問も尤もだろう。だけど、ディアナはちょっと真面目な所があるから、あまり商談の話を聞くと変に悩んでしまいそうな感じがする。勿論、重要なことは事前に相談するけどね。クリスは、答えに合点がいったらしく「ふむ」と頷いた。

「確かに、ディアナさんは少し抱え込みそうな所がありそうですね……」

「そうそう。ルーベンスの件になると、結構抱え込むことも多いみたいだしね。あの二人は、お互いに思い合った結果で空回りすることが多いらしいよ。騎士団の皆も、よく呆れているみたい」

「そうなんですか……？　あのディアナさんが空回りすると聞くと、何だか意外ですね。でも、二人の様子はさしずめ『夫婦喧嘩は犬も食わない』というやつでしょうか」

「あはは。そんな感じかもね」

ディアナとルーベンスはまだ夫婦ではないけれど、クリスの答えに思わず苦笑してしまった。すると、クリスも釣られるように「ふふ」と少し目を細める。しかし、それから程なくしてクリスの目つきが変わり、口火を切った。

「さてと、リッド様。そろそろ本題をよろしいでしょうか」

「そうだね。今日、来てくれたのはお願いしていた『例の木』の件だよね。手紙をもらった時は想像以上に入手が早くて驚いたよ」

実は先日、依頼をしていた『木』に関する物が手に入ったという手紙がクリスから届いたのである。すぐに「近日中にその件で話をしたいから、現物を屋敷に持ってきてほしい」と彼女に連絡をして現在に至るというわけだ。クリスは照れ笑いを浮かべながらも、どこか得意そうな顔をしている。

「大変でしたけど色んな情報網を使って、何とか手に入れました。ちょっと驚いたのですが、私達がいる大陸にはなかったみたいですね。海を越えて来た商品にたまたま混ざっていたそうです。何にしても、手に入ったからホッとしましたよ」彼女はそう言うと、机の上に『苗木』と『種』をおもむろに置いた。

「どちらかということでしたが、一応両方手に入ったのでお持ちしました。どうされますか。どちらか、必要ないならうちの商会で捌きますけど……」

「いやいや。両方とも買い取らせてもらうよ。本当にありがとう」

お礼を言うと、机の上に置いてある「種」を一つ手に取った。色は茶色く、大きさは二cm程度だろうか。彼女が持ってきてくれたのは、種が十個と苗木が一鉢だ。僕は種を見つめながら、今後行える事業の幅が広がったことに、内心では歓喜に震えていた。そして思わず、「ふふ、これさえあれば……」と呟き、口元がニヤリと緩む。すると、クリスが訝しむように言った。

「リッド様、大丈夫ですか。種を見つめて微笑むなんて、何か怪しい人みたいですよ」

「へ……!? ああ、ごめん。今後の事を考えるとつい嬉しくなってね」

彼女は意図がわからずきょとんとした後、机の上にある『種』と『苗木』を凝視する。

「この種と苗木は、そんなに凄いものなんですか。特に価値がありそうには見えませんけど」

「うん。これはね、木にして樹液を採取するんだ。そして、エレン達とサンドラにお願いして加工をしてもらえれば……『ゴム』ができる」

「『ごむ』……とは、なんでしょうか?」そう言って首を傾げるクリスに、『ゴム』の可能性とできることを説明した。さらに、先日行った秘密を共有した時の話し合いに大きく関わる存在であることも伝える。

「これさえ手に入れれば、後はエレン達とサンドラに頑張ってもらうだけだね。完成すれば、クリスの販売網とか、全てが大きく変わってくるはずさ」

「まさか、その『木』にあの時の話が繋がっているとは思いませんでした。それに、先日伺った話が実現できた暁には……確かに色々と大きく変わりそうですね」

彼女は説明された『ゴム』の可能性に驚嘆しつつ、楽しそうに目を爛々とさせている。その後、クリスから『ゴム』についてのいくつかの質問に回答しながら、今後の打ち合わせを続けるのであった。

◇

「クリス、今日はありがとう」

「いえいえ、私も良い話が色々できました。それに、リッド様が考えることは良い意味で『型破り』なことが多いので、一緒に仕事ができて楽しいです」クリスはそう言うと、ニコリと微笑んだ。

それにしても、『型破り』か。でも、そう呼ばれることは、もうしょうがないと思うことにしている。

この世界にまだ知られていない『物』や『常識』を前世の知識を使って生み出そうとしている以上、何をどうしたところで『型破り』と言われてしまうだろう。正直なところ半ば開き直っていた。だけど、いずれ『型破り』と言われるのは、僕だけに留まらないはずだ。

「ふふ……いずれ僕以外の皆も『型破り』と言われるようになると思うよ？」

彼女は「え……？」ときょとんとするが、すぐに楽し気に笑みを溢した。

「あはは、さすがにそれはないと思います。リッド様だけですよ」

「さぁ、どうかな」ニコリと笑顔で答えたその時、部屋のドアがノックされる。僕が答えると、ディアナの声で返事が聞こえてきた。

「リッド様、お話し中に申し訳ありません。ライナー様が、クリス様とのお話が終わり次第、執務室に来るようにと仰せでございます」

「……？　父上が？　わかった。終わり次第、すぐに行くよ」

すると、クリスが残っていた紅茶を飲むとサッと立ち上がった。

「リッド様。必要な打ち合わせもできましたから、今日はこの辺で私はお暇いたします」

「う、うん。ごめんね、急かすような感じになってしまって」

「いえいえ、お気になさらないでください」クリスはそう言って目を細めると、応接室を後にした。

その後、彼女を玄関まで見送ると父上が待っている執務室に急いだ。

◇

執務室に辿り着いて、ドアをノックすると父上からすぐに「入れ」と返事が聞こえ、静かにドアを開けて入室する。父上は部屋の奥の執務机で事務作業を行っていたようだけど、今は手を止めて書類を片付けているようだ。

「お呼びでしょうか、父上」

「あぁ、クリスと商談中だったのだろう。知らずに呼び出してすまんな」

父上はこちらを見ると、少し申し訳なさそうな声で言った。どうやら、クリスと打ち合わせ中だったことを知らなかったらしい。僕は軽く首を横に振った。

「いいえ、打ち合わせは終わっておりましたから、お気になさらないでください。それよりも、どのようなご用件でしょうか」

「先日から話をしていた屋敷と宿舎建造の件だ。まぁ、座れ」

父上に促されるままに、いつものように机を挟んでソファーに腰を下ろした。

「父上、それで建造の件と言うのは？」

「うむ、業者より日程などのおおまかな見積もりが出た。それによると、お前が依頼した養鶏場と奴隷達の宿舎は半年程度で用意できるそうだ」

「そうですか。思ったより早いですね」

宿舎は二百名規模で設計しており、一部屋に二段ベッドを二台設置して四名程度で過ごしてもらう予定だ。様々な技術を勉強してもらう為、部屋には四人が並んで座れる長机なども用意。他にも大きな食堂や浴場、教室などを備えた建物を、宿舎に併設するので『学校と学寮』と言ったほうが良いかもしれない。

全体的な作りや見た目こそ質素にする予定だけど、生活自体は一般市民より良い暮らしができるだろう。その分、彼等には沢山の勉強と修練漬けという困難を乗り越え、バルディア領の発展に貢献する責任が付いて回ることになる。だから、簡単にどちらが良いとは言えないだろう。

「しかし、奴隷として領地に引き入れた者達に、ここまでの環境を用意するとはな。前例もないし、常識では考えられん。他の貴族達が知れば、私は頭がおかしくなったと疑われかねんな」

「良いではありませんか。事を成すにあたり、常に前例があるわけではありません。むしろ『前例』は創るものと存じます」そう言うと、父上が眉をピクリとさせた後、額に手を当てながら「やれやれ」と首を横に振った。

「その考え方が『型破り』と言われる所以だと思わないのか。お前を目立たないよう、庇う身にもなってほしいものだ」

「その点については、父上に感謝してもしきれません。ですが、僕達がこれから行う事は、『型破り』なことばかりになると思います。その代わり、領地は絶対に発展することでしょう」

そう言うと、決意に満ちた目で父上を見据えた。確かに『奴隷』の宿舎であれば、ここまでする必要はないのかも知れない。だけど、僕はこれからやってくる彼等を『奴隷』ではなく、目指す道を一緒に歩む『仲間』としてバルディア領に迎え入れるつもりで考えている。

どんな人達が来るかはまだわからない。それでも、一つだけわかることがある。きっと、どんな状況があったにせよ、好き好んで奴隷になる人なんて、いないということだ。

それに、前世で『衣食足りて礼節を知る』という言葉もあった。人は着る服、温かい食事と心休める場所がなければ、礼節など身に付ける余裕などないという意味だ。

だからこそ、できる限り温かい環境で迎えてあげたい。何よりも『縁』が繋がった皆には、バルディア領を好きになってほしいという想いもある。これは独善的な考えかもしれないけど、しないよりは絶対にした方が良いに決まっている。やがて父上は、観念したように息を吐いた。

「ふぅ……わかっている。お前がしようとしていることは、必ず将来的に大きな力になるだろう。それ故に、莫大な初期投資をしているのだ。今回の件はバルディア領が大きく飛躍する機会と捉えている。私もできる限りのことをするつもりだ。やるだけやってみろ」

「はい、父上！」

背中を押すような言葉に嬉しくなり、力強く頷いた。

すると、父上の表情が珍しく少し綻んだ。だけど、すぐにいつもの厳格な表情に戻ってしまう。

「それはそうと、問題はお前とファラ王女の新屋敷建造だ。これは、宿舎と違って質素に造るわけにはいかん。設計内容も多いからな、期間は今から短くても一年はかかるそうだ」

「一年ですか……ファラ王女を少し待たせてしまいますね」

「だが、半年後には奴隷達を迎え入れるのだろう。これから、準備で忙しくなる上、迎え入れた後は、さらに忙しくなるのだ。一年後であればその辺も少しは落ちついているだろう」

確かに宿舎が半年後にでき上がる見通しが立った今、サンドラやルーベンス達と共に、彼らに学んでもらう教育課程も完成させる必要がある。それに、クリスにも情報共有して色々と動いてもらわないといけない。今後の動きを思案すると、コクリと頷いた。

「そうですね……ファラが来るまでに、全部終わらせられるよう頑張ります」

「ふふ……その意気だ」

◇

執務室で父上との打ち合わせが終わると、自室で机に向かいファラ宛の手紙を書き始めた。新屋敷における大まかな完成予定日と、近況報告をするためだ。レナルーテからバルディア領に帰って来てからというもの、彼女とは手紙でのやり取りを頻繁に行っている。

「ふぅ……こんな感じでいいかな」そう言うと、ファラに送る手紙を書く作業を止めて「うー……ん」と両腕を上げげつつ体を伸ばした。そして、執筆中の手紙を見返しながらふと呟いた。

「ファラは、元気にしているかな……」

新たな決意

「ふぅ……もうすぐ完成か……」自室の天井を見つめながらボソリと呟いた。

奴隷を迎える宿舎建設の日程を父上から教えてもらったあの日から、もうすぐ半年が経過しようとしている。ちなみにその間に僕は七歳、メルは五歳になった。

新屋敷建造はまだかかりそうだけど、宿舎に関してはもうすぐ完成できそうだ。立派な感じにでき上がっているから、入居する人達は喜んでくれるだろう。しかし、「はぁ……」とため息を吐いた。

「それにしても、ここ最近は忙しかったなぁ……」

サンドラ、ディアナ、カペラ、エレン達と協力して『教育課程』の作成にまず追われた。宿舎に迎え入れた人達には、魔法と武術、教養など様々な事を学んでもらう予定である。

前世でいう『教育機関』の仕組みを作っている、と言えば分かりやすいかもしれない。この世界では、平民や奴隷という立場の人達に『教育』を施すという考えは、ほぼ無いと言って良いだろう。

理由はおそらく、教育には多額の費用がかかるからだ。たとえ、教育することで将来的に利益が得られるとわかったとしても、そこに投資をするという判断は中々できない。身分によっては、人が人として扱われないこともあるこの世界の現状では尚更だろう。

だから、奴隷を購入してバルディア領の領民として受け入れ、教育を施す。という、この計画を承諾した父上の判断は凄い。この世界において稀有なことであり、まさに『型破り』な行動と言える気がするんだけどね。今までの出来事を思い返していると、ふとある事が気になった。

そして、以前『追放、断罪を防ぐ今後の方針』を日本語で書き記した紙を取り出すと、静かに見つめる。

「守りたいのは、もう僕自身だけじゃない。皆を守れる力を手に入れないといけないね」

自身を鼓舞するように、決意を口にする。以前は『断罪から逃れる』為だけに色んなことを考えていた。だけど、今はそれだけじゃない。母上の治療は勿論、父上やメル、妻としてバルディア領にやってくるファラ。そして、慕ってくれるバルディア領の皆を守りたい。

もし前世の記憶にあるように、僕が断罪されるような事になったらバルディア家はどうなるのだろうか。領主の長男である僕が断罪されるようなことになれば、必然的にバルディア家が苦境に立たされることは想像に難くない。妻となったファラも、きっと辛い目に遭うだろう。でも、そんなことは絶対にあってはならない。だからこそ、何が起きても大丈夫なように『力』がいるわけだ。

それとここ最近、母上が快復に向かい始めている。とても嬉しいことだけど、同時に少し気掛かりなことでもあった。

「……母上が快復すれば、僕の知る運命の歯車にも変化が生まれていることになるんだよね」

そう呟きつつ、前世で見た『車をタイムマシンに改造した三部作のSF映画』のことを思い出していた。あの映画の二作目だったか、タイムマシンを悪用する者が現れたのだ。悪用した者は過去の自分に『未来の情報が載った本』を渡して、本来訪れるはずの未来を消滅させた。そして、彼にとって都合の良い未来を誕生させたのだ。その結果、彼は本来は得るはずが無かった、大きな権力と財力を得ることになり、未来は主人公達の知るものから大きく変わってしまう。

もっとも映画の悪者は、主人公達に過去の改変をタイムマシンで阻止され、未来は本来の流れに戻されたけどね。

何故、映画のことを思い出したかと言うと、理由はどうあれ、今行っていることの根本的な部分は、映画の悪者と同じだと思ったからだ。

本来、死ぬはずだった母上を助ける努力をした結果、まだ完治はできていないけど、きっと助けられる。そうなればこの先の未来は、前世のゲーム『ときレラ！』の内容とは大きく変わって来るはずだ。

改変した未来を正そうと、見えない力が働くかもしれないし、何もなく淡々と時が進むだけかもしれない。どうなるのかまだわからないけれど、一つだけ言えることがある。どんな未来が訪れても、絶対に後悔はしないということだ。

そして、もし『見えない力』がバルディア家と領地に襲い掛かると言うなら、何としても皆を守る。それが、未来を変えた者の責任だろう。映画の悪者ではないけど、その為にも資金力と影響力を持つことをこれから目指すべきかもしれない。

「バルディア家は僕が守る。僕が……この僕が、皆の未来を変えてみせる」

あえて決意を言葉にするとハッとして、以前の目標を書いた紙を再度見つめる。そして、日本語で新たな目標として『バルディア家と領地を必ず守る』と書き足したのだった。

◇

『追放、断罪を防ぐ今後の方針』に新たな文字を書き足すと、ドアがノックされた。答えるとディアナの声が返ってきた。

「リッド様、クリス様とお連れのエマ様が『急用』ということでいらっしゃいました。応接室にてお待ちいただいておりますが、如何いたしましょう」

「急用……？　わかった。すぐに行くよ」

方針を日本語で書いた紙を机の引き出しに丁寧に片付けると、ディアナと一緒にクリスが待つ応接室に向かった。程なくして部屋の前に着くと、ドアをノックする。すると、クリスの返事が聞こえたので、静かにドアを開け入室した。

「ごめん、お待たせ」

「いえ、こちらこそ急な訪問で申し訳ありません」クリスが一礼すると、彼女の傍で控えていたエマも一緒に頭を下げる。彼女はクリスの従者であり、猫の獣人だ。可愛らしい猫耳と尻尾が特徴かな。

エマはクリスティ商会の事務手続きも任されているそうだから、クリスの従者兼補佐と言った方が正確かもしれない。だけど、エマがこの場に来ることはあまりないから、二人で一緒に訪ねて来るのは珍しい……どうしたのかな。

「二人共、そんなに畏まらなくて大丈夫だよ」二人に声をかけ、いつも通りに机を挟み、彼女達と対面になるようにソファーに腰を下ろした。

「ディアナ、二人と僕に紅茶をお願いね」

「畏まりました」ディアナは会釈をすると、紅茶の準備に取り掛かった。すると、エマが申し訳なさそうな表情を浮かべる。

「リッド様、私の分は大丈夫ですから、お気になさらないでください」

「はは、気にしなくていいのはエマだよ。それに、ディアナの紅茶は美味しいからね。是非、飲んでほしいな」

「……ありがとうございます」エマは嬉しそうに小さく頷いた。彼女とのやり取りを横目に、クリスが目を細めている。しかし、彼女はすぐにハッとして、こちらに真剣な眼差しを向けた。

「リッド様。本日は突然にお伺いしまして申し訳ありません。実は、以前より相談を受けておりました、バルスト経由の奴隷購入の件にて情報が入りましたのでご報告に参りました」

「なるほどね。実は、僕もその件で伝えたい事があったから丁度よかったよ」

相槌を打って答えたけれど、彼女の表情がいつもより強張っている感じがして、少し気になった。ふと、クリスの横に座っているエマの顔色もチラリと窺うが、彼女も何やら不安気な感じがする。何か問題が発生したのだろうか。二人の様子を怪訝に思っていると、ディアナが紅茶を持ってきてくれた。

「リッド様、皆様、お待たせいたしました」

「うん、ありがとうディアナ」

彼女は紅茶を机の上に置くと、会話の邪魔にならないように少し離れた壁際に控える。用意された紅茶を一口飲むと、先程の会話を再開した。

「あ、それで、僕が伝えたかったことはね。奴隷の人達を迎える準備はほぼ終わって、宿舎も近々完成予定ってことなんだ」

半年程前から、クリスに奴隷の情報はお願いしていたけれど、一番の問題は受け入れ施設が完成していないことだった。でも、宿舎の完成間近になり、いよいよ計画を進める目途が立ったというわけだ。すると、彼女達は何やら顔を見合わせて少し安堵したような表情を見せる。意図がわからず首を傾げていると、クリスが真剣な顔でおもむろに口火を切った。

「実は、バルストで大規模な獣人族の奴隷売買があると情報が入りました。おそらく、これを逃しますと獣人の奴隷購入は当分の間、厳しいかもしれません」

「それは……あまり、穏やかじゃないね。ちなみに、大規模ってどれくらいなの」

大規模な奴隷売買……か。彼等を購入を検討する側で言えることじゃないけど、あまり良い、気持ちのしない言葉だなぁ。そんなことを思いながら、気分を変えるようにディアナが淹れてくれた紅茶にもう一度、口を付けた。

「獣人族の全部族合わせて、百五十名程度と聞いております」

「……!! ゴホッ!! ゴホゴホ!!」

クリスの言葉に驚きのあまり、紅茶で思い切りむせてしまった。すると、ディアナが「リッド様、大丈夫ですか?」とハンカチを差し出してくれた。

「あ、うん。ありがとう、ディアナ」

彼女にお礼を言いつつ、もらったハンカチで口元や溢してしまった紅茶を拭き取った。それから間もなく、クリスとエマに視線を戻して問い掛ける。

「えーと、それで、獣人族の全部族を合わせて百五十名程度って……本当なのかい?」

「はい。リッド様から依頼を頂いた半年程前から、獣人族の奴隷がバルストの市場に出なくなりました。しかし、最近になって、百五十名程度を市場に放出するという情報が入ったんです。おそらく、この半年近くの期間に何かしら組織的な動きがあったのでしょう」

「なるほどね……」相槌を打つと、腕を組みゆっくり目を瞑って考えを巡らせた。

大前提として、獣人族百五十名程度の受け入れの可不可については、可能だろう。しかし、数十名単位で少しずつの受け入れを考えていた。当然、事業計画を通して父上にもそう報告している。

それが一気に百五十名程度の受け入れとなれば、父上を説得しないといけない。その上、受け入れの段取り手配も早急に行う必要もある。総じて大変なことになるのは想像に難くない。だけど、この機会を逃せば、次はいつ購入できるかわからないという状況だという。そして、獣人族の購入ができなければ、他の問題もでてくる……それは、資金回収だ。

今回の宿舎建設には、多額の費用が当然発生している。宿舎は完成しているのに、重要となる人員がいないということであれば、投資した資金が回収できない。人員確保が今後も不可能となれば、最悪投資がすべて無駄になってしまう可能性があるということだ。

万が一、資金回収ができなければ、母上の治療にも影響が出かねない。何故なら、母上の治療薬となる新薬の研究開発には、結構な費用が発生している。今回の事業計画を父上が前向きに捉えた理由の一つにも、おそらく資金問題が関わっているはずだ。

何より、事業計画はすでに動き出しており、宿舎も完成間近だ。この現状を見れば、最早引くことはできない。計画中止が可能な分岐点はとうに過ぎている。つまり、勝負して前に進むしか道はないのだろう……うん、結論は出たな。目をゆっくり開けて、組んでいた腕を外すと、クリスを見据えて頷いた。

「わかった。父上に相談するから、もう少し詳細を聞かせてほしい。その為に、エマを連れて来たんだよね」

「はい。仰る通りです」クリスは頷くと、視線をエマに移す。彼女はコクリと頷いた後、深呼吸すると、話頭を転じて新たな口火を切った。

「では、恐れながら申し上げます。僭越ながらリッド様は、獣人国ズベーラについてどの程度ご存じでしょうか？」

「うーん。正直あまり詳しくないね。良ければ、その辺から教えてもらってもいいかな」

「承知しました」

エマは頷くと、緊張した面持ちで獣人国ズベーラ（以降ズベーラ）について説明を始める。

ズベーラは、猫、狼、狐、鳥、牛、兎、熊、猿、馬、狸、鼠、以上の十一部族が集まった部族国家だそうだ。獣人族の各部族には、個別に部族長が存在して領地を治めている。そして、各部族の領地と繋がる中心地に王都があるが、『王』として王都に君臨できるのは、数年に一度開かれる『獣王戦』を勝った部族の代表のみ。『強き者が、国を導く』ということで、ズベーラは『弱肉強食の世界』になっているそうだ。

つまり、『獣人国ズベーラは、武力による統治が基本となっている国』ということだろうか。彼女の話が終わると、気になる点を問い掛ける。

「なるほどね……でも、数年ごとに『獣王』だっけ？　国の王が、武力次第で変わるというのは国が不安定になりそうだけど、その辺はどうなのかな」

「残念ながら、リッド様の懸念の通りです。数年事とはいえ『獣王』の部族が変われば、ズベーラ国内において混乱は多少なりとも起こります。そして、獣王によっては悪政を敷く場合がありますが、その際は各部族が協力して『獣王』を討伐すると聞いております。実際、過去にはそういった『獣王』もいたそうです」

説明を聞いて、背筋がゾッとした。そもそも武力で選別した、『獣王』に政治ができる要素が必ずしも備わっているとは思えない。選別後、『獣王』としての資質が無ければ各部族が協力して、王を打倒する。それは、『クーデター』が常に起こりえる国ということだろう。

「うーん。そうなると『獣王』より、各部族の方が権力とか影響力の方が強い場合もありそうな感じがするね」

「はい、ズベーラにおける『獣王』は国の代表ということになり、各部族に指示を出すことができる立場にはなります。ですが、必ずしもその指示を各部族が受け入れるわけではありません。武力だけの無能な『獣王』に従えば、部族が滅んでしまいますから」

「なるほどね……」相槌を打つと、腕を組んで考えを巡らせた。

彼女の話を整理すると、ズベーラは国内の十一部族の中から、数年ごとに最も武力の優れた者を『獣王』という国の代表に選別する。だけど、その『獣王』が無能であればまた武力により淘汰するということだ。

当然、『獣王』を目指す者はその辺を理解して挑むから、武力だけの無能な者が各部族の代表に選ばれる可能性はそもそも低いのだろう。エマはこちらを見つめ、遠慮がちに話し始める。

「……それでも、各部族は自分たちの部族から『獣王』を出そうと必死です。部族が衰退するような、無理難題でなければ『獣王』の指示には従うというのが獣人族の基本的な決まりです。下手なことをしなければ、『獣王』になった部族が得られる利権はとても大きい物になります」

「つまり……普通に政治が行える者を『獣王』として部族から輩出できれば、部族全体で得れる利点は大きいということだね」

エマはコクリと頷いた。「その通りです。その為、各部族は力や才能を持った者を優遇するのです。結果、生まれつき体が弱い者や戦いが苦手な者には、とても辛い環境になっています。そして、獣人国から奴隷として国外に放出されるのはそういった者達が多いのです……」エマはそう言うと、少し辛そうな顔をして俯いた。クリスは心配そうにそんな彼女を見つめた後、こちらに視線を向ける。

「リッド様。バルストの伝手から得た情報だと、奴隷として今回売り出されるのは六～七歳前後の子供がほとんどで、獣人国の全部族から最低でも十名以上は出るようです」

「え……」とクリスの言葉に驚愕した。十一部族で各十名以上、それで百五十名程度の大規模になったというのはわかる。しかし、年齢が六～七歳ということは、僕と年齢がほとんど変わらない子達ばかりということだ。思わず眉間に皺を寄せて首を捻る。

「人数の理由はなんとなくわかったけど、なんでそんなに年齢の低い子達ばかり集まったの。さすがに何か理由がありそうだけど……」

「……それは、先程お伝えした獣人族の『弱肉強食』という仕組みの問題が関わっております」エマが、俯いていた顔を上げてぽつりぽつりと話し始めた。

獣人族はどの部族も『獣王』を輩出しようとしており、『力と才能が有る者』として認められると優遇される。でも、『力と才能の無い者』として認知されてしまうと、日々の生活にすら困窮する状況が待っているそうだ。

その中で生まれた子供や、力が無いと認知されてしまった子供達は、生きていくだけでも非常に困難となるらしい。結果、口減らしともいうべき流れで、奴隷として販売される結果になってしまう。ズベーラ国内において生きていくのが厳しい場合、奴隷とならざるを得ない状況もあるということだ。そして、エマは思い出すように呟いた。

「私も『力の無い者』と判断され、あの国で生きていくのが困難になった子供の一人です」

「え……!? クリスの所であんなに仕事ができるのに?」

『力の無い者』として、彼女が認知されていたという事実を知って愕然とする。エマが戦えるかどうかはわからないけど、クリスと一緒に商会で働く姿を見れば優秀であることは一目瞭然だ。エマはきょとんとするが、すぐに照れ笑いを浮かべた。

「ふふ……リッド様、ありがとうございます。ですが、ズベーラでは『戦える力』が前提となりますから、お褒め頂いた部分は残念ながらあまり評価されないのです。だから、私はクリス様のお父上に出会えた時に『身売り』を申し出たのです」

「み、身売り……」

彼女はそう言うと、身の上を教えてくれた。エマはズベーラの猫人族で生まれたが、両親共に力が認められている者ではなかったらしい。また彼女には兄妹もおり、生活は非常に厳しいものだった。やがて、飢えるか、国を出て奴隷になるか、選択を迫られる状況まで追い詰められる。

そんな時、クリスの父親である『マルティン・サフロン』が、エマの住む猫人族の集落を商売で訪れた。エマはその出会いを千載一遇の機会と捉え、ここぞとばかりに身売りを申し出たそうだ。

当初のマルティンは、彼女からの申し出に眉間に皺を寄せて顔を顰めたらしい。しかし、会話の中でエマの機転の利く賢さに価値を見出したマルティンは、彼女の申し出を承諾する。そしてエマは、サフロン商会に身を寄せたということだ。

「すごい話だね……。でも、認められたなら『身売り』はしなくても良かったんじゃないの？　クリスのお父さんなら、そんな無理難題を言う人には思えないけど……」

「いいえ、身売りは私がお願いしたんです。両親と兄妹達が暮らしを改善するには、まとまったお金も必要でしたから」

「そっか……」

エマの話を聞いたことで、ズベーラが生きていくのに大変な国であることを実感する。クリスティ商会で働く彼女が優秀なのは間違いない。だけど、その優秀さはズベーラでは認められず、生活は困窮していた。そして彼女は家族を守る為、生きていく為、クリスの父親であるマルティン・サフロンに才能を売り込んだ。そこまでしなければ、生きていけないという厳しい世界ということだろう。しかし、エマの身の上から想像するに、優れた人材がズベーラには大量に埋まっている可能性は高い。つまり、ズベーラは人的資源の金脈という見方もできるわけだ。考えを巡らせながら、おもむろに紅茶の残りを口にした。

「ふぅ……。ありがとう、獣人国のことは大体わかったよ。まとめると、バルストで販売される今回の奴隷は、獣人国ズベーラの各部族から『力を持たざる者』と見なされ、集められた将来性のない子供達。その可能性が高いということだね」そう言うと、クリスがコクリと頷いた。

「はい。その認識で間違いありません。おそらくバルストもズベーラ側も、子供の奴隷にあまり高い値が付くと思っていないのでしょう。だからこそ、情報を渋って価格を吊り上げようとしていると思われます。ですが、人数も多い分、値は一部で必ず崩れるでしょう。そうならないように、子供達をまとめて購入することを提示すれば、価格交渉も優位に進める算段ができます。それ故、私達としては、やはりこの機を逃すべきではないと存じます」

「なるほどね」彼女の言葉に相槌を打つと、腕を組んで目を瞑り、もう一度情報を整理すべく思案する。宿舎は元々、二百名規模を想定して建設しているから、百五十名程度の子供達を受け入れること自体には問題ない。問題なのは受け入れる為の段取りだが、これについては父上に相談するしかないだろう。さらに言えば、様々なことが動き出している現状において、事業計画を中止できる分岐点はとうに過ぎている。

そして、『この機を逃すべきではない』というクリスの言葉にも頷ける。彼女はここ半年程度、奴隷に関する情報が表に出ず、組織的な動きがあったことは想像に難くないとも言っていた。その点から考察すれば、次の購入できる機会は早くて半年後、遅ければ来年以降になる可能性が高い。そうなれば最悪の場合、事業計画が頓挫する恐れすらある……うん。やっぱり、勝負に出て前に進むべきという結論は変わらないね。組んでいた腕を外して、ゆっくりと目を開けるとクリスとエマを見つめて頷いた。

「よし！　その子達をまとめて買う方向で話を進めよう。何とか父上を説得するよ」

「……!?　畏まりました」

二人は互いに顔を見合せると、とても嬉しそうな笑みを浮かべた。彼女達は幼い頃より、ずっと一緒だったと聞いている。だから、エマの故郷が関与する今回の件に、何か思うことがあったのかもしれないな。そんな事を思いつつ、控えていたディアナに声をかけた。

「ディアナ。申し訳ないけど、父上に今から時間が取れるか聞いてきてほしい」

「承知しました」彼女は返事をすると、会釈をしてから応接室を後にした。

「二人の思いにも応えられるように、父上を説得してみせるよ」

「ありがとうございます」クリスは安堵した表情を浮かべるが、すぐに恐る恐る尋ねてきた。

「この後、お二人が話し合いになった時は、こちらでお待ちしてもよろしいでしょうか」

「それはいいけど、話し合いとなったら長くなるかもしれないけど、大丈夫？」

「はい。私もエマも今日は時間を空けておりますから、大丈夫です」

何やら二人の瞳に燃え盛る火が灯っている気がする。

「わかった。屋敷の皆には伝えておくよ。それから、二人の想いも父上に伝えておくよ」

「……!!　ありがとうございます。よろしくお願いします」エマとクリスは、揃ってそう言うと深々と頭を下げた。その言動に驚くも、すぐに頭を上げるように言った。何やら、今回の件に並々ならぬ想いがあるみたいだ。すると、ふとクリスが思い出したように言った。

「あ……そういえば、リッド様が目を瞑りながら考え込んでいた姿ですけど……ライナー様にそっくりでしたよ」

「え……!?　そんなに険しい顔していたかな……」指摘に驚いて眉間や頬っぺたを手で揉んでいると、こちらを見ていたクリスとエマと目が合う。すると、何だか気恥ずかしくなってしまい笑って誤魔化すと、彼女達も楽し気に笑みを溢していた。

◇

「リッド様。ライナー様より時間が取れるので執務室に来るようにという事です」

「わかった。ディアナ、ありがとう」

彼女に答えながらソファーから立ち上がり、クリスとエマにニコリと微笑んだ。

「じゃあ、行ってくるね。何か必要な物があったら遠慮なく、屋敷の誰かに声を掛けてね」

「ご無理を言いまして、すみません。宜しくお願いします」彼女達は立ち上がり、頭を下げようとしたので慌てて二人を制した。

「そんなに気にしなくて、大丈夫だよ。どちらにしても僕達にも必要なことだからさ。父上との話し合いが終わったらまた戻って来るね」

「はい、お待ちしております」

クリスとエマとの会話が終わると応接室を後にする。執務室に移動しながら、二人が父上との話し合いが終わるまで応接室で待っている件をディアナに伝えた。

「畏まりました。では、皆にもそのように申し伝えます」

「うん、お願いね」

彼女は会釈をすると、僕とは違う方向に進んでいった。彼女達の件を屋敷の皆に伝えに行ってくれたのだろう。ディアナを見送ると、父上が待つ執務室に急いだ。

◇

執務室に着いたから、いつも通りドアをノックしようとした時、中から声が聞こえてきたので一旦、手を止めた。

「誰だろう？　聞き覚えのある声ではあるけど……」少し気になったけど、ドアをノックする。それから間もなく父上から「入れ」と言われ入室すると、そこには二人の騎士が立っていた。どうやら父上は彼等と話していたらしい。

騎士の一人はルーベンスより少し身長が低いけど、似た体格で逞しい顔つきをしている。もう一人は、がっしりした体格に加えて、ハ……ではなくスキンヘッドと髭が印象的なタフガイという感じだ。スキンヘッドの騎士はこちらを見ると、ニコッと豪快に笑った。

「おお!?　リッド様、ご無沙汰しております。お元気でしたかな？」

「ダイナス団長！　戻ってきていたんですか」

スキンヘッドでタフガイな騎士の正体はバルディア騎士団、騎士団長のダイナスだ。彼はバルディア領と他国の国境警備やダンジョン討伐。その他、犯罪取り締まり等が忙しく、屋敷にいないことが多い人物だ。ちなみに見かけによらず、剣技の実力は父上と互角らしく、その人柄と実力でバルディア騎士団をまとめている。ダイナスは観察するようにこちらをジッと見つめると、ニコッと白い歯を見せる。

「ふむふむ。以前とは大分顔つきが変わりましたな。結構、結構！　ルーベンスからも『型破りなりと見据えた。

「リッド様がいれば、我がバルディア領は安泰ですな」そう言うと、彼は上機嫌に『ガハハハッ！』と豪快に笑い出す。あまりの豪快さに少したじろぐけれど、しっかり見据えた。

「そ、そう？ ありがとう。でも、『型破りな神童』はやめてほしいな」

「そうですか？ しかし、良い呼び名ではありませんか。何も言われないよりは、よっぽど良いと思いますぞ。何を言われても胸を張っておけば良いのです！」ダイナスは再度、『ガハハハッ』と豪快に笑い出す。彼の様子に父上も少し呆れているけれど、もう一人の騎士がダイナスに注意するように声を掛けた。

「団長、リッド様もライナー様も呆れておられます。笑い声が少し……いえかなり大きいと思います」

注意されたダイナスはスッと笑うのをやめると、凄んだ怖い顔で彼を見据える。そして、少しの間を置いて表情を崩すとため息を吐く。

「はぁ……クロス、お前は相変わらずお堅いなぁ」

「いえいえ、団長が豪快過ぎるだけですよ」

クロスと呼ばれた騎士は、ダイナスとそれなりに体格差があるが物怖じせず、真っすぐに答えている。その様子に思わず「ふふ」と苦笑いした。「クロス副団長も相変わらず大変そうですね」

「リッド様、ご挨拶が遅れて申し訳ありません。しかし……仰る通りです。団長のおもりを、そろそろ別の人に移してほしいと心から思っております。本日も、ライナー様にお願いをしていたところですよ」

飄々とおどけながら、ダイナスと父上に彼は困ったような視線を向けている。クロスはバルディア騎士団の副団長だ。彼はダイナスと共に活動しているので、基本的に屋敷に居ることが少ない。豪快な騎士団長と少し茶目っ気がある感じの副団長と言ったところだろうか。

彼等がいることで、執務室の雰囲気がいつもより明るい感じもする。その分、部屋の温度も高い気はするけど。この場のやり取りを見ていた父上は、少し疲れた表情をしている。

「もう良いだろう。団長と副団長の報告と申請の件はわかった。特に、申請の件は前向きに考えよう」

すると、クロスが父上の言葉に反応して、嬉しそうに目を爛々とさせ顔を綻ばした。

「ライナー様……私の妻は二人目を近々出産予定なんです。どうぞ、申請の件は宜しくお願い致します」

「わかった、わかった！　そんなに暑苦しく必死になるな。前向きに検討すると言っただろう。それよりもこの後、リッドと打ち合わせがあるのだ。悪いが二人共、席を外してくれ」

「承知しました。では、本日はこれで失礼いたします。クロス、行くぞ」

ダイナスとクロスは、一礼すると執務室を意外と礼儀正しく静かに退室した。彼らが去った後の執務室は途端に静寂が訪れ、部屋の温度が下がった気がする……いや、これが普通かな。さしずめ、嵐が去ったという感じだろうか。

「あはは……久しぶりに二人に会いましたが、団長と副団長は相変わらずですね」

「うむ。二人共、仕事もできるし、実力や人柄も申し分ないのだがな……」

父上は僕の苦笑に釣られるように少し表情を緩めるが、すぐいつもの厳格な面持ちに戻った。

「それで……ディアナから『急用』ということで時間を作ったが、どうしたのだ」

「実は、クリスから奴隷購入の件で報告がありました。その件で、急ぎご相談したく、お時間を頂いた次第です」

父上は眉をピクリとさせ、目つきが鋭くなった。

「わかった。話を聞こう」

「ありがとうございます」

その後、いつものように机を挟み対面上になるよう互いにソファーに腰を下ろすと、すぐに口火を切った。

「単刀直入に申します。本日、クリスからあった報告と助言に従い、奴隷購入を進めたいと思っております」

「いよいよか……よかろう。それで、購入する奴隷はどの程度の人数だ。十名程度か？」

奴隷購入という言葉に、父上の表情が険しくなる。そんな怖い顔を見据えながら、「えー……百五十名程度です」と答えた。

「……なんだと？」父上の表情が珍しくきょとんとなっている。聞き返されたので、淡々と購入する奴隷の人数をもう一度伝えた。

「えーと、ですから百五十名程度です。ちなみに、獣人の全部族を十名以上で、僕とあまり年齢が変わらない六～七歳の子供達が主だそうです」

「……詳細を教えろ、話はそれからだ」父上は聞き間違いではないことを理解して、額に手を添えて俯くと首を横に振った。その姿を見て、「あはは……」と苦笑する。

「さすがに『よし、わかった』とは……なりませんよね」

「当たり前だ！」

この時、ダイナスの豪快な笑い声が可愛く感じる程の怒号が執務室に響く。さすがに父上の声に戦いて、バツの悪い顔を浮かべつつ「あはは……そうですよね」と頭を掻きながら誤魔化すように繕った。そして、咳払いをすると父上を真剣な眼差しで見据えた。

「僕もクリスからこの話を聞いた時は驚きました。では、詳細をご説明させていただきます」

「うむ……」険しい表情で頷く父上に、クリスから聞いた内容の説明を始める。

獣人国ズベーラで行われたおそらく組織的な動きにより、奴隷として放出される子供達が集められ、最近まで情報規制が敷かれていたこと。この機を逃すとバルディア領の事業計画に狂いが生じる可能性も含め、丁寧に伝えた。

「百五十名程度というのは、確かに多いと思います。しかし、事業計画に狂いが生じる可能性。そして、今後の事を考えれば、この機を逃すべきではありません。父上、どうかご了承ください」

「なるほど、詳細はわかった。だが、百五十名程度をすべて買うと言うのは目立ち過ぎる。五十～六十名程度で良いのではないか」父上の表情は相変わらず厳しい。

指摘された『目立ち過ぎる』という点に関しては、確かに気になる問題でもある。それというのも、マグノリア帝国において『奴隷』は基本的に禁止されているからだ。その為、どうすれば帝国法に抵触せず、事業を進めることができるかの方法を考えたのである。

その方法とは、クリスティ商会に『奴隷』を購入してもらうことから始める。まず『商会の奴隷』としてやってきた皆にバルディア家が『融資』を行う。次に融資したお金で、彼らには身分をクリスティ商会から買い戻してもらうのだ。

この手順を踏むことで奴隷だった彼等は『バルディア家に借金がある平民（領民）』となる。つまり、国内外に対して正当な言い訳が可能になるわけだ。

『バルディア領は帝国法に従い、奴隷を受け入れることはできない。その為、バルディア領より奴隷となっている者達に資金貸しを行い、身分を買い戻す提案を実施。これを受け入れた者達は、バルディア領の領民とする。ただし、バルディア家から資金を借りた者は必ずこれを返済するように命じる』と堅苦しく言えばこんな感じだろう。

いざという時に備えて、重要な情報や手続きの内容は事細かに書面にする予定だ。なお、この件に関しては、父上から帝都の皇帝陛下に秘密裏で詳細を既に伝えている。そして、特別な了承も得ているから根回し済みだ。しかしこの時、他家の事も考え『目立ち過ぎないように』と皇帝陛下から父上は釘を刺されていた。

そのような背景を考えると、百五十名程度の奴隷は帝国内において悪目立ちする可能性はある。いくらクリスティ商会を経由するとはいえ、彼らをバルストからバルディア領に移送するだけでも結構な規模の動きになるはずだ。でも、僕の考えは変わらず、決意を胸に父上を見据える。

「父上が懸念していることもわかります。しかし、次回があるかどうかわからない今の状況において、先程もお伝えした通りこの機は絶対に逃すべきではありません。それに奴隷を少人数で受け入れても回数が増えれば、情報が外部に漏れる危険性はどちらにせよ高くなります。やはり、ここは勝負に出るべきです」

「ふむ」と頷いた父上は、口元に手を当て考え込むように目を瞑った。受け入れに関しては、当初の予定と真逆な提案をしている自覚はあるけれど、大人数なら受け入れ作業は一回で終わるという利点があるのは事実だ。それからしばらくした後、厳しい面持ちで呟いた。

「ふぅ……。『毒を食らわば皿まで』か……良かろう。そこまで言うなら購入を認めよう」

「父上、ありがとうございます！」強張っていた表情を崩すと、ホッと胸を撫でおろした。しかし、父上は厳格な表情のまま話題を転じる。

「だが、どのように移送するか。この点についてはクリスを含めて、打ち合わせが必要だな」

「それでしたら、クリス達が別室で控えております。この場に呼んでもよろしいでしょうか」

「わかった。それならば、クリスを呼んで打ち合わせを続けよう」

「承知しました」と頷いた後、ソファーから立ち上がる。そして、クリス達を呼ぶ為に執務室の外に出るとそこには、ディアナが待機してくれていた。

「あ、ディアナ。応接室で待っているクリス達と一緒に打ち合わせをしたいんだ。彼女達を執務室に案内してくれる」

「畏まりました。すぐにご案内してきます」

「うん、ありがとう。あと、人数分の紅茶もお願いね」

彼女は会釈すると、応接室に向かう。その背中を見送ると執務室に戻り、先程と同じ場所に腰を下ろした。

「ディアナにクリス達を呼ぶようお願いしましたから、すぐに来ると思います」

「そうか……それにしても、いきなり百五十名も受け入れることになるとは……お前もしばらく、忙しくなるだろうな」そう言う父上は厳しい面持ちのままだけど、瞳には心配の色が宿っている。その心配を打ち消すように、やる気に満ち溢れた眼差しで答えた。

「そうですね……でも、その分やりがいもあると思います。それに、今回の計画が成功すれば、バルディア領は飛躍的に成長できるはずですから、必ずやり遂げてみせます」

今回の事業計画は奴隷の子供達で試した後、問題点の洗い出しと修正を行う。それが終わり次第、バルディア領に住む子供達にも参加してもらうことを考えている。理由は様々あるけれど、主な理由は領民の子供達が領地における重要な労働力にもなっているからだ。

子供が労働力という言い方をすると、少し聞こえが悪いかもしれない。だけど、この世界には『電気』なんてないから、すべての農業や家畜の世話といった作業は、すべて手作業で行われている。勿論、作業効率を上げるための装置や道具などはあるが、動力は結局人力だ。

こうなると大人だけでは人手が足りない為、子供達はある程度の年齢になり次第、両親の仕事や作業を手伝うことになる。そんな現状を考えれば、いくら将来に繋がるとはいえ、領民の子供達の働く時間を奪ってしまえば不満を買うだろう。そうなれば、領地運営自体に影響が出てしまう可能性もある。

でもだからこそ、奴隷の子供達に魔法を教え、様々な作業をより効率良く行えるようにする訳だ。

そうすれば、領民の子供達が多少抜けても領地運営に差し支えはない。今回の事業計画を成功させて、魔法教育の基軸とする。いずれはバルディア領における『義務教育』という所まで持っていきたい考えだ。領民全体の質を大きく向上させる施策を実施することで、バルディアは将来飛躍的に大きくなれるだろう。

「ふむ……『その意気やよし』と言ったところだな」父上は頷くと、優しく諭すように続けた。

「しかし、気を付けることだ。どのような行いをしても敵は常にある。敵がないように生きることはできん。それどころか、善良な生き方をすればするほど敵は多くなるものだ。お前に敵が現れたその時は、抱え込まずに必ず私や頼れる者に相談をしろ。よいな」

「はい、承知しました」

「ならばよい……レナルーテで見せたような無茶だけはするな」

父上はそう言うと、それ以上は何も言わず執務室には静寂が訪れる。しかしこの時、ある疑問が脳裏に浮かんでいた。父上の言葉にあった『レナルーテで見せた無茶』とは、御前試合で見せた魔法のことだろうか。それとも、ファラ達と城下町にこっそり行ったことかな。心当たりが多いから気になったけれど……さすがにいま聞いたら怒られるよねぇ。結局、この疑問は胸の内に秘めた。

ディアナにクリス達を呼んで来てほしいとお願いしてから、程なくして執務室のドアがノックされる。父上が返事をすると「すみません、お待たせ致しました」と会釈しながら、クリスとエマがやってきた。

「こちらこそ急に呼んでごめんね。良ければ、二人共こっちに座って」二人に声を掛けながら、腰かけていた席を父上の横に移動する。結果、僕達と彼女達は机を挟んで対面に座る形となった。

クリスとエマの顔色を横目で窺うと、やはりいつもより強張っている印象を受ける。すると、父上がおもむろに口火を切った。

「二人共、急にすまんな。早速だが、リッドから話は聞いた。今回はクリスの提案通り、奴隷をまとめて購入する方向で考えている」

「……⁉　ライナー様、リッド様、ありがとうございます」

クリスとエマは最初こそ驚いた表情を見せるが、すぐに嬉しそうな笑顔を浮かべて一礼した。そんな彼女達の表情に釣られて、自然と笑みを溢す。何はどうあれ、クリス達の提案を通すことができてよかった。クリス達が顔を上げると、「うむ……」と父上が相槌を打って、話頭を転じる。「しかし、百五十名程度の移送となれば、馬車の数がかなり必要になるはずだ。その点について、すでに何か考えがあるのか」

クリスは質問を予想していたかのように頷くと、目を光らせた。

「はい。今回の移送にはクリスティ商会の馬車に加えて、サフロン商会の馬車にも動いてもらう予定です。それでも、少し足りない可能性はありますが、冒険者ギルドに信頼できる人達を用意してもらうつもりですから、問題はありません」

「なるほど、冒険者ギルドか……」僕は少し思案すると、父上に視線を向けた。

「父上、それならバルディア騎士団にある馬車に細工をして、所属をわからないようにしてはどうでしょうか？　冒険者ギルドよりも確実だと思います」

「馬車を少し細工したぐらいでは、見る者が見ればすぐにわかる。それより、馬車を冒険者ギルドに手配してもらい、人員はバルディア騎士団から用意するのが良いだろう。勿論、騎士団とわからないよう、服装も工夫した上でな」

父上はそう言うと、視線をクリスに向ける。すると、彼女はコクリと頷いた。

「そうしていただけると、私達としてはとても助かります。信頼できる人を集めるのが、一番大変ですから……」

その後も、僕と父上、クリスとエマの四人で意見を出し合い、バルストで購入した奴隷の子供達の移送方法について打ち合わせを続けた。

◇

その後、打ち合わせを始めてから思ったよりも時間が経過した。途中ディアナに紅茶をお願いして、少し休憩も挟んでいる。

移送に関しての話を進めて行く中で驚いたのは、バルストからバルディア領に入る国境地点に一時的な診療所を用意してほしい、ということだった。今回の場合、奴隷となって日が浅い子供達が多いので、可能性は低いが疫病にかかっていたり健康状態が著しく悪かったりする可能性がある。

その場合に備え、国境地点で一度検査をすべきという意見をクリスとエマが進言して、僕と父上はこれに同意した。その後も様々な意見を出し合った結果、馬車、人員、段取りなど様々な部分が大体まとまった。後は、奴隷を購入する手配を進めれば良い。皆が出し合った意見を箇条書きで書き記した書類を見直しながら「うん……これで、良いかな」と呟くと、クリスが頷いた。

「そうですね。移送に必要な打ち合わせは、ある程度まとまったと思います」

その時、ふとある疑問が浮かんで彼女に質問する。

「ところで、クリス。今回の奴隷購入って、最終的に誰が交渉に行くのかな。バルストの情報をもらっていた伝手の人にお願いする感じ？」

「あ、そのことですけど……今回の件は私が直接行こうと思っております」

「え……!? えええぇぇぇ！」驚愕して、思わず声を上げてしまった。

バルストは『人族以外を奴隷売買』できる国だ。そして、エルフという存在が一番値打ちが高いらしい。エルフであるクリスが、奴隷購入の為とはいえバルストに直接出向くとなれば、ミイラ盗りがミイラになりかねない……鴨が葱を背負っていくようなものだろう。

「だ、駄目だよ！　いくら何でもエルフであるクリスが直接行くのは危険すぎる。バルストでもしもの事があったらどうするの!?」

「リッド様、心配していただくことは大変ありがたいことです。しかし、購入する奴隷人数、金額面から考えても、今回は伝手だけで交渉することは難しいでしょう。絶対に現地で裁量権をもった人員が必要になります」

「そ、それは、わかるけど……」戸惑いを隠せずにいると、クリスはニコリと微笑んだ。

「大丈夫です、エルフであることは隠しますし、こうみえて護身術として魔法もある程度は使えるんですよ」

彼女は心配をよそに、危険を感じていない様子だ。むしろ自信に溢れており、ひょっとしたら過去にも似たような取引をしたことがあるのかもしれない。余裕があるのは見て取れるけど、それでも心配を拭えずに「うーん」と唸った。

「あ、それならさ。裁量権を持っている人員として、僕がクリス達の護衛を兼ねて同行するのはどうかな」良い案とばかりに提言すると、隣に座る父上から怒りの形相でギロリと睨まれた。

「馬鹿者、お前には奴隷達の受け入れの準備があるだろう！　それに、お前がバルストに行くことを私が許可するわけがない。クリスを心配するのはわかるが、もう少し発言を考えろ」

父上が発する怒号は、騎士としての迫力（殺意）のようなものが混じるので、とても怖い。突然のことに、クリスとエマがビクっと震え体を強張らせている。慣れていない二人には、余計に怖いだろう。さすがに僕も少し怯んだけれど、すぐに次案を考えて提示した。

「も、申し訳ありません、軽率な発言でした。えーと、それならクリス達に『バルディアの関係者』であることを示す書類を用意させてください。バルストもさすがに、バルディア家の関係者とわかる人物に手出しはしないと思います。後、クリスに専属護衛を用意するのはどうでしょうか」

「それなら問題なさそうだな。それで、専属護衛は誰にするのだ」

父上の言い方には、どこかこちらを試すような感じがある。

「そうですね……」僕は口元に手を当てて考えを巡らせた。

クリスの専属護衛に加えて、多少の裁量権を持たせても現地で臨機応変な判断が可能。尚且つ、実戦や交渉経験が豊富な人物が良いだろう。だけど、そんな都合の良い人物が周りにいただろうか。

カペラやルーベンスは実戦経験はあるが、交渉の経験が足りなさそう。レナルーテの『ザック』みたいな人が適任なのだろうけど……。そう思った時、ある人物を閃いて父上に告げた。

「総合的に考えて、バルディア騎士団のダイナス団長が適任だと思います」

ダイナスの名前を出すと、父上はニヤリと口元を緩めた。クリスとエマは、彼と面識がないのだろう。『誰？』ときょとんとしているようだ。

「ふむ……ダイナスか。確かに実戦、交渉、護衛、移送など総合的に考えて適任だろう。だが、ダイナスが不在中の団長としての業務をどうするつもりだ」

「それでしたら、クロス副団長に団長代理をお願いして領内に留まっていただくのはどうでしょうか？　ダイナス団長のお供には、別の者を付ければよろしいかと。普段の仕事を一緒に行い、連携が取りやすい副団長が領地にいれば、団長も現地で動きやすいと存じます。勿論、私も副団長が行う業務を可能な限り手伝いますので、いかがでしょうか」

ダイナスは騎士団長として、普段はバルディア領内を駆け回っている。犯罪の取り締まりから、国境近くの警備状況の確認、さらにはダンジョン討伐など行っている業務は様々だ。その経験から、総合的に考えて適任だろう。後は、彼が不在中の対応を誰が代行するのか？　という問題だけど、これに関しては副団長であるクロスをサポートすればいけるだろう。程なくして、父上は小さく頷いた。

「よかろう、ダイナスにはクリスと共にバルストに行ってもらうことにしよう。リッド、お前はクロスと共に受け入れ態勢の準備を整えろ。それからクロスの代わりに、ルーベンスを団長の補佐に付けるぞ」

「承知しました。しかし、ルーベンスを副団長の代わりに団長に付けるのですか」

ルーベンスをダイナスに付けると聞いて、他にも意図がありそうに感じて思わず聞き返した。確かに、ルーベンスならクリス達とレナルーテに一緒に行ったこともあるから、連携を考えると適任かもしれない。でも、それだけだろうか？

「ルーベンスには、ダイナスの下でいずれ実務を積んでもらおうと考えていた部分があるからな。その代わり、ルーベンスの業務をクロスに引き継がせるつもりだ。勿論、お前との武術訓練も含めてな。まぁ、ダイナスのおもりは大変だが、ルーベンスには良い経験になるだろう」父上はそう言うと、硬い表情を少し崩した。

「それは……ルーベンスを『副団長』にいずれ就任させるお考えということでしょうか」

「まぁ、そんなところだな。ルーベンスにとっても良い機会となるだろう」

「承知しました」と納得顔で頷いた。

それにしても、ルーベンスが副団長か。年齢から考えても、バルディア騎士団の中ではかなりの出世頭になると思う。本人が聞いたら喜びそうだけど、ディアナも喜びそうだなぁ。二人が喜んでいる姿を想像すると、思わず表情が綻んだ。その時、クリスが恐る恐る手を上げる。

「あの、ライナー様、リッド様、申し訳ありません。お話がよく見えないのですが、ダイナスさんという方とルーベンスさんが私達の護衛に付いてくれるという認識で良いのでしょうか……？」

「あ、ごめん。そうだね、その認識で間違いないよ。ダイナス団長はバルディア騎士団の『騎士団長』だから、現場で臨機応変に対応もできる人だから安心して」

「バ、バルディア騎士団の『騎士団長』が私達の護衛に付くんですか⁉」

クリスとエマは自分たちの護衛に騎士団長が選別されるとは思っていなかったらしく、驚愕しているようだ。

「今回の件は、リッドとクリス達が考えた事業計画ではあるが、承認した以上、バルディア家としても失敗は許されんからな。これぐらいの人員は当然だ。他にも困っていることがあれば何でも言いなさい」

「うん、僕もできる限り何でもするから、何かあれば気軽に言ってね」

「畏まりました……ありがとうございます」

クリスは驚きながらも、少し安堵したような表情を浮かべている。やはり、バルストに直接出向くことは、表に出さないだけで彼女の中にも不安があるのだろう。バルディア騎士団の団長が護衛に付くことで心強いと少しでも感じてもらえれば幸いだ。すると、やり取りを見守っていたエマが、恐る恐る会話に参加する。

「あ、あの、ちなみにダイナス様はどのようなお方なのでしょうか」

彼女からの質問を受け、ダイナスの事を思い浮かべて「うーん」と唸った。

「一言で言い表すなら『ザ・タフガイ』だね。豪快だけど、とても気のいい人で人徳もあるから安心していいよ」

「うむ、ダイナスならまだ屋敷内にいるだろう。急な話にはなったが、顔合わせを兼ねて呼ぶとしよう。二人共まだ、時間は大丈夫か」

「はい、時間は大丈夫です」

二人が頷くと、父上は執事のガルンにダイナスを部屋に呼ぶよう指示を出した。それから暫くすると、部屋の外から重い足音が床を通して響いてくる。やがてドアが力強くノックされ、父上が返事をすると勢いよくドアが開かれた。

「ライナー様、お呼びでしょうか⁉」

ダイナスは部屋に入るなり、豪快に声を張り上げた。その声の大きさに、皆が呆気に取られてしまう。するとダイナスは、クリスとエマに気付き一礼してから声を掛けた。

「申し訳ありません。ご来客の方がいらっしゃるとは存じませんでした。私の声で驚かせたなら、お詫びいたします」

「い、いえ大丈夫です」

スキンヘッドに髭、筋肉質で豪快な感じのダイナスだが、実は礼儀正しく茶目っ気がある人物だ。二人も最初こそ驚いていたが、その人柄をすぐに理解したようでいまは笑みを浮かべている。やがてダイナスは、僕と父上に視線を向けるとおどけたようにニヤリと口元を緩めた。

「さて……先程までここに居たのにわざわざ呼び出したということは、こちらの美しい女性達を私に紹介してくれる為ですかな」

「ふふ……確かに美しい女性達だね」

「なな……⁉」とエマとクリスが照れた様子を見せ「リッド様、ご冗談が過ぎます」とクリスが言った。

「そう？　そんなことないと思うけどね。さて、ダイナス団長に改めて紹介するね。彼女達は僕がお世話になっているクリスティ商会のクリスとエマだよ」

ダイナスはクリスティ商会の関係者と聞いて、驚いた表情を浮かべた。

「おお⁉　お二人がクリスティ商会の関係者とは驚きですな。御社が販売しております『化粧水・クリスティ』と『リンス・クリスティ・エマ』は私の妻も気に入っております。いやはや、良いものを提供してくれて助かっておりますぞ」

「い、いいえ、喜んでいただきありがとうございます」

ダイナスから化粧水とリンスの名前が出ると思わなかったのか、クリスとエマは少し気恥ずかしそうだ。そんな二人を見ながらダイナスは言葉を続けた。

「そうそう、それからレナルーテの『ユカタ』でしたかな？　あれを、バルディア領に持ち込むとは目の付け所が……」

「ゴホン……ダイナス団長、そろそろ本題を進めて良いかな」

何やら、変な方向に話が進みそうだったから、わざとらしく咳払いをしてダイナスの話を遮った。彼は「む……」とこちらをチラリと一瞥した後、表情を引き締める。

「そうでしたな、申し訳ない。して……どのようなご用件でしょうか」

「うん、実はね……」

途中、クリスやエマも説明に参加して補足しながら、彼からの質問にも都度返事をして話を進めていく。説明を聞いている間のダイナスは、最初に見せた豪快さや茶目っ気などはなく、冷静に聞きながら問題点について考えを巡らせている様子だった。やがて説明が終わると、彼はおもむろに息を吐いた。

「ふぅ……仔細承知しました。まず選りすぐりの騎士団員を数十名、私服で投入させてください。それから、現地での判断はすべて私に一任していただきます。恐れ入りますが、クリスティ商会も一時的に私の指揮下に入っていただくのがよろしいですかな」

「はい。畏まりました」

「では、その他にも……」

ダイナスは険しい顔をしながら、現場で必要と思われる事を冷静沈着にまとめながら話を進めていく。先程まとめた話を、ダイナスがより具体的な計画にしていく感じだ。それからしばらく、話し合いは続いた。

◇

「ダイナス団長のおかげで、かなり具体的にまとまったと思う。ありがとう」

「いえいえ、職務を全うしているだけです。それよりも、獣人族の子供達とはまた凄いことを考えますな。活きの良い者がいれば、騎士団にも欲しいところです」

「それは駄目だよ。彼らには僕が色々とお願いしたいことがあるから……ね」

ニコリと微笑みながらも、引き抜きは駄目と彼にしっかりと念押しをする。それが伝わったのか、ダイナスは肩をすくめながら「やれやれ」とおどけて苦笑していた。そう、これから来る子供達にはバルディアを発展させ、僕と一緒に守っていく存在になってほしいと思っている。こうして、バルディアの運命を大きく変える歯車が少しずつ動き始めるのであった。

リッドと家族の時間

「むぅ……どっちにしようかなぁ……」

「ふふ……メルにはどっちが『ババ』なのかわかるかな」

メルは僕が持つ二枚の手札を可愛い顔で睨みながら、どちらを取ろうかとても悩んでいる。今日は母上の部屋に訪れて、僕とメルが中心となりトランプで遊んでいる。勿論、母上も一緒だ。

レナルーテで持ち帰った薬草を元に開発した新薬を投与してから、母上の体調は少しずつ快復に向かっている。油断はできないけれど、家族の皆で簡単な遊びが楽しめるようになってきたのだ。

当初は母上の横に僕が座り、絵本をメルに読むことが多かった。しかし、母上が簡単な遊びに参加できるようになると、メルのお気に入りは家族でするトランプとなった。ちなみに、今行っているのは『ババ抜き』であり、僕とメルの一騎打ちとなっている。すると、僕達のやり取りを見守っていた母上がメルに声をかけた。

「メル、頑張って最後の一枚よ」

「うん……きめた、これにする！」

メルが取ろうと手を伸ばした先のカードは『ババ』だ。ところが、メルは何やら視線を僕の後ろに逸らしてハッとする。そして、咄嗟に取ろうとしていたカードを変えた。

「やっぱり、こっちにする!!」

「あ……」

メルがカードを取った後、手元に残ったカードは『ババ』だった。つまり僕の負けである。すると、メルは嬉しそうに目を輝かせて満面の笑みを浮かべた。

「やったぁ!!　にいさまに、かったぁ!!」

「うん……メルはどんどん強くなるね……」

喜ぶメルはとても可愛い。でも、なんだろう……合点がいかない。そして、先程のメルが見せた怪しい挙動を思い出して、自身の後ろを振り返ると子猫姿のクッキーと目があった。彼は何やらバツの悪い顔を浮かべサッとそっぽを向いてしまう。なるほど、さっきのメルが見せた反応の正体はこれか。おそらく、クッキーが手札を見てメルに教えたのだろう。むぅ……ちょっとズルくないかな。すると、やり取りを見ていた母上が楽しそうに微笑みつつ、メルを優しく見つめた。

「ふふ……メルはどんどん上手になっていますね。クッキーの気持ちも嬉しいですが、時には堪えて見守ってあげてくださいね」母上は話しながら、視線を途中からクッキーに移した。その言動にメルが少し慌てた表情を浮かべる。クッキーもバツが悪そうだ。

「う……な、なんのことかなぁ……？」

「グゥ……」

メルとクッキー達はとても仲が良くて、最近はどこに行くにしても一緒だ。ただ時折、メル達の遊びの度が過ぎて、ダナエが途方に暮れることもあった。その結果、僕や父上がメルを叱ることもあったけどね。すると、メルが誤魔化すように「コホン」と咳払いをした。

「もう一回、四人で『ババ抜き』しよう！」

「うん。じゃあ、もう一回しようか」僕は頷きながら、カードをまとめ始めた。

ちなみに、トランプをしているのは僕、メル、母上。そして、メルに良く似た姿で髪型だけ違う少女だ。母上はそのメルによく似た少女を見つめた。

「それにしても、『ビスケット』が変身している姿は本当にメルによく似ていて、いつも驚かされるわね」

ビスケットは母上の声に反応して、ニコリと嬉しそうな可愛い笑顔で答えた。以前、ビスケットがメルに変身したことがある。その際、父上からは二度と『変身』については行わないようにと言われた……はずだった。でも、メル達は自室で誰にも見られないなら良いだろう、とビスケットの『変身』で遊んでいたらしい。ビスケットもメルと遊ぶ時は『変身』している方が何かと楽しいらしい。

メルとビスケット達が『変身』で遊んでいることを知ったのは、メルから見せたい事があると呼ばれて彼女の部屋に行った時のことだ。

何事だろう？　と思って部屋に入るなり、もう一人メルがいたので驚愕する。だけど、すぐにビスケットだと察して、以前父上に言われたことを引き合いにして注意する。でも、メルはビスケットに変身してもらって一緒に遊ぶのが楽しいから、家族しかいない空間においてはビスケットの変身を許してほしい、その為、父上に話すにあたり、相談を持ち掛けたということだった。

メルはビスケットの『変身の凄さ』を披露すると言うなり、ビスケットが『変身できる種類』を見せてくれる。しかし、その種類を目の当たりにした瞬間、顔から血の気がサーっと引いていくのを感じた。

ビスケットが『変身できる種類』はメルから始まり、母上、ディアナ、クリス、ダナエなどバルディア家の屋敷に出入りしている女性陣をほぼ網羅していたのだ。だけど、男性陣に関してはビスケットが変身したくないらしく、変身の種類には入っていなかった。

その時のメルとビスケットは、『凄いでしょ？』と言わんばかりにご満悦な表情をしていたが、この出来事をどう父上に伝えれば良いのか？　頭を抱え込んだのは言うまでもない。

メルにこの事を誰かに言ったり、見せたりした？　と尋ねると、メルはバツが悪そうに「母上だけには見せちゃった」と呟いた。

母上はビスケットの『変身能力』にとても感動して喜んでくれたらしい。けれども同時に、僕を通じて必ず父上に話をするようにと、メルはやんわりお叱りを受けたらしい。

さすが、母上。変身能力に感動しただけではなく、危険性もちゃんと感じてくれたようだ。その時ふと何気なく、誰に変身した姿を母上に見せたんだろう、という疑問を抱いた。

気になってメルに尋ねてみると、ビスケットが独自に考えた『可愛いメイド姿の女の子』という答えが返ってくる。そうか、ビスケットは独自の姿も作れるのか。

本当にすごい能力だなぁ……感心しながら、折角だからビスケットに『可愛いメイドの女の子』に変身をしてもらった。ただ、何やらビスケットが気まずそうに変身したのが気になる。程なくして、ビスケットが『可愛いメイド姿の女の子』を披露してくれた。

確かに可愛い。うん、間違いなく可愛いんだけれど、何故かその姿に見覚えがある。首を傾げて唸ったその時、何故見覚えがあるのか理解してハッとした。すると、まるで見計らったかのようにメルが『可愛いメイド姿の女の子』の名前が『ティア』であることを教えてくれる。

僕は顔から血の気がサーっと引いて行くのを感じた。そして何故、『ティア』という名前なのか尋ねると、『ティア』に変身したビスケットが絵本を持ち出して、文字を指さしてご丁寧に教えてくれたそうだ。そうか、ビスケットとクッキーは文字も読めるのか。

何気に重大な事実を知った気がしたけれど、それよりも目の前にいる記憶の黒歴史というか、記憶の亡霊ともいうべき『ティア』が目の前に存在している事実にしばらく唖然としていた。そもそも、ビスケットは男性に変身はしないのではなかったのか。

ちなみにこの時、ビスケットは『ティア』の姿で何をしていたかと言うと、こちらを見ながら『テへペロ』と可愛いけれどあざとい仕草をしていた。

その後、メルとビスケット達と共に父上に会いに行った。事の次第を説明したところ、父上は僕同様に頭を抱え込んだ。しかし、メル自身とメルに変身したビスケットに囲まれて懇願をされた結果、案外すぐに落城してしまった。

以前も感じたけれど、父上はメルに対しては甘すぎるような気がする。でも、さすがの父上もビスケットの変身に関しては、家族だけの秘密にすること、絶対に外部の誰にも教えない、見せてはいけないということをメルにとても強く言っていた。メルも改めて誰にも見せない、教えないと約束してくれたことで一応この件は落ちついたのである。トランプを混ぜながら当時を思い返していると、メルから声を掛けられた。

「にいさま、いつまでまぜてるの？　もういいとおもうよ？」

「え？　あ、そっか。そうだね」

どうやら、思い出に耽り過ぎて延々と混ぜ続けていたらしい。その後、皆にカードを配って、もう一度ババ抜きを行うが……気付けば、メルとの一騎打ちになってしまった。先程同様、メルがこちらのカードを引くことで勝敗が決定してしまう状態だ。メルはよほど負けたくないのか、潤んだ眼で見据えている。

「……まけないもん」

「ふふ……じゃあ、こうしようか」そう言うと、後ろにいるクッキーをチラリと一瞥する。そして、先程のこともあったから、持っていた手札の二枚を裏にしてメルの前に置いた。根に持ったり、疑ったりしている訳じゃないよ。これが一番公平だからね。

「一枚がババ、一枚がメルと同じカードだから好きな方を選んでね。僕はメルが選ばなかったカードを取るからね」

「うぅ……わかった。じゃあ、こっち!!」メルは自身の右手側にあるカードの上に手を置いている。

僕は残ったカードに手を置くと、勿体ぶるように呟いた。

「よし……じゃあ、一緒に開こうか」

「うん……」

メルが頷いたことを確認してから、「じゃあ、いくよ……!!」と声を発してカードを表にした。

一瞬の静寂が訪れたあと、勝者による歓喜の声が部屋に響き渡る。

「やったぁ！　また、にいさまにかったぁ」

「あら……また負けちゃったか……」自ら表にした『ババ』のカードを見ながら、俯いた。うん、連続で負けたからって、悔しくなんかないもん。そう思った時、部屋がノックされて執事のガルンの声が聞こえてきた。母上が返事をすると、ガルンが静かに入室して会釈する。

「リッド様、訓練場にクロス様がお見えでございます」

「わかった。すぐに行くと伝えて」

「畏まりました」

ガルンは頷くと、母上の部屋を退室する。その後、先程まで遊んでいたトランプをまとめると、メルに渡した。

「メル、今日はここまでだね。でも、次は負けないからね」

「わたしもまけないもん。にいさま、いってらっしゃい」

「うん、ありがとう、メル」座っていた椅子からスッと立ち上がると、母上にペコリと一礼した。

「リッド、怪我をしないように気を付けてくださいね」

武術や魔法の稽古に行く時、母上はいつも瞳に心配の色を少しだけ宿す。だから、安心させるようニコリと頷いた。

「はい、承知しております。母上」

その後、クッキー達にも別れを告げて母上の部屋を退室すると訓練場に向かった。

武術訓練の引き継ぎ

母上の部屋から訓練場に移動すると、そこにはクロスとルーベンスの他にもカペラとディアナも一緒に待機していた。早速、皆に向かって大きめの声で呼びかける。

「皆、お待たせ。あ、そういえばカペラは、副団長のクロスと会うのは初めてになるのかな」

「はい。お名前だけはガルン殿から聞いておりましたが、こうして直接お会いするのは初めてでございます。それ故、自己紹介とご挨拶を先程させていただいたところでございます」

彼はそう言うと、視線をクロスに移した。その視線に気づいたクロスは、ニコリと笑みを浮かべて明るい雰囲気を発する。

「私もカペラさんと顔を合わせるのは今日が初めてでした。しかし、以前からリッド様の従者ということ。他にも武術に関してはルーベンスに負けず劣らずの実力者。仕事もできる方だと伺っておりました故、こうしてお会いできるのを私個人としては楽しみにしていたんですよ」

クロスとカペラは互いに視線を交差させるが、その雰囲気は悪い物では無い。むしろ、カペラに至っては少し嬉しそうな雰囲気で会釈している。どうやら、僕が此処に来るまでにある程度、打ち解けてくれたようだ。彼等のやり取りを横で見ていたルーベンスも、クロスに同意するように頷いている。

「クロス副団長の仰る通りです。何よりあの執事のガルン殿が、仕事ができると太鼓判をおしていますからね。事務仕事が苦手な私としては羨ましい限りです」

ルーベンスの言葉にディアナは眉を顰めた後、「はぁ……」とため息を吐いて呆れ顔を浮かべた。

「貴方は事務仕事が苦手ではなく、私に投げるから上手にならないのです。今後の事もありますから、これからは自分でやってください」

「え!? いやそれは……」

藪蛇な鋭い指摘に、彼は動揺して困り顔になっている。そのやり取りに、クロスが少し意地の悪い顔をして加わった。

「ルーベンス……いくらディアナがお前の『妻』とはいえ、事務仕事までさせるのは感心しないぞ。お前は今後を期待されているんだから、苦手なりにちゃんとできるようにならんとな」

「は、はい……すみません。でも、あのディアナはまだ私の妻ではなくてですね……」

「なんだ、お前達はまだ結婚していないのか? 結婚はいいぞ、仕事で疲れて帰って来たところに最愛の妻が迎えて癒してくれる。それに子供ができればさらに幸せだぞ。今度、私の家に来い。愛娘を見せてやろう」

何やらクロスの自慢話、いや家族自慢みたいなのが始まってしまった。ルーベンスはたじろぎながらも、時折相槌を打ちながら話を聞いている。その時、ディアナが咳払いをした。

「クロス副団長、悪ふざけとご家族の自慢話はそれぐらいにしてください」

「む……これからが良いところなのだが……それに、結婚についてはディアナも興味あるだろう」

おどけているクロスに対して、彼女の瞳から光が消えてとても冷たくなった。

「……クロス副団長、いい加減にしてください」

「お、おう、すまん」頷くクロスだけど、気圧されたらしくたじろいでいるようだ。そんな皆の様子に乾いた声で「あはは……」と僕は苦笑していた。

ちなみにこの場にいる四名は、バルディア家の中でも屈指の戦闘力を誇る面々だろう。今回、皆が集まった理由はルーベンスとクロスの引き継ぎがあるからだ。

先日、父上と行った話し合いの中で、ルーベンスをいずれ副団長に昇格させる為にダイナス騎士団長の下に付けるという話題が出たのである。バルディア騎士団の今後を考えれば当然の人事であり、彼の将来にとっても良い話だろう。

要らぬお世話だけれど。副団長になれば収入も増えるから、彼とディアナとの関係も次に進むきっかけにもなるかもしれない。だけど、そうなると僕の武術指導をしてくれる人が居なくなってしまう。そこでルーベンスの代わりに、副団長のクロスにその白羽の矢が立ったというわけだ。

クロスは騎士団長のダイナスに付き従い、領内をあちこち巡回してたから地理に詳しく、実戦的な知識も多い。

奴隷購入の件でバルストにクリスティ商会が出向く際、購入後の奴隷の搬送とクリスの護衛を兼ね騎士団長のダイナスが同行する事になっている。その際、バルディア領内における騎士団の活動を副団長のクロスが指揮する予定だ。それにクロスからも父上に、一時的でも領内の業務に着きたい、という申請があったらしい。申請理由は、奥さんに二人目の子供が生まれるから傍に寄り添いたいということだ。

騎士団の中でもクロスは愛妻家で有名らしく、今回の申請理由も副団長らしいと騎士団員の間で話題になっていると聞いた。ちなみに、副団長が家族の為の行動を率先することは、騎士団員達が休暇の相談がしやすくなるなど良い影響に繋がっているそうだ。なお、騎士団は事前に申請をすれば休暇が取れる体制と仕組みはちゃんとできている。有事の時とかは流石に無理だけどね。

その後、クロスに現状の武術訓練について説明を始めた。武術訓練は大きく分けて五種類に分けられる。

一つ目は、ルーベンスとの訓練。基礎体力作りからバルディア騎士団の剣術や体術を習い、ルーベンスとの模擬戦も行う。

二つ目は、カペラから学ぶレナルーテ式の武術訓練。レナルーテの武術は急所を優先的に狙い、一撃必殺で相手を制圧する感じの武術だから、軽い身のこなしが必要だ。バルディア騎士団の武術より動きが変則的なのが特徴であり、当然、カペラとの模擬戦もある。

三つ目は、ディアナから習う暗器術。

これは、剣術や体術に加えてどんな物でも相手を殺傷、自衛できる道具として使えるようにする訓練だ。ディアナが嬉々……ではなく、教材として持って来る暗器についての使い方や、逆に対処方法など。様々なことを学び、彼女と模擬戦を行う。

四つ目は、一〜三の総合訓練と多対一訓練を行う。内容は僕一人で、ルーベンス、カペラ、ディアナの三人を相手にするというものだ。順番に相手をすることもあれば、一斉に相手をすることもある。皆、一応は手加減してはくれるけれど、日増しに激しさが増している気がするんだよね……。

五つ目は、父上が直接指導してくれる『真剣』での立ち合いだ。

最近の父上は忙しくて、あまり行えていない。それでも、時間を見つけては指導してくれる。だけど、これも日増しに激しさと鋭さが増している気がしてならない。

行っている現状の武術訓練は大体こんな感じだ。武術訓練を行う頻度も増えてきているから、以前よりも強くなれている気はする。だけど、相手がいつも決まっているからその辺が正直よくわからない。クロスは話を聞いていくに従い、何やら顔色がどんどん悪くなっていく。やがて、青ざめてしまった。どうしたのだろうか。

彼は顔が真っ青なまま、瞳に訝しい色を宿してルーベンス達に視線を向けた。すると皆は、何やら苦笑したり、素知らぬふりをしたりなど微妙な雰囲気を出している。その様子を見たクロスは、額に手を当てながら俯いてしまった。

「クロス……何か、気になる事でもあった?」彼の言動の意図がよくわからず、問い掛けるとクロスは顔を上げた。

「リッド様は……『帝国史上最強』でも目指しておいでなのですか……？」

「へ……？」彼の思いがけない言葉にきょとんとしてしまう。だけど、その間にクロスは「ふぅ……」と深呼吸を行った。すると彼の顔つきが変わり、先程までのおどけた雰囲気が無くなる。

「話には聞いておりましたが、凄い訓練内容ですね。これほどの訓練をずっと続けておいでとは、リッド様の将来が末恐ろしいですね」

「そ、そうかな。でも、別に『帝国史上最強』とかには興味ないよ。単純に武術訓練が楽しいからさ」

「なるほど。それは素晴らしいことです」クロスはそう言って少し考え込むと、ルーベンスに声を掛けた。

「ルーベンス、リッド様の武術訓練のことで聞きたいことがある。こっちに来てくれ」

「承知しました」彼が返事をすると、クロスはこちらに視線を向ける。

「リッド様、ルーベンスと話してきますので、少し失礼いたします」

「え？　あ、うん。わかった」

クロスはルーベンスを引き連れて少し離れた場所に移動すると、二人で話し始める。気になって遠巻きから見ていると、カペラがこちらにやってきた。

「クロス副団長殿は、ルーベンス様やディアナさんとはまた違った雰囲気に加えて、とても実戦慣れしているような感じが致しますね」

「そうなの。見た感じだとあんまりわかんないけど、カペラが言うならそうなんだろうね」

カペラはレナルーテの暗部に所属していたダークエルフだ。当然、対人戦や修羅場を何度も経験しているはず。そんな彼がクロスを見て『慣れている』と言うことは、かなりの実戦経験があるのだろう。その時、ディアナが会話に参加してきた。

「クロス副団長は、バルディア騎士団に入団する前は『名うての冒険者』だったと聞いております。確か、今の奥さんと結婚する為、安定した生活を求めて騎士団に入団することを決めたそうですよ」

「そうなんだ。クロス副団長が元冒険者というのは知らなかったよ。でも、『名うての冒険者』が安定を求めてバルディア騎士団に入団というのは、あまり夢がない話だね」

率直に思った事を口にした。冒険者と言えば、やはり『夢とロマン』を追う印象がある。それなのに、冒険者として実績を積んでも落ち着く先は『安定』というのは、少し寂しい気がした。だけど、ディアナはきょとんとした後、補足するように話を続ける。

「恐れながら、リッド様が冒険者にどのような印象をお持ちなのかは存じ上げません。しかし、冒険者と言っても年齢には勝てませんから、怪我をしたらそれまでです。『冒険』という言葉の響きは良いですが、常に『冒険』しなければ収入はありません。それに、冒険者で実績を積む理由は、傭兵団や騎士団、貴族の護衛などの就職に有利になるからです。一生涯を冒険者で働こうとする人はいないと存じます」

「な、なるほどね。思ったより冒険者って世知辛いんだね」

ディアナは冒険者のことが嫌いなのだろうか。彼女の中で冒険者に対する印象が、かなり悪い気がする。でも、まだ言い足りないらしくディアナは「はぁ……」と深いため息を吐いた。

「子供の頃の話ですが、ルーベンスが『冒険者』になると言い出して全力で止めたことがあります。

『冒険者』との『結婚』なんて親が許してくれませんから」

「……そうなんだ。ディアナも大変だったんだね」軽く聞き流す感じで相槌を打ったけど、彼女は気付いているのだろうか。今の発言は、自爆している気がするのだけどな。そう思っていると、カペラがそこを突いた。

「なるほど。ルーベンス様が子供の頃からディアナさんはご結婚を意識していた……ということですね」

「え……!? あ、いや、別にそういうつもりで言ったわけではありません！」

じゃあ、どういう意味で言ったのか？ と突っ込むとまたややこしいことになりそうだから、何も言わずにカペラとディアナのやり取りを聞き流して楽しんだ。その間に、クロスとルーベンスの話し合いが終わったらしく、二人がこちらに楽しそうに戻ってきた。

「リッド様、申し訳ありません。ルーベンスとの話が少し長引いてしまいました」

「気にしないで大丈夫だよ。ちなみに、何を話していたのか聞いても良いかな？」

二人は顔を見合わせると、クロスが畏まりながら会釈した。

「実はルーベンスにリッド様の実力を伺っておりました。リッド様の目の前では、言いづらいこともあるかと思いました故、失礼ながら少し離れたところで話させていただきました」

「そっか、ちなみにルーベンスから見た僕の実力はどうなの。折角だから聞いてみたいな」

実は僕自身の実力について、尋ねたことはほとんどない。だから、興味津々で問い掛けてみたわけだ。ルーベンスは、「そうですね……」と少し考え込んでからニコリと笑った。

「おそらく、同年代でリッド様に敵う相手はほとんどいないでしょう。しかし、世界は広いですから慢心は禁物です。それと、私にはまだ勝てませんが、今のまま訓練を続ければいつか勝てるかも知れませんね」

「前半の評価は嬉しいけれど、後半の部分は素直に『将来は私に勝てますよ』でいいんじゃないかな？」彼の言葉にちょっと引っ掛かりを感じて、僕は口を尖らせた。

「駄目ですよ。リッド様には、私以上に強くなっていただきたいのです。勿論、私も今より強くなりますから、簡単には負けるつもりはありませんよ」ルーベンスはそう言うと、ニヤリと口元を緩めた。どうやら、まだまだ勝ちを譲るつもりはないらしい。

「はぁ……わかったよ。でも、僕も強くなるからそのうち絶対にルーベンスを倒すからね」

「ふふ、その時を楽しみにしております」

するとその時、一部始終を見ていたクロスが手を『パン』と叩いた。

「リッド様、ルーベンス、お二人共の気持ちはわかりますが、お話はその辺で良いでしょう。次は、私から今後の武術訓練についてご説明させていただきます」

「うん、わかった。でも、今後ってことは訓練内容を変えるってこと？」

「いえ。私が引き継いでも基本的な訓練内容は今までと変わりません。ですが、武術と魔法を使用する、より実戦的な武術訓練をこの機に追加したいと存じます」

「武術と魔法を使用する……より実戦的な訓練？」

何やら新しい訓練に嫌な気配を覚えて、サーっと顔から血の気が引くのを感じた。しかし、クロスはこちらの言動を見ても、大したことはないと言わんばかりに顔色が変わらない。

「そんなに難しいことではありませんよ。伺う限りでは、リッド様の武術の実力はかなりのものです。今後は武術の中に『身体強化』だけではなく、『攻撃魔法』や『魔障壁』なども織り交ぜていくことが必要になるでしょう。実戦では武術だけではなく、『魔法』も重要な局面が多いですからね」

「言っていることはわかるけど、その『魔障壁』というのは初めて聞いたし、僕はそれを使えないよ？」

「なるほど……」クロスは相槌を打つと、口元に手を当て考え込んだ。それにしても、彼の言った『魔障壁』はまだ知らない魔法なのは、間違いない。サンドラからも聞いたことはないけれど、クロスが知っているということは、騎士団などでは当たり前の魔法なのだろう。しかし、何はともあれどんな魔法なのかとても興味があるなぁ。そんなことを考えていたところ、「承知しました」とクロスが話し始める。

「それでは、サンドラ様に『魔障壁』をリッド様にご教授するようにお願いしておきます。それから、『攻撃魔法』を使った訓練に関しても、ライナー様に許可の確認をしておきます。その辺りの確認がすべて終わり次第、武術訓練の段階を一つ上げるようにしましょう」

やっぱり、サンドラも『魔障壁』を使うことができるのか。魔法における戦闘というのは、学者畑のサンドラにとってはあまり縁がない。だから、もう少し後に教えてくれるつもりだったのかもしれない。そう思いながら、彼の言葉に頷いた。

「わかった。今度、サンドラに会う時に僕からも言っておくよ」

クロスは会釈をすると、ルーベンスに視線を移した。

「ルーベンス、明日以降は訓練担当から外れてダイナス騎士団長の下に行く事になる。もし、気になる事があるならこの場で伝えておくようにな」

「はい。それでは僭越ながら、リッド様との立ち合いを希望いたします。クロス副団長に私とリッド様の立ち合いを見てもらうのが、今後の事も考えれば一番良いと存じます」

ルーベンスはそう言って会釈すると、こちらに視線を移す。彼は笑顔を見せているが、その目には少しだけ挑発の色が含まれており、僕の反骨心に火が付いた。それと、訓練とはいえルーベンスに勝てたことはないから、このまま異動となれば勝ち逃げになってしまう。そう思うと、とても悔しい気がしたのだ。

「そうだね。クロスには一度、僕とルーベンスの手合わせを見てもらった方がわかりやすいかもね」

「承知しました。それでは、リッド様とルーベンスの手合わせを、拝見させていただきたいと存じます」

クロスは、僕とルーベンスのやり取りを見て楽し気だ。一方のカペラとディアナは、『やれやれ』と呆れているみたいだった。

それから、僕達は手合わせ前の準備運動をした後、ルーベンスは木剣、僕は木刀を構えてお互いに向き合った。

「リッド様、今までにお伝えしたことをすべて出し切ってくださいね」

「ルーベンスに勝ち逃げはさせないよ。僕だって、いつまでも負けていられないからね……クロス、開始の合図をお願いしてもいいかな」

クロスは頷くと、息を吸い大きな声を張り上げた。

「では……始め!!」

開始の声が響くと同時に大地を蹴り、素早く切り込んだがルーベンスは余裕の表情で受け止めた。そのまま鍔迫り合いをした後、わざと体勢を後ろに崩すように見せかけ、バク転を行い脚で蹴り上げる。だが、彼は笑みを浮かべてこの動きも余裕でいなしてしまう。

「ふふ、その動きは常に警戒していますから、私には通じませんよ」

「……そうだね。でも、まだまだこれからさ！」

その後、カペラやディアナから学んだ動きも駆使して、怒涛の勢いで持続的に連撃を繰り出した。しかし、ルーベンスはそれらを躱し、受け流し、時には受け止め防いでしまう。そして、彼は僕の連撃を受けきると、攻勢に転じた。

彼の連撃は時には手数、時には破壊力とうまく使い分けてくる。身体強化によって彼の連撃を受けることはできるけど、『破壊力重視』の連撃はそれでも受けたくない。受け続けると、手が段々と痺れていき最終的に木刀が弾かれてしまうからだ。

お互いの激しい連撃の応酬の中、ルーベンスの表情を盗み見ると、嬉しそうな、でもどこか寂し気なものを感じる。その瞬間、僅かだがルーベンスの体勢が崩れた。誘われている気がしなくもないけれど、打開するためには行くしかない。その隙目掛けて、斬撃を繰り出した。

「くっ……ここだぁ！」

「……!? お見事です、ですが……」

今の彼の体勢では、こちらの斬撃を躱すことも、防ぐこともできないはず。そう思った次の瞬間、彼は最初に僕が行った『体勢を崩したように見せる動き』をしていたことに気付いた。そして次の瞬間、手に持っていた木刀はルーベンスの木剣による斬撃で弾き飛ばされてしまう。

「勝負あり。リッド様の木刀を弾き飛ばした、ルーベンスの勝利です」

木刀が弾き飛ばされるとほぼ同時に、クロスの声が辺りに響いた。しかし、それよりもルーベンスのした動きに唖然としていた。何故なら、その動きには『見覚え』があったからだ。確認するように恐る恐る彼に尋ねた。

「ルーベンス、さっきの動きって……」

「ふふ、やっぱりバレましたか。そうです、あれはカペラさんから教わった動きですよ」

彼の返事を聞いて『やっぱり!!』と思い、カペラのいる場所にすぐさま振り向いた。こちらの視線に気付いた様子の彼は、苦笑しながら会釈をしている。二人は、いつの間に仲が良くなったのだろうか。そんなことを思いつつ、口を尖らせながらルーベンスに視線を戻した。

「ルーベンスもレナルーテの動きを取り入れるのは、ちょっとズルいんじゃないかな」

「ズルではありませんよ。それに、レナルーテの動きを取り込めば騎士団はより強くなれる。それを実践して私に教えてくれたのはリッド様ご自身です」

「……どういうこと？」

彼の言葉の意図がわからず、首を傾げる。すると、ルーベンスは苦笑しながら教えてくれた。実は今、ディアナとカペラに今後やってくる奴隷の子達に教える武術訓練の基礎を作ってもらっている。そして、二人が構築している武術の動きをいち早く取り入れているのが僕だ。

これに関しては作成をお願いしている関係上、少しでも役に立てるならと自ら申し出たことである。勿論、僕自身が強くなれることも嬉しいことだからね。まぁ、二人が構築した武術の実験台になっているような気がしないでもないけれど……あまり気にしないようにしている。だけど、想像以上にレナルーテとバルディア騎士団の武術融合における可能性は凄かったらしい。

新しい武術を取り入れることで、飛躍的に実力を上げていく僕を目の当たりにしたルーベンスは、ディアナを通じてカペラにこっそり僕と同じ武術を教えてほしいとお願いしていたそうだ。

ルーベンス曰く、訓練の中で何度か負けそうになった瞬間もあったらしい。その時、可能性を文字通り肌で感じたそうだ。話が終わると、何とも言えない気持ちになってルーベンスを見つめた。

「可能性を見出してくれたことは嬉しいけどさ。結局ルーベンスに勝てていないから、個人的にはちょっと複雑だよ……」

「そう仰らないでください。今回は私が勝ちましたが、リッド様の上達速度にはいつも驚かされています。このまま、訓練を続ければクロス副団長の言う通り『帝国史上最強』も目指せると思いますよ」

『帝国史上最強』か……そんなものには興味はないんだけどね。守りたいのは家族とバルディア領だ。でも、結果的に『皆を守る力』として必要であれば、それを目指すことも一つの選択肢になるのかもしれない。

「帝国史上最強ねぇ……興味はないけど、ちなみにどれぐらい強くなればそう呼ばれるのかな」

ルーベンスは少し考え込んでから答えた。

「そうですね……とりあえず、お父上のライナー様より強くならないといけないのは間違いありませんね」

父上より強くか……確かにそれはそうだろう。わかりやすいけど、それはまだまだ当分先のような気がするなぁ。そんな雑談をしながら皆の所に戻ると、クロスが笑顔で迎えてくれた。

「リッド様、ルーベンス、お疲れ様でした。ルーベンスが以前よりも強くなっているのも驚きましたが、リッド様の実力には感嘆しました」

「ありがとう……でも、やっぱりルーベンスには勝てなかったけどね」そう言うと、ルーベンスをチラリと一瞥して「むぅ」と頬を膨らませる。その様子を見たクロスは楽しそうに目を細めた。

「良いではありませんか。楽しみは今後にとっておきましょう。攻撃魔法を含めた実戦形式だと、また学ぶことも多くなります。次にルーベンスと立ち合う時は勝てますよ」

「そうなの？　でも、楽しみをとっておくのはいいね。ルーベンスと次に立ち合う時は負けないからね」

「リッド様、その意気です。ですが、最初に言った通り私も簡単に負けてはあげませんからね」

僕とルーベンスは視線を合わすと、互いに表情を崩して笑った。すると、ディアナが「コホン」と咳払いをして皆の注目を集める。

「リッド様、そろそろ次のお話……クロス様に、作成中の『教育課程』についてお話するべきと存じます」

「あ、そうか。そうだったね」と頷くと、彼に視線を向ける。「クロスは、今度やってくる奴隷の子達に武術を効率良く教える為に作成している『教育課程』について何か聞いているかな」

「はい、大まかにですが。今度、バルストより移送してくる予定の奴隷達に教える武術訓練と伺っております」

クロスは会釈した後、僕の武術担当になる際に、父上から大体の話があったことを教えてくれた。しかしその後、彼は首を傾げる。

「それにしても、奴隷を買って様々な教育をなさると伺いました。常識ではあまり考えられないことで驚きましたが、失礼ながら本気なのでしょうか」

「うん、色々と考えている事があってね。今はまだ何をどうするかは言えないけど、バルディア領がより良くなることは間違いないよ」

彼はにわかには信じられないといった様子だ。そんな彼の表情を見たディアナが、鋭い視線を送る。

「クロス副団長。お言葉ではありますが、リッド様がなさることは新しい試みばかりでございます。新しい試みに前例はなく、今までの常識は通じません。リッド様は常識に囚われず、前例を創るお方とお心得下さい」

「ディアナさんの言う通りです。私もリッド様の常識に囚われず、型破りな発想に何度驚かされたことか。レナルーテの武術とバルディア騎士団の武術を融合させようと最初に仰ったのもリッド様なのですから」

ディアナの言葉に、カペラも追随して補足するように言った。二人の言動を目の当たりにしたクロスは、少し驚いた表情を浮かべている。そんな彼に畳み掛けるように、ルーベンスが続いた。

「クロス副団長。信じられないお気持ちは理解できますが、今度来る子達に教える予定の教育課程の内容を聞いたら、そんな気持ちはすぐに無くなると思いますよ」

おぉ、ここまで皆が僕のことを持ち上げるなんて思いもしなかった。予想外の出来事に、照れ笑いをしながら頬を掻く。

「皆の気持ちは嬉しいけど、あんまり僕を持ち上げなくていいからね。それと、クロスも信じられない気持ちがあるのは当然だと思う。でも、それはそれとして協力してくれたら嬉しいかな」

クロスは僕のことを人伝に聞いているだけなのだろう。それなら、これから見せていけば良いだけだ。クロスは畏まり静かに頷くと、ニコリと微笑んだ。

「大変失礼いたしました。ですが、ご心配には及びません。バルディアに忠誠を誓う者として、私の力でよろしければ、いくらでも協力させていただければと存じます」

「ありがとう、とても心強いよ。あ、そうそう。大分話が逸れちゃったけど、クロスにお願いしたいのは『教育課程』についての助言なんだ」

「助言……でございますか？」

予想外のお願いだったらしく、彼は首を傾げている。

「うん。ルーベンスにも助言はもらっていたんだけどね。副団長をしているクロスなら、もっと視野の広い意見をもらえると思っているんだ。だから一度、見てほしいんだけどいいかな」

「承知しました。私で良ければ喜んでご協力させていただきます」

「ありがとう。それで早速なんだけど……」そう言うと、領地に来る予定の子達に施す『教育課程』の内容について説明を始めた。

教育課程はまず体力作りから始まる。一定の体力ができた者から、ディアナとカペラが新たに構築した『武術』を叩きこむ。そして、『獣人族』にはそれぞれの部族に特徴があるということだから、長所を伸ばす訓練を行う。その後、十一名程度で隊を組み、僕直属の部隊となってもらう予定だ。

勿論、父上には相談して了承をもらっている。今度来る子達はかなりの数なので、うまくいけば十部隊以上の編成もできるかもしれない。そうなれば、『色々と考えている』ことが早期に実現できるだろう。嬉々として楽し気に話していたのだが、クロスは話を聞くに従い考え込むように俯いてしまった。どうしたんだろう。

「ごめん、何か気になることあったかな？」

少し不安げな表情で問い掛けると、彼は首を小さく横に振った。

「……ディアナが先程言った言葉、『新しい試みに前例はなく、今までの常識は通じない』という意味がわかったような気がします」

言葉の意図がよくわからず、きょとんとして首を傾げた。

「……？　どういうこと？」

「これだけの部隊を作るのであれば、ライナー様の許しを得た上で、リッド様直属の『バルディア第二騎士団』として設立した方が良いと思います。その方が、活動もしやすいですし、外聞的にも良いでしょう」

クロスの指摘に思わず「ふむ」と相槌を打つと、口元に手を当て考えを巡らせた。何故なら、『バルディア第二騎士団の設立』という発想が無かったからだ。あくまでも、様々な多目的な活動を行う部隊程度に思っており、僕直属の騎士団設立という考えには至っていなかった。でも、確かに騎士団として設立した方が外聞的には良いだろう。

騎士としての通常業務は今まで通りの騎士団にお願いして、第二騎士団は諜報活動やその他の活動を行うようにすれば面白いかも知れない。問題は『騎士団』が父上の一存で設立できるかどうかだけどね。

「わかった。それは父上に相談してみるよ。それ以外に気になる事はあるかな」

「そうですね。後は……」

その後、クロスの話を聞きながらディアナ、カペラ、ルーベンスも交えて様々な意見を出し合った。そして、『教育課程』として現状問題はないだろうという結論に至った。クロスから指摘のあった『騎士団』として設立ができるかどうかは、父上に確認するということでまとまった。

「ふぅ……良かった。奴隷の子達が来る前に『教育課程』が完成できたね。皆、協力してくれてありがとう」そう言って周りを見渡すと、結構な時間が過ぎている事に気が付いた。そろそろ、訓練の時間も終わりになる。つまり、引き継ぎも終わったのでルーベンスとの訓練が終わるということだ。ルーベンスに振り返り、スッと手を差し出した。

「ルーベンス、今までありがとう。ダイナス団長の下は大変かも知れないけど頑張って『副団長』を目指してね」

「……⁉　はい、ありがとうございます。私もリッド様の訓練担当をさせていただき本当に光栄でした」

彼は差し出した手をがっしりと力強く握ってくれる。その時、握った手を顔を近づけてほしいという意図で少し引っ張った。ルーベンスはすぐにその意図に気付いて、きょとんとしながら顔を近づけてくる。すかさず彼の耳元で囁いた。

「……間違いなく昇格の道が開けたんだから、早くディアナに結婚を申し込みなよ」

「な……⁉　リ、リッド様、お戯れが過ぎます！」

ルーベンスは耳まで真っ赤にしながら、慌てた様子で怒号を上げる。そのやり取りにディアナが眉を顰めて、すかさず反応した。

「……リッド様、またよからぬことをルーベンスに仰ったんですか」

「え⁉　何も言ってないよ。『ダイナス団長の下で頑張って副団長になってね』って言っただけだよ。ね、ルーベンス？」

この時、これでもかというぐらい明るくて、可愛い満面の笑みを作っていた。しかし、ルーベンスは赤面したまま慌てて彼女に叫んだ。

「そ、そうだぞ⁉　お前と早く結婚しろとかなんとか、何にも言われてないぞ！」

彼は何を言っているのかわかっていないようだ。だけど、僕の渾身の満面の笑みは表情から消え失せ、サーっと顔から血の気が引いていくのを感じる。それと同時に、ディアナからいつもとは少し違う赤黒いオーラが発生している事に気付いてしまった。

何故、黒ではなく赤黒いのか？　それは、きっと彼女が赤面しているせいだろう。血の気が引いたせいか、冷静に分析をしてしまった。やがてディアナは赤黒いオーラを増大させていき、ルーベンス、カペラ、クロスとこの場にいる全員がドン引きして手が出せない雰囲気になっている。

赤黒いオーラを身に纏ったディアナ。その異様な雰囲気に戦き、後ずさりをする僕に彼女はゆっくりと歩いて近づいて来る。そして、不敵な笑みを浮かべたディアナは僕の耳元でそっと呟いた。

「うふふ……リッド様、僭越ながら『個人的』にあちらで少しお話をしたいのですがよろしいでしょうか」

「……ハイ、ショウチシマシタ」

彼女の迫力に押されて、思わずカタコトになってしまった。その後、個人的なお話でこってりと絞られたのは言うまでもない。そして、この日以降、武術訓練の担当はルーベンスからクロスに引き継がれる。

追伸、やっぱり人の恋路に安易に口を出してはいけない……と感じた日でもあった。

サンドラと打ち合わせ

その日、魔法訓練を行う前に打ち合わせをする為、応接室でサンドラが来るのを待っていた。机の上にはディアナが淹れてくれた紅茶と、今までサンドラと作ってきた『魔法学の教育課程』の書類が綺麗にまとめて置いてある。彼女が来るまでの間、紅茶を片手にその書類の再確認をしていた。

その後、書類に目を通しながら紅茶を口に運んだ時にドアがノックされたので、返事をするとディアナが応接室に入室して会釈する。

「リッド様、サンドラ様がお見えになりました。ご案内してよろしいでしょうか？」

「わかった。お願い」

彼女は再度会釈をしてそのまま退室する。カップに残っていた紅茶を飲んでしまうと、確認をしていた書類を机の上に戻して彼女が来るのを待った。それから間もなく、ドアがノックされ返事をするとディアナに案内されたサンドラが元気に入室する。

「リッド様、お待たせしました」

「サンドラ先生、来てくれてありがとう。こちらにどうぞ」

彼女に机を挟んだ正面のソファーに座るように促すと、視線をディアナに向ける。

「ディアナ、悪いけどサンドラ先生に紅茶をお願い。それから、僕にもう一杯注いでもらえるかな」

「承知しました」と彼女は会釈をしてから、部屋を退室する。そして、サンドラはソファーに腰を下ろすと、何やら輝いている目をこちらに向けた。

「ふふ、それにしても急展開ですね……連絡をもらって驚きました。まさか、一度に百五十名前後の獣人の奴隷を購入するとは思いませんでしたよ」

「そうだよね。僕もこんな動きになるとは正直思っていなかったから驚いているよ」

先日、父上やクリス達との打ち合わせが終わった後、すぐにサンドラに『口外禁止』と書いた手紙を送って事の次第を伝えていた。勿論、奴隷の子達に施す『魔法の教育課程』についてサンドラと確認をする必要があったからだ。

奴隷達を購入する目的の一つである『奴隷達に魔法を組織的に教育して、領地発展の足掛かりにする』という計画を伝えた時、サンドラは驚愕していた。でも、すぐに「面白いですね。是非やりましょう！」と目を輝かせていたのは彼女らしいと思う。だけど、気掛かりになっていることがあり、少し心配そうに尋ねた。

「それで、サンドラにお願いしていた『人達』の様子はどうかな。父上にも話は通して、簡単な研究所に使えそうな施設は用意したけど、皆気に入ってくれたかい」

「ご心配なさらずとも、皆張り切って私の研究や魔法の教育課程の作成について手伝ってくれています。ようやく好きな研究で暮らしていけるって、バルディア家に感謝していますよ」

サンドラはそう言うと、嬉しそうに微笑んだ。その表情を見て心配が安堵に変わり、彼女の微笑みにつられるように笑みを浮かべる。

「そっか、良かった。いずれ、改めて皆に挨拶に行かないといけないね」

「はい、是非いらしてください。皆も喜ぶと思います」

彼女は心底嬉しそうな、優しげな表情を浮かべている。そんな様子を見つめながら、僕は『彼等』のことを思い返していた。実は半年程前から現在に至るまでの間に、バルディア領にはあちこちから『ある人材』がやってきていた。それは帝都の研究所でサンドラが『所長』をしていた当時、同じ研究所に勤めており彼女の部下で研究員だった人達だ。

彼らは皆、帝都において『魔力回復薬』を作成するために、身分関係なく集められた『優秀な研究員』だった。しかし残念なことに、製作不可と思われていた『魔力回復薬』の研究と『身分関係なく集められた研究員』に対して、資金投資されることに疑念と不満を持った一部の帝国貴族達によるやっかみを買ってしまう。

その後、一部の貴族達による暗躍によってサンドラと彼らは研究を阻害され、思うような結果が出せずに責任を取らされた。その結果、研究所から追い出されてしまう。

サンドラの場合は、持っている知識と知恵が母上の治療に結び付くかも知れない。そう感じた父上が、バルディア領に来てほしいと伝えたことで事なきを得ている。だけど、他の研究員はそうはいかない。皆それぞれに地元で祝福されて帝都の研究所に行ったのに不当に扱われ、地元に帰らざるを得ない状況はとても辛いものだっただろう。

研究員の中には命を絶とうとした者もいるらしく、サンドラや他の研究員達が必死に説得して思い留まらせるのに大変だったそうだ。そんな仕打ちを受けたサンドラが、秘密裏に僕と共同で『魔力回復薬』を完成させてしまった事は皮肉だと思う。ちなみに、魔力回復薬の存在は、母上が快復するまでは公にしない予定だ。

だけど公表した暁には、一部の無能な帝国貴族にとって史上最悪の汚点となることは間違いない。

そこまで、考えた時にドアがノックされる。返事をするとディアナが紅茶を二人分持ってきてくれた。

「ありがとう、ディアナ」

「ディアナさん、ありがとうございます」

「とんでもないことでございます。お熱いのでご注意ください」

彼女は無駄なく洗練された騎士のような所作で僕とサンドラの前に紅茶を置くと、静かに応接室を退室した。でも、声を掛けるとすぐに動けるようにドアの前では待機してくれている。すると、サンドラが深いため息を吐いた。

「はぁ……私達の研究所にもディアナさんやカペラさんのような人が欲しいです。私も含めて研究員達は片付けより研究ばっかりに夢中になっちゃうから、色々と大変なんですよね」

「そうなの？　でも、さすがにこの短期間でゴミ屋敷にはなってないでしょ」

冗談で言ったつもりだったんだけど、何やらサンドラが視線を泳がせていることに気付いてしまった。凄く嫌な予感がして、険しい顔で問いかける。

「……まさか、本当にゴミ屋敷になっているの」

「え？　あ、いやぁ……ゴミ屋敷ではないのですが、資料が結構乱雑になっているので……さしずめ『資料屋敷』でしょうか？　あはは……」

質問に対して彼女はバツの悪そうな表情を浮かべて、最後は後頭部に片手を添えて乾いた笑い声を上げた。その言動から察せられる状況を想像して、僕は父上のように額に手を当てながら俯いて首を軽く横に振る。そして、少し間を置いてからため息を吐いた。

「はぁ……わかった。サンドラ達の身の回りを手助けできる人が用意可能か確認してみるよ」

予想外の返事だったのか、彼女は驚いた表情を見せると、目を輝かせて勢いよく身を乗り出した。

「本当ですか⁉　いやぁ、言ってみるものですね。リッド様、どうぞよろしくお願いします」彼女はペコリとその場で頭を下げた。その様子に思わず呆れた表情を浮かべると、釘を刺すように付け加える。

「……あのね、少しは自分達でちゃんと資料は整理しなよ。そもそも、『用意できるか確認する』と言ったんだから、約束したわけじゃないからね」

「わかっています、わかっていますよ。ちゃんと整理しておきます。それにしても、どんな人が来るのか……今から楽しみにしていますね」

彼女にこちらの言葉は届いていないようだ。「はぁ……」と呆れて首を横に振るった後、話頭を転じた。

「それで、『魔法の教育課程』の件はどう？　研究員の皆は奴隷の子達に魔法を教えることができそうかな」

そう、実は彼女の元部下だった研究員の人達にバルディア領へ来てもらった理由は、奴隷の子達に魔法を教える『教師』としての側面もあったのだ。

この世界において、『魔法の教師』という職業は突き詰めるとまだないと言える。貴族に教える家庭教師は居るけどね。だけど、サンドラに聞いたところによると魔法の家庭教師における必要な知識量については、明確な規定がないらしい。その為、魔法の知識と実力にはかなりの個人差があるそうだ。

そして、奴隷の子達に魔法を教えて、領地発展の足掛かりにする計画を思いついた時に問題となったのが『魔法教師』の件だった。だけど、幸いなことにそれについてはすぐに白羽の矢がたった。それが、サンドラの元部下の皆という訳だ。彼等にはバルディア領の発展に繋がる研究と合わせて、奴隷の子達に魔法を教えてもらう教師の役割を担ってもらう。そうすれば、発展と教育を同時進行できると言うわけだ。サンドラは問いかけに対して、コクリと頷いた。

「はい、その件は問題ないと思います。皆、魔法を教える立場に成れた事を喜んでいます。ただ……」

「ただ……どうしたの？　何か問題があった？」

「いえ、大した問題でもないのですが……私も含め皆『人見知り』ですからちゃんと人前で魔法を教えることができるか心配しているみたいです」

「へ……？」

思いがけない答えに、呆気に取られてしまった。というか、少なからずサンドラは『人見知り』ではないだろう。他の人はわからないけど。僕は、やれやれと首を傾げて肩をすくめた。

「それに関しては、慣れてもらうしかないね。獣人と言っても僕と同じぐらいの子供ばかりらしいから、大丈夫だとは思うけどね」

「そうなんですか？　でも、それなら皆も少し緊張が取れるかもしれませんね」

奴隷として来る子達の年齢を聞いたサンドラは、少し安堵したような表情を浮かべている。彼女なりに、元部下の皆を気遣っているのだろう。僕は紅茶を一口飲んでから、話頭を転じる。

「それで、『魔法の教育課程』は予定通りに『僕が習った手順』を基本にする方法で問題なさそうかな」

「はい、その方法が一番良いかと存じます。リッド様という成功事例がありますから」

サンドラはニコリと微笑みながらこちらを見据えた。その目は満足げに輝いている。まるで彼女が綺麗に磨き上げた宝石を見るような温かく、うっとりとした眼差しだ。他意はないのだろうけど、彼女の言動に呆れてため息を吐いた。

「はぁ……人を実験結果みたいに言わないでよね」

「いえいえ、決してそんなつもりはありません」彼女は少しおどけて楽しそうに答えた。

実はサンドラが僕に魔法を教えるという立場になった時、彼女なりにまとめた『魔法の教育課程』が既に存在していた。父上から家庭教師を依頼された時、彼女は経験や知識などを活かしてどうすれば魔法を効率良く、わかりやすく教えることができるのか？　という点を結構考えていたらしい。

そして、彼女が作成した『教育課程』を実践した結果がまさに僕というわけだ。その為、奴隷の子達に教える『魔法の教育課程』については、彼女が作成した資料が土台になっている。細かい違いはあるけれど、一番大きな違いは魔法を習い始めた当時にされたビリビリする特殊魔法……『魔力変換強制自覚』を行うことが前提になっている点だろう。

本来であれば各々で感覚を掴んでもらいたいけれど、そうなると個人差が生まれ過ぎるという判断を下した。その為、サンドラは研究員達に毎日、魔力回復薬を飲みながら特殊魔法を伝授する作業を行う事になっている。その作業をしている時に「私を殺すおつもりですか……」と、彼女から珍しく苦言を言われた。でも、おかげで研究員の皆は無事に特殊魔法の『魔力変換強制自覚』が使えるようになっている。

「まぁ、ともかく『魔法の教師』と『魔法の教育課程』については、何かで使うかも知れないから、僕も伝授してもらった。

「そうですね。後は、実際にやってみてどうかという所だと思います。実施すれば色々と問題点が出てくると思うので都度修正ですね」

僕は頷くと、エレン達と彼女にお願いしているもう一つの物についても問い掛けた。

「あと、『属性素質鑑定機』はどうかな。エレンとアレックスだけだと難しい部分があるって言っていたから、サンドラにも協力をお願いしていたと思うんだけど」

属性素質鑑定機はその名の通り、鑑定機に手をかざした当人の持っている属性素質によって鑑定機の色が順番に変わり、属性素質を鑑定できるという代物だ。

「鑑定機に関してはおそらく問題はないと思いますよ。先日、エレンさん達と色々と打ち合わせした時に、あと少しで完成という所まで進んでいましたからね。しかし、鑑定機が完成すると、いよいよ魔法が一般的に使われる時代が近づいている気がしますね」サンドラは、感慨深そうに呟いた。

彼女の言葉に頷いて、不敵な笑みを浮かべた。

「ふふ、楽しみだよね。今回、奴隷の子達に魔法を教えて、扱えるようになったら領民達の仕事を手伝ってもらう。そうする事で、領民の子供達に魔法を学べる時間を提供するんだ。そうすれば、数年後のバルディア領は魔法の普及がかなり進むはずだよ」

以前、この世界において魔法が広まっていない理由をサンドラと話したことがある。その時、サンドラは僕の話に概ね間違いないと頷いていた。

魔法が広まっていない理由の一つ目は、修練を行い魔法が扱えるようになるまでに必要な期間が長いこと。二つ目は仮に修練を行い、魔力を扱えるようになったとしても『魔法を扱えるとは限らない』ということだ。

魔力を感じられるようになったとしても、自身がどの属性素質を持っているかがわからなければ意味がない。『基本魔法』と呼ばれる魔法を全部試すという方法もあるけど、そもそも『基本魔法』を教えてくれる『教師』が必要となる。貴族ならいざ知らず、一般的な平民では教えてくれる人はまずいない。

魔法はイメージが重要だけど、その重要となる部分を知らずに独学だけで魔法を発動させるというのは、魔力が扱えるようになるだけでは難しいだろう。そして、平民に求められている『納税』の問題もある。魔法を覚える為の修練に時間をかけると、それだけ農作業などに掛ける時間が減ってしまう。一～二人ぐらいが魔法の修練を試すぐらいなら影響は少ないかもしれない。しかし、大勢となると納税や生活にまで影響が出かねない問題となる。

現状、この世界における平民の一般常識としては『魔法を学ぶ暇があるなら、働け』だ。だから、魔法を一般的にする為には、効率良く魔法を教える『教育機関』の発足が必要不可欠なんだけど、『教育機関』の発足には莫大な資金が必要になる。

魔法の発達が領地繁栄に必ず結びつくと理解できていない限り、わざわざ平民や奴隷に魔法を教えるようなことはしないだろう。今回の件だって、クリスと一緒に稼いだ資金の他にも、バルディア領としての予算を父上からもらっている。それでも、資金が足りない部分は『クリスティ商会』から融資として借入している程だ。もし、事業計画が失敗すると僕は借金で大変なことになるだろうから、文字通り失敗は許されない状況でもあったりする。

「バルディア領においては、数年後に魔法が平民にも普及する……ですか。考えるだけで、色々と末恐ろしいですね」

「領地を大きく発展させるためには、魔法は必要不可欠な要素だからね。今は大変だけど、頑張る分だけ将来の見返りが大きくなるからやりがいもあるさ」そう言うと、紅茶が入ったカップに手を伸ばしてそのまま口元に運んだ。同様にサンドラも紅茶を一口飲むが、カップを机に置くと何やら改まった様子でこちらを見据えて、おもむろに呟いた。

「リッド様、あと本日は相談……というかご報告があります」

「……あんまり、良い話ではなさそうだね。何か問題が起きた感じかな」

サンドラは、珍しく神妙な面持ちで頷いた。

「レナルーテのニキークさんから連絡がありまして、月光草の栽培に成功したそうです」

「え……⁉　やったじゃないか。これで『魔力回復薬』の生産に目途が付くね」

月光草は『魔力回復薬』の原料となる薬草だが、バルディア領での栽培は残念ながらうまくいかなかった。そこで、隣国レナルーテに行った時に知り合ったダークエルフの『ニキーク』に栽培を依頼していたんだけど、それが成功したということだろう。月光草の栽培に成功という報告に喜ぶが、彼女の顔は晴れなかった。他にもまだ何かあるのだろうか？　そう思った時、サンドラは苦々し気に呟いた。

「月光草については吉報なのですが……ナナリー様の治療に必要な『ルーテ草』の件で問題が起きておりまして……」

「わかった。詳しく聞かせて」

先程までの明るい雰囲気から一転、部屋には険しく厳しい雰囲気が漂い始めた。程なくして、彼女は重々し気に言った。

「ニキークさんからルーテ草の加工が間に合っておらず、いずれは在庫切れによって供給不可になりそうとのことです」

「それは由々しき問題だね……もう少し詳しく教えてもらえるかな」

眉を顰めてサンドラに詳細の説明をお願いすると、彼女は現状の問題点を含め丁寧に話してくれた。その内容は、研究用と母上に投与するルーテ草の使用量に対して、ニキークからの供給量だけでは足りないということだ。ルーテ草に関しては、乾燥させることにより効能があがり、運送にも適した状態になるらしい。つまり、ニキークが加工しないと輸送が難しいということだ。

「難しい問題だね……採取した物をすぐにバルディア領に持って来るのは、やっぱり難しいのかな」

「色んな方法を使って試しましたが、残念ながらすべて失敗に終わっています。おそらくですが、普通の植物とは違いルーテ草には『魔力』が宿っているようです。その為、普通の運搬方法ではダメなようですね。それに、こちらに来るまでに時間がかかり過ぎて品質的に使える状態ではありません……」

彼女は苦々し気に話してくれた。僕は額に手を添えて俯き、思案する。

ルーテ草は採取してから数日もかからないうちに品質が悪くなってしまう。その為、採取後に適切な処理で加工する必要があるらしい。これは、ニキークが独自に研究して編み出した工法であり、彼にしかできないことでもある。それに、ルーテ草が魔力枯渇症の治療薬になるという情報はまだ開示するつもりはない。価値を知れば、レナルーテも囲い込みに走るはずだ。

いくら僕がレナルーテの王女であるファラと婚姻すると言っても、レナルーテがどう動くかは予想が付かないところでもある。せめて、母上の治療が終わるまでは伏せておきたいが、そうは言っていられないかもしれない。

だけど、エレン達とサンドラと研究員の皆に開発をお願いしている『アレ』が完成すれば話は少し変わって来るはずだ。顔を上げると、サンドラに開発の件について問い掛ける。

「ちなみに、エレン達とサンドラ達に開発をお願いしていた件はどんな感じだろう。開発さえできれば運搬とか色々解決できることが増えると思うんだけど」

彼女はハッとすると、表情は険しいが目の色が輝きだした気がする。

「リッド様からお願いされた開発の件は、良い感じで進んでいますよ。研究員達とエレンさん達もやる気に満ち溢れて意見交換をしていますしね。ただ、実際の製作を担当するエレンさん達がいよいよ人手不足で大変みたいです。そこが解決できれば、開発もより捗ると思います」

「そっか、エレン達とも今度話す予定だから色々と要望を聞いておくよ」そういうと、口元に手を当てながら考えを巡らせた。

今バルディア領の開発研究とも言える部分の製作関係は、エレンとアレックスの二人にほぼ一任されている。ただ、問題なのが職人技術的な部分だ。ドワーフの二人を手伝う者は勿論いるが、技術は残念ながら二人には遠く及ばない。それに、元々バルディア領は制作技術が高い領地ではないから、エレン達を手伝っている者は間に合わせに近い雑用係と言っていいだろう。

クリスを通じてエレン達を補佐する技術者を募っていたが、残念ながら良い人材は集まらなかった。奴隷の子達が良い技術者になってくれればと思うけど、すぐに技術者として育つわけではないだろうからそれも厳しい。今後の事を考えると中々に問題が山積みだ。

しかし、それでも早急に問題解決すべきなのは『ルーテ草』の加工と供給だろう。こうなってくると、ニキークの所にサンドラの部下の人達を派遣して、より効率の良い加工方法の研究も必要になるかもしれない。

そうなると、レナルーテの王であるエリアスに話は通しておくべきかどうか考える必要がでてくる。これは父上に相談しないと、僕だけの判断ではダメだな。ひとしきり思案が終わると、息を吐いた。

「ふぅ……とりあえず、母上のルーテ草に関しては今すぐにというわけではないんだよね」

「はい。ですが、研究用をすべて治療分に回したとしても、半年弱程度で使用量が供給を超えてしまいます。それまでに、完治できれば良いのですが現状では何とも言えません」

半年弱か……急がないと、あっと言う間だな。

「わかった。ルーテ草に関しては、問題解決までは母上の治療に全部使うようにお願い。供給に関しては、ニキークにも連絡を取って僕と父上で改善方法を早急に考えるよ」

「承知しました。ルーテ草に関しては、当分ナナリー様の治療薬だけに使うように致します」

「うん、ありがとう。サンドラ、改めて母上の事をよろしくね」

サンドラにお礼を言うと、母上やメル達と過ごした時間を思い返していた。母上を救う為に起こした研究の結果が実り始め、ようやく母上の体調は少しずつ快復に向かっている。母上の体調に快復の兆しが見えたことで、メルはより楽しそうに笑うようになり、父上も心なしか以前よりも明るく、優しい雰囲気になった。母上も自身の体調が良くなっている事を感じているのだろう。以前は感じた悲観的な雰囲気が母上から消えており、今は病と向き合い、立ち向かう姿勢が自然と周りに伝わってくる。ここまできたのに、絶対に諦めてなるものか。するとその時、サンドラがコクリと頷いた。

「はい、ナナリー様の事はお任せください。私もできる限りのことをさせていただく所存です」

「ありがとう」

決意を新たにこれからすべき事を色々と考えようとしたその時、ふとクロスの言葉を思い出した。

そして、紅茶を口に運んでいるサンドラに問い掛ける。

「そういえば、話は変わるんだけど、『魔障壁』の話って何か聞いているかな」

「あ……!? そうでした。すみません、その話もしないといけませんでしたね」

彼女はハッとして飲んでいた紅茶を机の上に置くと、何やらこちらをしみじみと見つめている。

「しかし……リッド様が武術訓練において『魔障壁』を扱う段階まで進んでいると聞いた時は、驚きました。普通はもう少し歳を重ねてから覚える魔法ですからね」

「そうなの？　でも、最近はレナルーテの件もあったから武術は頑張っているから、その成果かもね」

レナルーテの件とは『アスナ』のことだ。年齢差や経験などは当然あるだろうけれど、わかっていても負けるのは悔しいものだ。彼女といつか再戦する機会があれば、勝てるようになりたい。それに、ノリスやマレインのような利己的な悪意を持った輩と今後また出会うこともあるだろう。

いきなり武力によって解決をしようとは思わないけど、必ずしも話が通じる相手とは限らない。その時は、バルディア家を守る為に覚悟を持って剣を取り、立ち向かわなければならないだろう。

「なるほど、リッド様が『頑張った』という程なら、さぞ凄い『型破りな訓練』をしているのでしょうねぇ……さすがは『型破りな神童』と言ったところですね」

彼女はおどけながら、楽しそうにからかうように言った。

「……ふふ、サンドラ。僕が何を言っても怒らないと思っているのかな？」さすがに今の言動にちょっとカチンときて、表情はにこやかなままだが静かな怒りの雰囲気を発した。彼女もさすがに言い過ぎたと思ったのか、会釈をすると誤魔化すように話題を変えた。

「し、失礼しました。そうだ、それよりもリッド様。早速『魔障壁』の話をいたしましょう」

「……そうだね」

外見的には、にこやかな表情だけど静かな怒りは継続中だ。サンドラにしては珍しく、少し動揺しているけど『魔障壁』に関しては丁寧に説明してくれた。

彼女曰く『魔障壁』とは、その名の通り『魔力で作った障壁』によって魔法攻撃や物理攻撃を防ぐ事ができるそうだ。その説明を聞いた瞬間、先程までの怒りを忘れて身を乗り出しながら目を輝かせた。『魔障壁』というのはサンドラの説明を聞く限り、前世の記憶で言う所の『バリア』ということである。

でも、確かに言われてみると、前世の記憶にある『ときレラ!!』のゲーム内においても敵の攻撃魔法のダメージを抑える補助魔法はいくつか存在していた。その系列が『魔障壁』という扱いになっているのかもしれない。

「ただ、『魔障壁』はどんな攻撃も防げるわけではありません。その仕組みを理解していないと、いざという時に大けがに繋がりますので注意してください」

「なるほど……色々と工夫が必要な感じがするね。それで、その『仕組み』というのはどんなものなの」僕の興味津々な様子に、サンドラも楽し気に目を輝かせ始めている。彼女は眼鏡を懐から取り出して身に着けると『先生モード』になって不敵な笑みを浮かべた。

「では、これから『魔障壁』についてさらに詳しい説明と、実際に行ってみる為に訓練場に行きましょう」

「わかった。じゃあ、書類を整理してから訓練場に向かおうか」そう言うと、先程までサンドラとを出て行くと、残っていた紅茶を飲み干してから訓練場に向かった。
「承知しました」ディアナは書類を丁寧に受けとると、会釈をして応接室を後にする。彼女が部屋
いてもらっていいかな」
「ディアナ、今から僕とサンドラは訓練場に行くから、悪いけど書類を僕の自室の机の上に置いと
の打ち合わせに使っていた書類をまとめた。そして、応接室の外で待機していたディアナを呼んだ。

◇

サンドラと共に訓練場で黒板のあるお馴染みの部屋にやってきた。部屋に着くなり、彼女は黒板に早速色々と書き始める。黒板にあらかた必要な事を書き終えたらしいサンドラは、眼鏡の中心にあるブリッジを右手の人差し指で軽く「クイッ」と持ち上げ、満面の笑みを浮かべると座学を開始した。

「リッド様、では『魔障壁』について座学をさせていただきます。座学の後は訓練場で実際にやってみますので、よろしくお願いします」

「わかった。サンドラ、改めて説明をよろしくね」

彼女は頷くと、黒板に書いた内容から順番にわかりやすく説明を始めてくれた。

「先程、応接室で少し説明をしましたが『魔障壁』は『魔力で術者が意図的に作り出す障壁』です。文字通り魔力で作った障壁なので、魔力で生成された魔法に対しては優れた防御力を持った壁となってくれるわけです」

「つまり、魔法を扱う術者からの攻撃を防ぐ『盾』というわけだね」

サンドラは「仰る通りです」と頷き説明を続けた。

「ですが、魔障壁の素晴らしい所は使用する魔力量次第で耐久度と言いますか、防御力が変わります。使用する魔力量次第ではお伝えした通り、斬撃や飛んでくる弓矢などの物理攻撃も防ぐことができます」

彼女の話を聞きながら、目を輝かせる。説明の内容はまさしく『バリア』だったからだ。魔力量次第で、相手の攻撃を無力化できるかもしれない。使い方に関しても、研究すれば面白い使用方法が見つかりそうだ。だけど、サンドラは曇った表情を浮かべると言った。

「ただ……使ってみるとわかるのですが『魔障壁』は発動中にずっと魔力を消費します。おまけに魔力消費量も激しいので、気を付けないとすぐに魔力切れになりかねないんです。かといって、使用する魔力量を少なくし過ぎると、相手の物理攻撃や魔法が『魔障壁』を貫通する場合もあるので注意が必要です」

「貫通か……それは怖いね。ちなみに、貫通される条件って決まっているのかな」

サンドラは質問に対して、「うーん……」と唸った後、顔を上げて呟いた。

「そう……ですね。まず、単純に相手の攻撃魔法に使われている魔力が、『魔障壁』を生成した魔力より多い場合が考えられます。後は、持続的に衝撃を受け続けると『魔障壁』の再生が追い付かず、やがては貫通されることもあると聞いています」

「……なるほどね」頷きながら、魔障壁について考えを巡らせていた。彼女の話をまとめると、魔障壁に使用する魔力量次第では様々な攻撃を無力化できる可能性がある。しかし、魔障壁を生成するのに使用した魔力量を、攻撃魔法の魔力量が上回った場合には耐え切れずに貫通してしまう可能性もあるという。後は、持続的に魔障壁を攻撃されると障壁が耐え切れなくなって貫通に繋がるということだ。

それでも攻撃魔法や物理攻撃を防ぐ事が、魔力で可能になるというのは素晴らしい魔法と言える。これから覚える『魔障壁』という魔法が楽しみで、思わず口元がニヤリと緩んだ。

「ありがとう、サンドラ。大体わかったよ。それじゃあ、早速『魔障壁』を教えてもらってもいいかな」

「私もですけど、リッド様も本当に魔法が好きですよね。先生をさせていただいている身としては嬉しい限りです」彼女は、にこやかな笑みを浮かべて嬉しそうである。

その後、黒板のある部屋を出て訓練場の広場に移動すると、早速サンドラが『魔障壁』を実践して見せてくれることになった。

「では、私が今から『魔障壁』を実演します。魔障壁の属性は『無属性』ですから魔法を扱う事ができれば、基本的に誰でも使うことができるのも利点ですね」

「無属性か『特殊魔法』とかではないんだね」

『魔障壁』は相手の攻撃魔法や物理攻撃を防ぐ事のできる、言ってしまえば『バリア』だ。でも、使用する魔力量が大きいそうなので、乱用は禁物ということらしい。そして、サンドラが魔障壁を見せてくれるということで、僕は目を輝かせている。

程なくして彼女は目を瞑り、ゆっくり深呼吸をして集中すると呟いた。

「……では、お見せします。魔障壁!!」

「おお……!?」

魔障壁を発動させたようだが、目の前のサンドラには何も異変は訪れない。その様子にきょとんとしていると、彼女は意味深に笑った。

「ふふ、『魔障壁』はちゃんと発動されていますよ。試しにリッド様、私に触ろうと近づいてみてください」

「え？　うん。わかった」

言われた通りに歩いて彼女に近づくと、顔に『何か』がぶつかり思わず「痛っ」と声を上げた。

「ね？　ちゃんと発動しているでしょ？」

僕の反応が面白かったようで、サンドラは悪戯な笑みを浮かべている。だけどそんなことより、僕は痛みの走った部分に手を当てながら、再度ぶつかった何かがある場所に手を伸ばした。すると、ぶつかった場所には確かに壁のような物があるのがわかる。魔力で作られた壁に直接触れられたことに、先程の痛みも忘れて感動した。

「おお!?　触れる……これが魔力で作られた障壁かぁ……」

魔障壁は触ると少し冷たく、そして硬い。言うなればガラスのようなものだろうか。魔障壁は正面だけに発生するのかな？　そう思いながら、魔障壁に手を当てながらサンドラの周りを歩いてみた。その様子にサンドラが首を傾げる。

「……？　リッド様、何をされているんですか」

「え？　魔障壁がサンドラをどんな形で覆っているのかなと思ってさ。正面だけなのか、球体状なのか、はたまた立方体なのかなって」彼女に答えた後も魔障壁の形を手探りで調べてみると、どうやらサンドラを球体で覆っていることがわかった。形の指定がなければ、自然と球体状に魔障壁が生成されるのだろうか。でもそうすると、必要のない範囲まで魔障壁が発生していることになる。もしかして、これが魔力を大量に消費する原因なのだろうか。などと、考えを巡らせているとサンドラから声を掛けられた。

「リッド様、すみません……そろそろ、解除しても良いですか」

「あ、そうだね。もう大丈夫だよ。実演、ありがとう」

サンドラは返事に頷くと『魔障壁』を解いた。その瞬間も、どんな変化があるのだろう、と目を輝かせながら魔障壁に手を当てていた。彼女が魔障壁を解くと、今まで手にあった感触が消え、僕の手は空を掴むような動きをしている。

「……!?　魔障壁は面白いね。これが、扱えるようになったら何か色々と試してみたいと思うよ」

僕の言動に、サンドラは嬉しそうに微笑むがハッとして顔を引き締める。そして、彼女は釘を刺すように言った。

「何をお試しになるつもりか想像もつきませんが、その時はちゃんと私の傍でしてくださいよ。リッド様はやり過ぎる所がありますからね。それに、気を付けないとまたライナー様に叱られます……『圧縮魔法』の件みたいに」

「う……わ、わかっているよ」サンドラの指摘にバツの悪い表情を浮かべた。以前レナルーテで怒りで我を忘れてしまい、『圧縮魔法』を発動させて大事にしてしまったことがある。『圧縮魔法』の詳細については、レナルーテからバルディア領に帰って来た後にサンドラと一緒に父上に報告した。

結果的に事後報告になってしまい、父上が額に手を当てながら俯いている姿が印象に残っている。その際、これから新しい魔法は発見した時点ですぐに報告するようにと、僕とサンドラは父上からきついお叱りを受けたのだ。なお、その際に父上にも『圧縮魔法』を体験してもらっている。

父上は自身でも発動できたこと、つまり誰でも仕組みを理解すれば使用可能な事実に驚愕していた。そして、『圧縮魔法』は当分の間は口外禁止。余程のことがない限り使用禁止のお達しが父上から下されている。だけど、バレないようにこっそりと、『圧縮魔法』について練習と研究をしている事はサンドラと父上は知らない。まぁ、気付かれないようにしているから当然だけどね。サンドラはこちらを疑うように訝しい視線を向けるが、程なくして呆れたように呟いた。

「まぁ、いいでしょう。では、改めて『魔障壁』の発動についてご説明しますね」

「うん、わかった。よろしくね」

それから彼女は、『魔障壁』の発動方法について説明を始める。基本的な発動手順は攻撃魔法と一緒だが、『魔障壁』の場合は『術者自身を魔力で覆い守る壁』を強くイメージする必要があるらしい。イメージさえできれば、あとは術者に必要な魔力量が備わっていることが重要だという。

「……と、こんな感じですね。『魔障壁』を習う場合、魔法経験者であれば会得は比較的簡単です。重要なのは魔力量ですが……まぁ、リッド様なら多分すぐにできると思いますよ」

「なるほど……じゃあ、早速やってみるね」

サンドラの説明を聞きながら目を輝かせていた僕は、深呼吸をして集中する。それから、彼女が実演してくれた『魔障壁』のしっかりとしたイメージを固めていく。イメージが固まると、次は魔力を集中させる。心の中で『イケる!!』と思った瞬間、発動させる魔法名を唱えた。

「魔障壁！」

その瞬間、自身の周りを魔力が球体状に覆っていく感覚。そして、魔力が消費されていく感覚が同時に伝わって来るのがわかった。視界は何も変わらないけど、感覚的には発動している実感を得られている。これが魔障壁か……と思っているとサンドラが微笑みながら話しかけてきた。

「どうですか。発動できましたか？」

「うん……発動できたと思う。魔力を消費していく感覚と何かに覆われている感覚があるよ」

彼女は少し驚いた様子を見せるが、すぐに嬉しそうに笑った。

「さすが、リッド様ですね。術者以外が見る分には、魔障壁が発動できているかどうかがわかりにくいんですが、術者には感覚的にしっかりとわかるのも魔障壁の特徴ですね」

「確かに……さっきはサンドラが発動させていた魔障壁は僕が見てもよくわからなかったけど、自分で発動してみるとすぐに発動の有無がわかるね」

問題なく『魔障壁』の発動ができている事を確認したサンドラは、楽しそうに不敵な笑みを浮かべた。

「ふふ……それでは、次の段階として『魔障壁』で実際に私の攻撃魔法を受けてみましょうか」

「へ……？」彼女の予想外の発言に呆気にとられる。だけど、すぐにハッとすると首を傾げて肩をすくめた。

「何を言い出すのかと思ったら、また物騒な事を言い出すね……」

「いえいえ、ちゃんと力加減をしますから大丈夫です。それに、魔障壁で魔法を受けると多少の衝撃と魔力消費を感じますから、経験しておくことに越した事はありません」

提案の内容は確かにその通りなんだろうけど、さすがに少し呆れた。魔障壁を彼女に教えてもらい、無事に発動できるようになったら、今度はその魔障壁で魔法を受けてみようというのである。中々無茶な事を言っていると思う。でも、確かにクロスとの訓練前にしておくことに越したことはないのかな。「うーん」と唸り、少し思案してから頷いた。

「わかった。じゃあ、サンドラの魔法を僕が魔障壁で受け止めればいいんだね」

サンドラはニヤリと口元を緩めた。

「はい、さすがはリッド様です。では、私が『火槍』をリッド様の魔障壁に放ちますので、受けてみてくださいね」

「わかった……って、あれ。サンドラに『火槍』を教えた事あったかな」

彼女から放たれる魔法の名前が、『火槍』と知って首を傾げた。ちなみに、『火槍』は作り出した攻撃魔法の一つだ。

様々な属性の攻撃魔法を試して作る時に、魔法の名前の有り無しではイメージの出来具合が全然違う。口には出さなくても良いけど、心の中で『魔法名』を呟けばすぐにイメージと魔法が繋がり、無詠唱がしやすくなる。だけど、全属性持ちの僕はそれぞれに名前を考えるのが大変だったから、『属性名の最後に槍と付ける』という安直な方法を取った。

魔法の内容も、相手に対して『魔法で生成された槍』が飛んでいくというわかりやすいものだ。

しかし、サンドラは何やら呆れた表情を浮かべている。

「何を言っているんですか。『魔法の教育課程』において、教える魔法はこの『槍魔法』に統一したじゃないですか」

「あ……!? そっか。そうだったね」僕はハッとして思い出していた。

もうすぐやって来る奴隷の子達に魔法を教える際、基本となる攻撃魔法は僕が作った魔法が採用されているのだ。実は、これにはちゃんとした理由がある。

サンドラとその部下の皆さんを交えて、奴隷の子達に魔法を教える際にわかりやすい基本魔法は何か? という議論になった。だけど、そこで問題が発覚する。同じ魔法でも地域や教える人によって、『火球』と『ファイアーボール』みたいに若干名前が違ったのだ。さらに問題だったのは、魔法名が一緒でも教える人によって内容が若干違う場合もあった。

おそらく、魔法教育が長らく確立されていないので、基本魔法にも誤差と言うか差異が生まれていったのだろう。とても興味深くて面白い発見だったけど、教育をしていく事に関しては大きな問題だった。同じ『魔法』なのに教える人によって言う事とやる事が違う。というのは教育環境としては最悪だ。

そして、他にも同じような問題が発覚する。それは教える先生となる人達に、魔法の修正のお願いをしてもイメージが固まっているのですぐには難しいという問題だ。その結果、僕の魔法を先生となる人達に新しく覚えてもらうことになった。『属性名の後に槍』と付くだけだから覚えやすくてイメージもしやすいと好評で、皆からは『槍魔法』と言われるようになっている。

「魔法を教える立場の先生となる、私を含めた研究員達が、『槍魔法』を練習して使えるようになっているのは当然です。まぁ……さすがに考案者のリッド様ほどは、『私以外』上手に扱えませんけどね」サンドラは『私以外』という部分をとても強調しながら、どや顔を決めた。

彼女は僕に対して『魔法』に関してだけは、あまり負けたくないらしく結構張り合う姿勢を見せるところがある。だけど、サンドラに魔法で勝っているなんて思ったことはない。むしろ、教えてもらっている立場だ。それなのに、張り合う彼女が可笑しくて忍び笑う。

「ふふ、そうなんだね。でも、皆が使えるようになってもらえたのは嬉しいよ。じゃあ、その魔法を見せてくれるかな」

そう言うと、彼女は何やら不服そうな表情を浮かべている。つい笑ってしまったことが、サンドラの負けず嫌いな所に少し触れてしまったかもしれない。彼女は頷くが、少し顔つきが鋭くなった。

「良いでしょう。では、少し離れていただいてリッド様が魔障壁を発動したら私が『火槍』を放ちます。都度、確認しながら放ちますから、もし魔障壁の発動が難しい場合はすぐに言ってくださいね」

「わかった。じゃあ、念のために僕の後ろには何もない場所に移動するね」

その後、サンドラから少し離れた場所に移動した。当然、背後には何もない平野が広がっている。これで、サンドラの魔法が万が一、逸れてしまっても問題はないだろう。深呼吸をしてから『魔障

壁』を発動させ、感覚を掴むと彼女に向かって叫んだ。

「サンドラ、いいよ!!」

「わかりました。では、放ちます……火槍!!」サンドラは頷くと、僕に向かって掌を見せるように腕を差し出すと魔法名を唱えた。その瞬間、彼女の手から魔法が発動され僕目掛けて真っすぐに飛んできた。だけど、『火槍』の大きさは小さいのでそこまで恐怖は感じない。それでも、飛んでくる魔法を見据えると顔が強張った。

間もなく魔障壁にサンドラの発動した『火槍』が接触すると、火槍が魔障壁にぶつかった衝撃で爆発して、辺りに大きな音が響く。この時、発動していた魔障壁に『火槍』が接触した感覚と魔障壁の維持に魔力消費をした感覚に襲われた。

「凄い……これが、魔障壁か……」目の前で起きた事と味わった感覚に感動する。『火槍』を魔障壁で受け止めた時の感覚は、体全体に少しだけ衝撃を感じる程度で痛みはない。しかし、『火槍』が魔障壁にぶつかった瞬間に、魔力をグッと持っていかれる感覚があった。だけど、その魔力の量は僕にとってはそこまで大きなものではない。目を輝かせて、サンドラに聞こえるように叫んだ。

「サンドラ、魔障壁って凄いね！　もっと試したいから、どんどん『火槍』を撃ってみて」

彼女は少し呆れたように小さく首を横に振ると、掌を見せるように再度こちらに腕を差し出した。

「わかりました。でも、やり過ぎは禁物ですからね。ある程度やったら終わりにしますよ」

彼女はそう言うと、その後『火槍』を何度も発動してくれた。威力も最初より、少しだけ強くしてみたり、連続で撃ってきたりと変化も付けてくれる。これは……楽しい。

魔法を間近で見ることができることに加えて、魔法の威力を肌に感じながら僕自身は全くの無傷。一般的には消費する魔力量は多いかもしれないけど、僕からすれば微々たるものだ。目を輝かせながら大声を発する。

「サンドラ、お願い。一度だけ本気で魔法を撃ってみてよ。絶対に耐えてみせるからさ」

「えぇ!? そんなことできるわけありません。怪我でもしたらどうするんですか。馬鹿な事を言うならもう終わりにしますよ」彼女はこんな時だけ優等生だった。「むぅ」と僕は不満を露わにする。だけど、すぐにハッとしてニヤリと笑う。

「わかった。サンドラは『研究専門』だから、攻撃魔法は苦手なんだ。それなら、しょうがないね」

彼女を挑発して魔法を撃たせる。我ながら良い案だ。しかし、どこからか『カチン』と金属音がなるような冷たい音が聞こえた気がした。そして、背筋にヒヤッとする何かを感じるが、それがすぐにサンドラが醸し出す『殺意』に似た何かであることに気付いた。思わず慄いて顔を引きつらせるが、彼女は眼鏡を外して懐にしまうと怒りに染まったような目でこちらを睨んでくる。当然、こんなサンドラは見たことがない。

「ふふ……よくも『陰険女』とか『研究畑の芋女』やら『もやし女』と散々に言ってくれましたね……!?」

「え……!? そ、そんなこと誰も言ってないよ!」

どうやら意図せず、彼女の逆鱗に触れてしまったらしい。『NGワード』という奴だろうか？

サンドラは怒りで我を忘れたかのように高らかに叫んだ。

「いいでしょう……大サービスでご覧に入れましょう、私の本気を」

「えぇ……」

すると彼女は、こちらを見向きもせず魔力を手に込め始めた。その様子に驚愕する。なんと彼女は、組んだ手の中に魔力を込め始めて『圧縮魔法』を発動しようとしている。さすがに慌てて叫んだ。

「サンドラ。それはやり過ぎだよ!?」

「あはは、どうですか。すでに、家どころか屋敷を吹き飛ばせるほどの魔力が溜まっていますよ！」

いやいや、どこかの悪役のようなセリフを吐かないでほしい。というか、家や屋敷を吹き飛ばしてどうするつもりなのか。いや、それよりも、サンドラの人が変わっている気がする。これは……さすがに危険かも。そう思った瞬間、怒号が訓練場に響いた。

「お前達!!　何をやっているんだ!!」

いきなりの怒号にビクっと体を震わした。声の主を探すと、そこに居たのは鬼の形相をした父上と、呆れた顔をしながら首を横に振っているディアナとカペラだった。サンドラも父上の姿に気付いて魔法の発動を止めたようだ。急いで父上の傍に駆け寄ると、すぐさまペコリと頭を下げて謝った。

「申し訳ありません。つい、魔障壁の訓練に熱くなり過ぎました。サンドラは悪くありません。僕が調子に乗ってしまいました……」

「はぁ……全く、お前は目を離すとすぐこれだ……もう少し、自重しろ」

「は、はい。申し訳ありません」

父上は呆れた表情を浮かべたまま、サンドラに視線を移した。

「サンドラ、いつもの君らしくないぞ……」

「……はい、申し訳ありません」

彼女はいつもの様子と違い、借りて来た猫のようにしおらしくしている。そのあまりの変化に、それこそ『サンドラらしくない』と違和感を覚えた。だけど、その違和感の正体を考える前に父上から問いかけをもらう。

「……それで、原因はなんだ」

「えーと、それはですね……」バツの悪い表情をうかべ、父上に事の経緯を説明する。魔障壁の訓練が楽しくて、サンドラを挑発してより強い魔法を撃ってほしいとお願いしたことを伝えた。すると、父上は腰のサーベルをおもむろに抜刀して、切っ先を僕の鼻先に向ける。サーっと血の気が引くのを感じつつ、父上に訊ねた。

「え、えーと、父上、これは？」

「ふふ……どうやら、また性根を直す必要があるようだ。魔障壁の訓練だろう。私が特別に手伝ってやろうと言うのだ。私の『本気の斬撃』を、どれほどお前の魔障壁で耐えられるか、見物だな……」

父上の本気の斬撃……興味はあるが怖すぎる。何とかこの場を収めようと必死に弁明しようとした。

「父上、その、もう少し、別の方法では……」

「馬鹿者、問答無用だ。その性根、叩き直してやろう！」

こうして僕は、魔障壁で魔法と物理攻撃の両方を受けることになった。ちなみに、父上の斬撃を食らった魔障壁は一撃で消し飛んだ。その際、大量に魔力は持っていかれるし衝撃も凄かった。それらを容赦なく、父上に反復させられたのは言うまでもない。

エレンとの打ち合わせ

今日は、ディアナと一緒にエレンとアレックスの工房に出向いている。彼等の工房のドアを開けると、作業場にも聞こえるように大きな声で叫んだ。

「エレン、アレックス、今大丈夫かな⁉」

「リッド様ですか⁉　今すぐ行きますから……少しお待ちください」

すぐに返事があった後、奥の工房から慌ただしくエレンが作業服姿で出て来た。彼女の顔には、作業によるものと思われるスス汚れが付いている。

「ごめん、忙しいところに来ちゃったみたいだね」

「いえいえ、お気になさらず。それに、近々来るってお手紙も頂いておりましたから。それで、今日はどうされたんですか？」

「うん、実はね……」僕はエレンに、獣人の子供の奴隷達を百五十名程度購入して受け入れる予定であること。その為に『属性素質鑑定機の改良』を確認したいということ。あと、サンドラ達とエレン達にお願いしていた『アレ』の開発の進捗状況を知りたいと話した。エレンは受け入れる奴隷の数に驚きの表情を浮かべたが、同時に目を輝かせている気がする。話し終えると、エレンは珍しく「キッ」と目に力を入れると、力一杯に声を発した。

「リッド様、どうかお願いします。人手を……人手を増やしてください！」

「あ……うん、そうだよね。サンドラから少し聞いたよ。人手が足りてない件は申し訳ない。だから、奴隷の子達が来る前に少し打ち合わせをしたかった部分もあるんだ」

するとエレンは嬉しそうに目を輝かせながら身を乗り出した。

「本当ですか⁉　獣人族ですよね……それでしたら、『狐人族』と『猿人族』は絶対に欲しいです！あとは、力要員で『牛人族』や『熊人族』とかも良いですね。あ、でも、最優先は『狐人族』でお願いします。あと……もし許されるなら購入した奴隷で『狐人族』がいたら全部欲しいです」

あまり見ないエレンの凄い剣幕に、驚きながら少したじろいだ。しかし、ドワーフのエレンがここまで『狐人族』を欲しがるなんて思わなかった。そんなに、凄い人材なのだろうか。

「エレンがそんなに欲しがる人材の『狐人族』ってそんなに凄いのかい」

彼女は一瞬きょとんとするが、すぐに満面の笑みを浮かべて高らかに言った。

「あれぇ？　リッド様ともあろうお方が『狐人族』についてご存じでないと⁉　ならば、ボクがお教えいたしましょう。『狐人族』と言えば、ドワーフであるボク達に勝るとも劣らない、生まれつき武具作成の才能の塊なんです」

「そ、そうなんだ……」

その後、エレンは『狐人族』について楽しそうに語った。何でもドワーフの国、ガルドランドにおいても、『狐人族』の武具は認められているらしい。エレンやアレックスも最初は人伝に聞いていて半信半疑だったが、実際に『狐人族』が製作した武具を見て、その評価が正しい事を認識したそうだ。

狐人族の製作技術は、ドワーフとはまた違った考え方や目線で作られており、エレンとアレックスはとても触発されたらしい。実際に『狐人族』の職人に会うこともあったそうで、その職人技にはエレンとアレックスも舌を巻いたということだ。彼女の話が終わると、感心して「なるほどね……」と相槌を打った。

「でも、『狐人族』が来たとしても、年齢が僕とあまり変わらないと思うよ。そうなると、流石に技術とか学ぶ前だと思うし、即戦力は難しいと思うけど大丈夫なの」

エレンがいくら欲しがる人材とはいえ、奴隷として売られる狐人族の子供達に技術があるとは残念ながら思えない。だけど、エレンは口元に人差し指を当て、左右に振りながらどや顔をみせた。

「ノンノンノン、その考え方はノンですよ！　製作に重要なのは『素材』と『閃き』と『地道な努力』です。言うなれば、狐人族という『素材』をボク好み……ではなく、立派な職人に『地道な努力』と『閃き』でしてみせますから、ご心配には及びません。ですから、どうか『狐人族』をできる限りボクに回してください」彼女はそう言うと、僕に近寄り両手を力強く握った。そして、熱く、切実な眼差しでこちらを見つめている。

「わ、わかった。『狐人族』がどれぐらい来るかわからないけど、できる限りエレン達の補佐に就くようにしてみるよ」

「ありがとうございます！　いやぁ……流石はリッド様ですね。話が早くて助かります。このままだと、ボクもアレックスも手が回らなくて困っていたんですよ。『狐人族』の弟子達が来るのを楽しみにしていますね」エレンはそう言うと、握っていた僕の両手を離す。そして、とても嬉しそうに自身の両頬に手を当てて、ご満悦な表情を浮かべた。彼女の中では『狐人族』が弟子になるということが確定しているらしく、ウットリとしている。その時、ふとエレンの言っていた『猿人族』の事を思い出した。

「そういえば、最初に『猿人族』も欲しいっていったけど、彼等も製作が得意なのかい」

彼女はハッとすると、正気に戻ったらしくこちらに視線を向けた。

「あ、そうでしたね。『猿人族』は製作というよりも『細かい細工』が得意なんですよ。だから、装飾や、細かい部品の製作作業なんかをお願いしたいなと思っています。あと結構、工房作業には力がいるので『牛人族』や『熊人族』の力があると助かるなって感じですね」

「そういうことね。わかった。その辺も、できる限りエレン達の要望に応えられるように頑張るよ」

「本当ですか⁉　ありがとうございます。いやぁ、楽しみだなぁ……」彼女はそう呟くと、またうっとり浮かれたような表情をしている。その時、僕達のやり取りを横で見ていたディアナが咳払いをした。

「コホン……リッド様、差し出がましいようですが、そろそろ別件についても話をされてはどうでしょうか」

「あ、そっか、そうだね。エレン、人手不足の件はもう少しだけ我慢してね。それで、最初話していた件、『属性素質鑑定機の改良』と『木炭車開発』の件はどんな感じかな」

問いかけに、エレンはニヤリと自信ありげに不敵な笑みを浮かべる。

「ふふ……ではまず、ボクとアレックスが作成した、『属性素質調べる君』の改良についてご報告します」

相変わらずエレンの発明品の名前は独特だなぁ、と思いつつ「うん、お願い」と頷いた。

「では、結論から申しますと……なんと、この『調べる君』に手をかざすだけで、かざした当人の属性素質に応じて色が反応するようになりました」

「おお、凄い。やったね、ありがとう」

「いやぁ、大変でしたよ。サンドラさんを中心に研究員の人達とああでもない、こうでもないってひたすら挑戦と調整でした。でも、凄く楽しかったです」エレンは達成感に満ちた表情で楽し気に語ってくれた。

属性素質鑑定機に関しては、サンドラと研究員の皆にも協力をしてもらっている。以前、サンドラも言っていたけれど、この鑑定機は今後の魔法教育には欠かせない重要な装置だ。これが、奴隷の子達が来るまでに完成して本当に良かった。安堵して胸を撫でおろしていると、エレンが首を傾げた。

「ところで、リッド様。今更ですけど、この『調べる君』はどういう風に使うおつもりなんですか。まぁ、持っている属性素質が分かれば魔法の修練には役に立つと思いますけど……」

エレンの質問の内容はディアナも気になっていたのか、追随するように視線を送ってきた。

「リッド様、私も宜しければ一度、詳しく伺いたいです」

「そうだね……じゃあ、折角だからアレックスも呼んで少し話そうか」

「わかりました。では、ボクはアレックスを呼んできますね」エレンはそう言って、アレックスを呼びに工房の奥に入って行った。それから間もなく、アレックスがエレンに引きつられてやってきた。彼は僕を見ると、ペコリと頭を下げる。

「リッド様、すみません。ちょっと、難しい作業をしておりましたのでご挨拶が遅くなりました」

「いやいや、こちらこそ急にお邪魔してしまってごめんね」

その後、先程まで話していた獣人族の子達を手配するという件を、エレンが彼に嬉しそうに説明する。話を聞いたアレックスは、エレン同様に興奮した様子で満面の笑みを浮かべると彼女同様のお願いをしてきた。その様子に『姉弟らしいなぁ』と微笑んだ。それから、簡単に補足説明をすると、アレックスは納得したらしく嬉しそうな顔を見せる。

「助かります、リッド様。姉さんの言う通り、人手不足はかなり深刻だったので……でも、逆に言えば人手不足が解消すればもっと色んな事もできると思います。そこは、お約束致します」

「うん、ありがとう。僕も、対応が遅くなってしまってごめんね」

彼との話が終わると、エレンが話しかけてきた。

「リッド様、それはそうと『調べる君』で何をするかのお話ですけど、よければ奥の部屋で話しませんか」

「そうだね。じゃあ、案内してもらえるかな」

「はい、こちらです」

エレンに案内されて、彼女達が打ち合わせに使っているという部屋に移動する。そこは、机と椅子があるだけの質素な感じだけど、手入れはされて清潔感のある部屋だった。彼女に促されるまま、僕とディアナは椅子に腰かける。それを見届けた後。彼女達も椅子に腰かけた。だけど、何やらアレックスがハッとする。

「あ、すみません。何か飲み物を用意しますね」

「ありがとう、でも、大丈夫だから、気にしないでいいよ」

アレックスはそう言いながら席を立とうとするが、それを制止して話を続ける。

「それよりも、『属性素質鑑定機』で僕が何をしたいのか話をするね。それはね……」

説明を始めると、立ちかけていたアレックスは椅子に座り、エレンと二人で興味津々な目で身を乗り出した。隣に座っているディアナも顔には出さないが、とても興味深そうな目をしている。そんな三人に、これからやろうとしている事を話し始めた。

属性素質鑑定機はサンドラ達と作った『魔法の教育課程』に必要不可欠だ。そして、属性素質鑑定機の使い道は、今度バルディア領にやってくる奴隷の子達全員の属性素質を調べるのにまず使用する。その際、属性素質が個人差なのか、獣人族で言う所の部族によって偏りがあるのかを調べる予定だ。

奴隷の子達の属性素質鑑定結果に応じて、彼らに覚えてもらう魔法や任せる仕事が当然変わってくる。属性素質については、この機に色々見えて来るものがあるはずだ。実は、バルディア領に昔から住んでいる人達は『火の属性素質』を持っていることが非常に多い。だけど、違う貴族の領地においては『火の属性素質』を持つ事が珍しい場合もあるらしい。この点については、サンドラ達が以前から調べたかった部分でもあるということだ。

結果的にだけど獣人族の各部族の『属性素質』を調べる機会に恵まれた。一般的に、『属性素質』は親が持っている素質を子供が受け継ぐと言われているが、明確な裏付けはないそうだ。そして、今回の調査結果は『属性素質』を親から受け継ぐ可能性についての良い資料になるだろう。

どの種族において『属性素質』がどのように決まるのか？　親から子にどのように受け継がれるのか？　これらも、魔法を一般的に普及させる為に、今すぐには無理でも少しずつ解明していく必要がある問題だと思っている。魔法の今後の可能性も含めて、つい熱が入ってしまった。ふと気が付くと皆は、説明に驚いた様子で唖然としている。

「あ……ごめん、熱く語り過ぎたね。と、ともかく、今の話からわかるように『属性素質鑑定機』は人と魔法の未来を大きく、前進させる凄い開発なんだ。もしかすると、エレンとアレックスの名前が開発者として後世に残るかもよ」

エレンとアレックスはきょとんとして、二人で顔を見合せると顔を綻ばせた。

「ふふ……ボク達が開発者で後世に名を残す……ですか？　あはは、それはさすがにないですよ。リッド様もご冗談が過ぎます」

「姉さんの言う通りです。それに、開発を指示したのはリッド様です。もし、名前が後世に残るならリッド様ですよ」

「僕は後世に名前を残したいなんて思ってないし、そんなことは全力で拒否するよ……だけど、二人がした開発は、『属性素質鑑定機』はそれだけ凄い可能性を秘めているってことさ」

再度、エレンとアレックスに凄さを伝えるが、二人は「そんなことないですよ」と言ってずっと楽し気に笑っている。そんな二人に呆れたけど、ふと言い忘れていた事を思い出した。

「あ……そうだ。属性素質鑑定機だけどサンドラ達も研究用に欲しいって言っているよ。それに、一台だけじゃ心許ないから……奴隷の子達が来るまでの一カ月以内に、この属性素質鑑定機を可能な限り『量産』しておいてね」

「え……？　えぇぇぇぇぇ！　一カ月以内ですか!?」

二人は驚愕の表情を浮かべている。そんな二人に、満面の笑みを見せる。

「ふふ……『属性素質鑑定機』が量産の暁には、あっと言う間に魔法の研究も進むと思うから……よろしくね」僕の笑顔とは対極的に、エレンとアレックスは唖然呆然としていた。しかし、二人はやがて正気を取り戻すと、頭を抱えながらジロリと怨めしそうにこちらを睨む。

「うう……ボクには今、リッド様の笑顔が悪魔の微笑みに見えますよ……」

「姉さんの言う通りです……とんでもないことを軽く言いますよね……」

言いたいことはわかるけど、ここは頑張ってもらうしかない。ということで、彼等の視線を軽く流して「コホン」と咳払いをすると、次の話題に話を進めた。

「それで、お願いしていたもう一つの件、『木炭車』の開発はどうかな」

二人は諦めた表情で互いの顔を見合わせると、エレンが真面目な顔を浮かべた。

「すみません……『属性素質鑑定機』の改良が忙しかったので『木炭車』に関してはまだ少しかかりそうです。あ、でも、サンドラさん達との意見交換もしているので、構想自体は大分良い感じで進んでいますよ」

エレンの説明を聞き、僕は険しい表情を浮かべた。

「そっか……無理を言って悪いんだけど、状況が変わって『木炭車』の開発もできる限り急いでほしいんだ」

「え……!? ど、どういうことですか……？」

「実はね……」

戸惑うエレンとアレックスに、母上の治療に使う薬の原料となる薬草に問題が発生していることを説明する。そして、その解決方法に『木炭車』による輸送が有効ではないかという考えを伝えた。

元々、『木炭車』に関しては、レナルーテに行った際の『馬車』の乗り心地が悪かった事から、解決方法をメモリーと話していた時に出て来た発想だ。木炭を作る事を決めた理由には、実はこれも絡んでいる。馬車の乗り心地の改善と燃料問題について、メモリーに相談した時に彼は言った。

「それなら、『木炭を量産』して燃料問題を解決。さらに、リッドの記憶にあった『木炭で走る自動車』を作ればいいんじゃない」

木炭で走る自動車なんて前世の記憶にあっただろうか、と思ったけど、メモリーが引っ張り出して来た『記憶』には確かにあった。さすがに詳しくはわからないけど、おおまかな仕組みだけは記憶の中に『絵の資料』があったので、それを紙に『手書き』で書き写してエレン姉弟とサンドラ達に渡したのだ。

彼女達は僕の前世の記憶にあった知識に感動すると、瞳を爛々とさせ絶対に作ってみせると息巻いていた。ゴムの木をクリスに依頼して、探したのも様々な理由はあるが『木炭車』に使う為の『ゴムタイヤ』を作るための部分が大きい。

エレンとアレックスは、話を聞き終えると真剣な面持ちになり口元に手を当てながら、何やら考え込み始める。それから、少しの間を置いてエレンがおもむろに口を開いた。

「わかりました……ボクとアレックスで何とかしてみせます。ただ、人手の部分がどうしても問題になるので、獣人族の子達の中に、『狐人族』がいたら優先的にこちらに回してもらうよう、改めてお願いします」

「ありがとう。要望の点はできる限り優遇するよ。無理を言ってごめんね」そう言って、エレンとアレックスに向かいペコリと頭を下げる。二人は、僕の一礼に慌てた様子になって、エレンが言葉を発した。

「リッド様、頭を上げてください！　ボク達はリッド様にお仕えすると決めたんですよ。それなら、リッド様のお母様であるナナリー様の為に全力を尽くすのは当然の事です」

「姉さんの言う通りです。俺達はリッド様の為ならなんだってやって見せますから、頭を上げてください」

二人の言葉と気持ちがとても嬉しくて、顔を上げると同時に目頭が熱くなり頬に涙が伝う。急いで、服の袖で涙を拭い、少し潤んだ眼で満面の笑みを浮かべた。

「二人共……本当にありがとう。これからもよろしくね」そう言って、二人を見ると何故か呆気にとられている。そして、何やら照れたように少し顔を赤く染めた後、片手で頬を掻いている。そんなに、涙を流した僕の顔は変だったかな？　そう思った時、エレンが戸惑った視線を向けた。

「リッド様、その潤んだ瞳の笑顔は可愛すぎて……まるで『微笑みの爆弾』です。破壊力が凄いから、人によってはリッド様が『男の子』である事を本当に悔やむかもしれませんね……ねぇ、アレックス？」

「……はぁ⁉　姉さん、なんで俺に振るんだよ！」

「ふふ……だって、アレックス、顔が真っ赤じゃん」

二人は楽し気にやり取りをしているが、僕はエレンの言葉を聞いた瞬間に『ピシッ』と凍りついていた。何故なら、半年以上前に恐ろしい事件が起きた事を彷彿させたからだ。その瞬間、『彼』が『変装していた僕』に告白してきた事を明確に思い出して、全身に悪寒が走る。ハッとして、アレックスに近づき両肩を掴んで凄い形相で睨んだ。

「アレックス……僕はファラ一筋だから、他を当たってね」

「な……⁉　リッド様まで何をいっているんですか⁉　俺にはちゃんと好きな人がいますよ！」

アレックスは、勢いのあまりに言わなくていい事まで口走った。その言葉に、目聡く反応したのはエレンだ。彼女はアレックスに対してニンマリとした笑みを浮かべている。

「なるほどぉ、アレックスもそういうお年頃だもんねぇ。でも、そっかぁ、リッド様のお屋敷に用事がある時は、やたら行きたがるのはそういう理由だったのねぇ」

「ほう……お屋敷の女性にご興味がおありなのですか。そうなると……メイドの誰かでしょうか。それは、バルディア家に仕える者としても興味がありますね」

エレンの言葉にまさかのディアナも笑みを浮かべて乗って来た。椅子から立ち上がりにじり寄るエレンとディアナに怯えて、アレックスも椅子から思わず立ち上がって後ずさりを始めた。しかし、そんな彼に生暖かい眼差しを送る事しかできない。

気付けば、アレックスは壁際に追い込まれて逃げる場所が無くなってしまった。そんな彼に、エレンとディアナがそれぞれの片手で『壁ドン』をすると、ゆっくり顔を近づけ凄む。そして、静かに語り掛けた。

「さぁ、アレックス……お姉さんであるボクに誰が好きなのか……言ってごらん」

「アレックス様、バルディア家に仕える者として知っておかねばなりません……言ってください」

二人の剣幕に、アレックスは真っ青になっている。こうなった彼女達を止められる自信がないから、笑顔で成り行きを見守っていた。するとその時、アレックスが「ハッ」としてこちらに視線を向けて叫んだ。

「あぁぁあ!? そうだ、リッド様、すっかり忘れていました。ご依頼を頂いていたナナリー様用の『新しい車イス』が先程完成したんです。お見せしたいので、工房に来ていただけませんか」

「え!? 本当！ わかった、すぐ見に行こう」

「はい!! ではこちらにどうぞ!!」

アレックスは、逃げ道を見つけたかのように俊敏に対応してくれる。そんな僕達の様子に、エレンとディアナが怨めしそうな視線を向けながら、つまらなさそうな表情を浮かべている。だけど、気付かないふりをしてその場をやり過ごすのだった。

ナナリーの兆し

その日、僕とメル、父上の三人は母上の部屋に集まりサンドラが行う母上の診察を、固唾を呑んで見守っていた。診察中の母上はベッドの上で、上半身だけ起こしている。一通りの診察が終わると、サンドラは母上と僕達を見回してから優しく微笑んだ。

「以前と比べてみても、魔力量や体調などが確実に良くなっています。これは、薬の効果が出ているとみて間違いないでしょう。このまま治療を継続すれば『完治』できると思います」

「……!? 本当ですか……本当に、この病に打ち勝つことができるのですね……?」

サンドラの言葉に僕達が驚きの表情を浮かべている中、母上が声を震わせながら確認するように聞き直した。彼女は静かにコクリと頷く。

「はい、ナナリー様。油断はできませんが、確実に少しずつ回復しております。このまま、頑張れば近い将来、必ず打ち勝つことができます」

「……!!」母上は、目を瞑り少し俯くと、両手を口元に当てながら静かに嗚咽を漏らし始める。その様子を見た父上は静かに母上に近寄り、優しく抱きしめた。

「良かった……本当に良かった。あと少しだ、一緒に頑張ろう……」

「はい、あなた……」

母上と父上の様子を見ていると目頭が熱くなり、自然と涙が頬を伝っていた。前世の記憶を取り戻した時に、母上は必ず救うと決意している。でも、心の中では間に合わないのでは？　という恐怖がどこかにあった。

実際に作った薬が効くかどうかはやってみなければわからない部分もあり、不安が無かったと言えば嘘になる。徐々にではあるけど、ようやく『完治』の兆しが見え始めたということだ。そのことに感動していると、服の袖が隣にいたメルに引っ張られた。

「うん……？　どうしたの、メル？」

「にいさま、ははうえがげんきになるってこと？」

メルは少し首を横に傾げながら、期待に満ちた目をしている。母上の容態に関して、メルも感じているものがあったのだろう。僕は服の袖で涙を拭うと、微笑みながら頷いた。

「そうだよ。今すぐではないけれど、いまの治療を続ければ『元気』になるってことだよ」

「……ほんとう？　ほんとうのほんとう？」

メルはとても嬉しそうな表情を浮かべるが、目には不安の色がまだある。僕はメルに再度、笑いかけた。

「うん、本当の本当だよ」

意図を理解したメルは屈託のない笑顔を浮かべて、涙を流しながら母上と父上におもいっきり抱きついた。

「ははうえ!!　ちちうえ!!」

二人は急に抱きついて来たメルに一瞬驚くが、すぐに笑顔を浮かべて優しく抱きしめる。その様子にまた目頭が熱くなり、もう一度服の袖で涙を拭った。すると、僕に向けて母上がニコリと微笑んだ。

「リッド……あなたもいらっしゃい」

「え……？　でも、その……」

何となく、気恥ずかしさで躊躇してしまう。でも、その様子に気付いたメルが僕に駆け寄ると手を引っ張り、強引に引き寄せた。

「にいさまのいじっぱり!!　こういうときは、あまえてもいいんだよ」

「そうか……そうだね……母上、よろしいでしょうか？」

少し照れながら尋ねると、母上は慈愛に満ちた笑顔で僕を胸の中に抱きしめてくれた。

「ありがとう、リッド。ライナーから色々と聞いています。あなたのおかげです……」

「い、いえ……その……でも……ぼ、ぼくは……」

この後、僕は人目も憚らずに母上の胸の中で涙が止まらなくなってしまう。母上は、僕が泣き止み、落ち着くまで優しい抱擁を続けてくれていた……。

◇

しばらくして、母上は胸の中にいる僕に優しく呟いた。

「ふふ……こうしていると、リッドがもっと小さかった頃を思い出します。少し、落ち着きましたか？」

「……はい。母上、ありがとうございます」

少し鼻を啜り、顔を服の袖で拭うと母上の胸の中から顔を上げる。

「ふふ……お前のそんな姿を見たのは久しぶりだな」父上がそう言うと、隣にいたメルも僕の顔を覗きこんでから楽しげに笑った。

「にいさま……なきすぎて、めがまっかだよ？　わたしよりなきむしだね。えへへ」

「ふふ……そうだね。僕って思ったより泣き虫みたいだ」

父上とメルに笑みを浮かべて返事をしていた。母上も僕達のやり取りを見て、うれしそうに微笑んでいる。その時、ハッとして母上の顔を見て言った。

「母上、忘れておりました。実は今日はお見せしたい物があるんです。ちょっと、お待ちください」

「あら、何かしら？」

僕は部屋の外に用意していた『車椅子』を室内に持ち込むと、きょとんとした顔をしている母上に説明を始めた。

「これは、エレンとアレックスというドワーフ姉弟の職人に作ってもらった『車椅子』です。新しい素材なども使われているので、従来の車椅子より格段に乗り心地も良いと思います。母上の体調が少しずつ良くなってきていたのでいずれ必要になると思い、用意しました」

この『車椅子』は、エレンとアレックスの工房に先日行った際に引き取ってきたものだ。新しい素材というのは『ゴムタイヤ』や使われている『鉄』のことになる。この世界にある、既存の車椅子は基本的に『木』で作られているため、移動性や乗り心地はあまり良くない。そこで、木炭車を作る過程のゴムタイヤの試作なども兼ねて、エレン達に『車椅子』の作製をお願いしていたというわけだ。

母上に使ってもらう事を説明した時、エレンとアレックスは『腕によりをかけて作ります』と凄くやる気に満ちていた。そして、完成した車椅子は僕の意見なども取り入れた結果、前世の記憶にある車椅子と形がほとんど変わらない物になっている。実際に僕も乗ってみたけど、乗り心地はかなり良かった。

母上は驚きと、少し困惑した表情を浮かべている。そんな中、車椅子を見て目を輝かせたのはメルだった。メルは興味津々と言った様子で車椅子に近寄り、目を輝かせてあちこち見たり、触ったりしている。

「うわぁ!? これすごいね。これにのれば、ははうえもおそとにでられるの?」

メルの言葉に反応して、サンドラは少し俯いて考える仕草を見せた後、顔を上げてニコリと笑った。

「そうですね。ナナリー様は体調も良くなっておりますから、リハビリや気分転換を兼ねて屋敷内でのご使用でしたら『車椅子』も問題ないと存じます」

「ほんとう!? やったぁ! ははうえ、よかったね」満面の笑みを浮かべながら歓喜の声を発するメルに、母上は嬉しそうに頷くとこちらに視線を移した。

「ええ、私も嬉しいわ。ありがとう、リッド」

「いえ、母上に喜んでもらえて僕も嬉しいです」

その時、僕達のやりとりを横で見ていた父上が、何やら思いついたらしくニヤリと笑う。そして、母上の側に近づいてスッとお姫様抱っこで抱きかかえた。母上は突然の事で、驚きながら顔を真っ赤にしている。

「あ、あなた、突然どうしたんですか⁉」

「ふふ……主治医の許可も出たのでな。善は急げという奴だ」

父上はそのまま母上を丁寧に車椅子まで運ぶと、ゆっくりと座らせた。母上は短時間とはいえ、僕達の前でお姫様抱っこされた事が恥ずかしかったようで、顔を両手で覆っている。でも、耳まで真っ赤なのは隠せていない。そんな母上と父上のやりとりに笑みを溢していた。

「ふふ……母上、車椅子の乗り心地はどうですか？」

「え……？　あ、そうですね……良いと思います」母上は取り繕うように、車椅子の触れる範囲の確認や座り心地を確認している。母上が慌てている様子を見て微笑んでいる父上は、さりげなく母上の後ろに移動して車椅子を押す為のグリップを握る。そして、父上はニコリと笑うと母上の耳元に顔を近づけ囁いた。

「では、ナナリー様、参りましょうか」

「え……⁉　ど、どこに参るのでしょうか⁉」

照れと驚きで珍しく困惑している母上を見て、僕とメルはパァっと明るく笑った。僕達と父上は、そのまま母上が乗った車椅子を押しながら家族揃ってバルディア家の屋敷の中を散策する。母上は屋敷の中を移動する時、最初は少し恥ずかしそうにしていたけど、久しぶりに屋敷の中をあちこち見られて、最後は嬉しそうな表情を浮かべていた。

屋敷の皆も母上の姿を見ると、一様に笑みを浮かべて喜んでくれていた。この日以降、屋敷の中の雰囲気が以前よりも明るくなったのは言うまでもないね。

クリスと騎士団の出立

「ごめんね、クリス。僕も一緒に行ければ良かったんだけど……」
「大丈夫ですよ、リッド様。団長のダイナスさんに加えて、ルーベンスさんも居ますからいつも以上に安全ですからね」

心配をよそにクリスは自信ありげにニコリと微笑んでいる。クリスとダイナス達がバルストに出発する今日、僕は皆の見送りに来ていた。

以前、打ち合わせした時、奴隷購入をした際に考えられる一番の問題点が、奴隷を移送するための人員や馬車だった。だけど、人員はバルディア騎士団から、馬車は冒険者ギルド、サフロン商会などから台数を用意することができたのである。後は、奴隷の子達をバルストで購入するだけの状況というわけだ。

本当は僕も直接バルストに行きたかったけれど、立場的にそれは許されない。その為、今回はクリスとダイナス達に任せることになったと言うわけだ。そして、クリスの為に用意した書類の入った封筒を僕はスッと差し出した。

「はい、クリス。これが、バルストに行けない僕にできる事だと思う。お守りだと思って、いざという時に使ってね」

差し出した封筒を受け取ったクリスは、きょとんとして首を傾げた。

「……？　ありがとうございます。中身を見てもよろしいでしょうか」

「うん、開けてみて」

僕が頷くと、クリスは丁寧に封筒を開けて中の書類を取り出す。その後、書類に目を通すと彼女の表情が驚きに変わった。

「リッド様、これって……!!」

「ふふ……驚いた？　一応、打ち合わせの時にも話していたけどね。その書類の内容は見てもらった通り、クリスがバルディア家に所縁のある事を証明するものだよ。うちの紋章付で記載されているから、よほどの愚か者でない限りクリスには手出しできないと思う」

驚きの表情を浮かべたままのクリスに、ニコリと微笑んだ。バルストは人族以外が奴隷として売買可能だけど、その中でも価値の高い商品として取引されるのが『エルフ』や『ダークエルフ』になるらしい。

『ダークエルフ』に関しては、外交上の問題からバルストは禁止しているけど、『エルフ』に関しては特に禁止されていないそうだ。そんなところにクリスが行けば、『カモが葱を背負っていく』のと同じだと思う。勿論、ダイナス達騎士団の護衛もあるし、本人も変装するので危険性は低いと思うけど、それでも万全を期す必要はある。

「後ね、書類だけじゃないよ。封筒の中にまだ何かあるはずだから、取り出してみて」

「え……？　は、はい」

クリスは、ハッとすると封筒を逆さにして、中にあった『物』を掌の上に取り出す。最初は『なんだろう？』と怪訝な表情を見せるが、それが何か分かったクリスは再度、驚愕した。

「リッド様。これって、バルディア家の紋章じゃないですか⁉」

「そうだよ。エレン達にお願いして作ってもらった、うちの紋章が描かれた『メダル』だね。さっきの書類と合わせれば、絶対的な身分証になると思う。僕の名前も入っているから、悪用しちゃダメだよ？　お守りとしても、クリスに持っていてほしいんだ」

クリスは驚愕した様子で呆気に取られているみたい。この世界では、貴族の紋章が入った物を勝手に模造して利用しようものなら、貴族の裁量次第である程度は如何様にもできる。

そもそも、貴族の紋章を模造するのは悪用目的がほとんどだ。その為、勝手に何かしようとした人物は基本的に処刑されることが多い。勿論、冤罪を防ぐために証拠提出や裁判なども行われるが、厳罰なのは周知の事実である為、貴族の紋章に手を出す者はまずいない。

バルディア家の紋章の入ったメダルを持った手を震わせながら、彼女は恐々として遠慮する様子を見せた。

「いや、でも……さすがにここまでしなくても……」

彼女の言葉に対して、顔つきを変えて大きな声を上げた。

「そんなわけにはいかないよ。クリスはバルディアに……そして、僕に必要な人なんだからね。万が一の事を考えたら、これぐらいは当然だよ」

「あ……⁉ はい……お、お守り……ですもんね。わ、わかりました……では、書類とメダルは共に有り難く使わせていただきます……」

僕の剣幕に押されたのか、クリスはたじろぎながら頷くとそのまま俯いてしまった。少し言い過ぎたかな？ 俯いてしまった彼女の顔を心配そうに覗き込んだ。

「強く言って、ごめんね。でも、クリスにもしものことがあったら、僕は自分の事を絶対に許せないと思う……だから……ね？」

「……⁉ わ、わかりました。わかりましたから、あまり顔を覗きこまないでください」

クリスはそう言うと、両手の掌を僕に向けながら『わたわた』した様子を見せている。その時、豪快な声で後ろから話しかけられた。

「リッド様、ご心配なさるな。私とルーベンスが、クリス殿をしっかりお守り致しますのでご安心ください」

声が聞こえた場所に振り向くと、そこに居たのは太陽の光で頭のスキンヘッドが光っている、ダイナス団長だった。彼はいつもの騎士団の制服とは違い、荒くれ者の冒険者という感じの服装をしている。すると、ダイナスの後ろから、これまた冒険者のような恰好をしているルーベンスが現れた。

「そうです。私も今回、バルストに同行いたしますから、リッド様の分も含めてクリスさんをお守り致します」

「うん、ダイナス団長とルーベンス、クリスの事をどうかよろしくね」

ダイナスとルーベンスは、ニコリと笑みを浮かべた後に一礼する。二人が顔を上げると、クリスも交えて僕達はそのまま談笑をしていた。程なくして、父上がこちらにやってきてクリスに話しかけた。

「クリス、苦労をかけるがよろしく頼む」

「はい、承知しております。必ず、ライナー様と、リッド様のご期待に応えてみせます」

彼女は父上と僕を交互に見ると、力強く凛とした声を発した。その様子に、父上はニコリと笑った。ふと周りを見回すと『エマ』がこの場にいないことに気付き、クリスに尋ねた。

「そういえば、エマは？　今回は行かないの」

「いえ、エマも今回は行きますよ。ただ、出発の最終確認で忙しいみたいです」

クリスはそう言うと、視線を彼女自身が乗る馬車に向けた。クリスの視線を追うように馬車に目をやると、確かにそこには忙しそうにしているエマの姿が見える。エマは僕達の視線に気付くと、ニコリと笑みを浮かべた後に駆け寄って来た。

「リッド様、ライナー様、それに皆様、いつもお世話になっております」

エマはそう言うと、僕達を見回してから一礼する。そして、顔を上げると視線をクリスに移した。

「クリス様、確認も終わりました。いつでも出発できます」

「わかったわ。ありがとう、エマ。では、リッド様、そろそろ出発しようと思います」

クリスはエマに返事をして頷いた後、視線を僕達に移して最初に見せてくれた自信に満ちた笑顔を浮かべる。僕は頷くと、手を差し出してクリスと力強い握手を交わした。

「うん……道中、気を付けてね。大変な役目だけど、お願いね。それから、絶対に無理、無茶はしないこと……約束だよ？」

「ふふ、わかりました。無理はしないとお約束いたします。お言葉とご心配頂きありがとうございます」

彼女はそう言って、馬車に乗り込んだ。クリスが馬車に乗り込むと、ダイナスやルーベンス達も馬に乗り出発の号令をかけた。こうして、クリスティ商会の馬車を守るように一団はバルディア領からバルストに向けて出発する。その一団が見えなくなるまで、僕と父上はその場で見送るのであった。

外伝

獣人族の陰謀

獣人国ズベーラの王

その日、バルディア領から離れた獣人国のとある部族が過ごす屋敷の豪華絢爛な一室で、二人の男がほくそ笑んでいた。

「親父、例の件はどうだ。うまく進んでいるのか」

「ああ。エルバ、お前の案のおかげで今回も儲かりそうだよ」

一人は普通の体格をしているが、エルバと呼ばれた男は身長が三ｍはありそうな大男である。そして、二人には人族には見られない特徴。尖った耳と、フサっとした尻尾が生えており、それぞれの形は『狐』を連想させる。

書類と酒の入った瓶とグラスが置いてある机を挟み、彼らは対面になって腰かけていた。エルバと呼ばれた大男は、酒の入ったグラスをグイっと呷る。

「ふふ……どうせ、放っておいても死んじまうゴミ達だ。それなら、少しでも生き残れる可能性がある『奴隷』として他国に売る方が、まだ救いもあるし俺達の軍資金にもなる。我ながら素晴らしい考えだ」

「確かに……我ら狐人族が『獣人国ズベーラ』の王として名を馳せる為の礎になれるのだ。彼らも、領民として満足していることだろう」

二人はグラスに入った酒を、互いに楽しみながら上機嫌になっている。エルバは、引き締まった筋肉質の体をしており、その体格は見る物を圧倒する姿だ。さらに、目は鋭いが顔は整っており、力強く逞しい美男と言ってよいだろう。突然、無表情になった彼は威圧するような目で男を睨んだ。

「ところで、他の部族共から売れるガキの仕入れは問題ないだろうな。俺達、狐人族のガキだけ数が多くても、良い値はつかん。全部族がある程度揃うことで価値が上がって高く売れる……わかっているな」

「……!? あ、ああ、当然だ。お前の指示通りに動いている。それに、初めてするわけじゃないからな。口減らしや金に目が眩んだやつらもいる。ちゃんと、十一部族は集まる算段は付いているよ」

睨まれた男はビクっと体を一瞬硬直させると、まるで上司に報告でもするように答えた。対して、エルバはニヤリと口元を緩めた。

「そうか、それなら良い。ちなみに、いつぐらいまでに集まりそうだ？」

「う、うむ……半年後には全部族から集まるだろう」

彼は半年後と聞いて上機嫌となり、グラスに酒を注ぐとそのまま呷って一気に飲み干した。その様子を見ていた男が、恐る恐る尋ねる。

「と、ところで、三年後の『獣王戦』は大丈夫なんだろうな。その為に、こうして奴隷となるガキを集めて軍資金を集めているのだぞ」

「親父……息子が信じられないって言うのか。安心しろよ、その為の準備は常にしているさ。むしろ今日、今すぐにでも『獣王戦』をしたいぐらいだ」

エルバは親父と呼んだ男を威圧するように睨むと、忌々し気に言い放つ。

「そ、そうか。それなら良い。お前の言う通りにすれば、狐人族が部族をまとめる『獣王』になれる……そうだな」

「親父、安心しろ。俺は獣人族の王になる男だ。あんたを必ず、『獣王』の父にしてみせるぜ……ふふふ……はははははは」

エルバの豪快な笑い声は、いつまでも響くのであった。

狐人族

獣人国の狐人族が治める領地に、狐人族の首都と言われている城塞都市がある。その都市は『フォルネウ』と呼ばれていた。そこに住む優秀な狐人族の職人の手で作られる武具は『ドワーフに勝るとも劣らない』とも言われており国内外に有名である。そんな街の中心には、『マグノリア』や『レナルーテ』のように大きくはないが、城が聳え立っていた。

その城は狐人族の部族長、他国で言うところの『王族』が住んでいる場所である。ただその城の外観は、見る者を威圧するような不気味な雰囲気があった。そして、城の主である部族長『ガレス・グランドーク』が居る執務室のドアがノックされ兵士の声が響く。

「ガレス様、ご子息のアモン様が面会をご希望されております。よろしいでしょうか」

ガレスは行っていた書類作業の手を止めて、ため息を吐くと軽く首を横に振った。

「はぁ、またか。わかった。通せ」

「承知しました」

兵士が返事をして間もなく、ドアが開かれて狐人族の少年が勢いよく執務室に入ってきた。彼はその勢いのまま、ガレスを睨みつけるように見据える。

「父上。あれほど、領民を奴隷として販売することを反対したのに、何故また販売を許可したんですか⁉　国を支える『子供』を他国に流失させては、国が良くなるはずがありません。あれほどお伝えしたではありませんか」

ガレスは、呆れた表情で彼をジロリと見返した。

「アモン、以前も言ったであろう。お前の言葉は具体性がない、ただの理想論だ。それに、売りに出すのは将来も担えない、クズでゴミ弱者の『子供』を選別している。優秀な人材は国内に残っているというのだぞ。何が不満なのだ」

「年端もない子供達を、どのように優秀か否かを判断するというのですか。奴隷販売を今からでもお止めください」

「ふぅ……そこまで言うなら、兄のエルバに相談するのだな。今回の件もすべてエルバが取り仕切っている。私はそれを許可したに過ぎん。お前がどうしてもというなら、兄を説得するのだな」ガレスは心底面倒くさそうに吐き捨てる。

「また、兄上ですか。父上はご自分でご判断をされないのですか……」

アモンは諦めたような表情を浮かべて、父親のガレスを憐れむように見つめる。息子のアモンから見た父親のガレスは、いつからか兄のエルバの言いなりになっていた。どんなに、彼が意見を出しても聞く耳を持たず、聞いたとしても必ず『エルバに相談しろ』と言うばかりである。息子の目線に気付いたガレスは、怒気を込めた瞳でギロリと睨みつけた。

「エルバの話を聞き、有効だと思ったから話を進める『判断』をしたのだ。私が何もできないという言い方は許さんぞ」

「失言、申し訳ありませんでした。それでは、兄上に相談して参ります」

アモンは一礼すると、諦めたように執務室を後にする。彼はため息を吐き、俯いて自身の力の無さを嘆いた。

「……また兄上か。今のままでは近い将来、狐人族は立ち行かなくなってしまうというのに……」

狐人族はドワーフに負けず劣らずの武具製作能力があり、以前はその技術力によって他の獣人族や他国との貿易が盛んだった。

しかし、兄であるエルバが政治に関わるようになってから、税の取り立てが厳しくなり、領民達の生活はどんどん苦しくなっていく。それだけではない、武具の交易も制限が掛かり、国内の軍備増強にその技術力を活かすようになったのだ。

狐人族の首都である『フォルネウ』の町並みは美しく、町民達にもそんな様子は見えない。だが、領内に点々とある小さな村々では見るも悲惨な状況も出始めている。奴隷として販売される子供達は、そんな悲惨な町や村から集められた者ばかりだ。いずれ、その波は少しずつ首都であるフォルネウにも押し寄せるだろう。思い悩んでいたその時、アモンは声を掛けられた。

「あら、アモン。また、無意味なことを考えているの？　ふふ、気を付けないと髪の毛が無くなるわよ」

アモンは声を聞いてハッとすると、顔を上げて声の主を見据えた。

「ラファ姉上……姉上も奴隷の件を承知しているのですか」

「そうね……兄上がなさることに間違いはないでしょうね。それに、あなたの理想論よりも兄上の

方が、現実的なのよ。それじゃあね」そう言うと、ラファと呼ばれた女性はアモンの横を通り過ぎてガレスのいる執務室に入って行った。

「理想がなければ、先に進む事も、新しいことを成すこともできません……理想は明日を変える為の第一歩なんです」悔し気にそう呟いたアモンは、足早に兄であるエルバがいる部屋に向かった。

◇

エルバの部屋の前に辿り着いたアモンは、深呼吸をするとドアをノックした。

「兄上、入ってもよろしいでしょうか」

「アモンか……いいぞ」

返事を聞いたアモンは、意を決して部屋の中に入る。すると、そこにはエルバ以外の人物がおり、机を挟みソファーに腰かけてエルバと二人で何やら楽しそうに話していた。

「マルバス兄さんもいらっしゃるとは思いませんでした」

「なんだ、アモン。ふん……私が居て都合でも悪いのであれば、席を外してやろうか？」

彼は、眉を顰めてあからさまに不満そうに答えた。

「マルバス、あまりアモンをいじめてやるな。まだまだ、子供なんだからな。それより、今日はどうした」エルバはそう言うと、視線をマルバスからアモンに移す。アモンはエルバの機嫌が良い事に安堵し、気持ちを落ち着かせながら言った。

「兄上。領民を奴隷として他国に放出することをお止めいただきたいのです」

エルバは、眉をピクリとさせ険しい表情を浮かべた。すると、部屋の雰囲気が重くなり、辺りに緊張感が漂い始める。エルバは少し怒気を含んだ目でギロリと睨んだ。

「またその話か。どうせ、親父殿にも話して相手にされず、俺に直接相談しろとでも言われたのだろう」

「そ、それは……」

彼から発せられる緊張感と指摘により、アモンはたじろぎうまく言葉が出てこない。その様子に、エルバはつまらなさそうに呆れ顔を浮かべた。

「ふん……この程度の雰囲気に飲まれるような奴がどんな御大層な理想を語ったところで、誰もついては来んぞ。それに、奴隷として放出するにはちゃんと理由もある。お前もそれはわかっているだろうに」

アモンは俯くと、手を拳に変えて悔しそうに震わせた。エルバの言う、奴隷として狐人族の子供達を国外に放出する理由。それは、子供を育てるにはお金と手間、食事がとても必要になるからだ。しかし、今の狐人族の経済状況は厳しく、領内において貧困に苦しむ子供達をすべて救えるほどの支援は不可能である。

その為、奴隷として放出される子供達は、今のままでは将来的に亡くなってしまう可能性が高い。そして、子供達に資金を投入して救ったとしても、『資金回収』には時間がかかり、生産性もあまり期待できない。

だから亡くなる前に『奴隷』として売れば、国の資金になるし子供達も運が良ければ生きることができる。というのがエルバが以前から言っていた考えだ。放っておいても死ぬのであれば、その前に有効活用しようという『情』も何もなく、人を物や金として見るものであった。

「しかし、失礼ながら兄上の案では抜本的な解決にはいつまでも至りません。軍備に資金を回すのではなく、内政に資金を回して短期的ではなく、長期的に領地を見るべきです。兄上、どうか奴隷の件を撤廃願います」アモンはそう言うと、エルバに向かって一礼する。そして、そのままの姿勢で彼の言葉を待った。エルバはゆっくりと立ち上がり、アモンに近づくと彼の頭に『ポン』と手を乗せて優しく語り掛けた。

「はぁ……やはり、お前はまだまだ子供だな。だが……いい加減にその理想論にはうんざりだ」

彼は吐き捨てるように言い放ち、アモンの後頭部を鷲づかみにするとそのまま床に叩きつける。部屋の中にはアモンが床に叩きつけられたことによる鈍い音が響き渡り、彼はわけもわからずに苦悶の表情を浮かべた。

「……!?　ぐぁああ!!　あ、兄上……何を……」

「言葉でわからぬなら、体でわからせるしかあるまい。獣人族の世界に理想はいらん。必要なのは『力』だ。俺に意見するなら、その『力』を見せてみろ」

エルバは吐き捨てるように言うと、手にさらに力を込めた。二人のやり取りにマルバスは、呆れた表情を浮かべている。

「兄上……あまり、ご無理をされないように。床が汚れては掃除が大変です」

アモンはうつ伏せの状態から必死に両手を床に付け、起き上がろうとするがエルバの力にまった

く敵わない。

「うぐ……ぐぁあああああ!!」

それどころか、どんどん押しつぶされる感覚が強くなってくる。『もう駄目だ』とアモンがそう思った時、押し潰す力が弱くなった。エルバの押さえつける力から、解放されるとアモンは激しく咳込んだ。

「ゴホゴホ!! はぁはぁ……」

苦しそうな表情を浮かべ、床に醜く転がっているアモン。その様子を満足そうに見つめたエルバは、彼の髪の毛を掴むと自身の顔の高さまで持ち上げる。そして、アモンの耳元で囁いた。

「許しを乞え、アモン。そうすれば、今日は許してやる。お前に理想は必要ない、俺の命令だけ聞いていればいいのだ。さあ、情けなく、さもしく、俺に許しを乞え、命乞いをしろ……」

アモンは苦しさか、悔しさかはたまた惨めさからか、涙が溢れ頬を伝うのを感じた。だが、今ここで死ぬわけにはいかない。命乞いをしなければ、確実にエルバは容赦なく止めを刺すだろう。アモンは口を震わせながら呟いた。

「あ、あにうえ……もうしわけありませんでした……どうか、いのちだけは……おたすけくださいませ……」

「ふふふ、あははは。本当に命乞いをするとはな。文字通り、口程にもないやつとはお前のような奴を言うのだろう。我が弟ながら、実に情けない……目障りだ!」吐き捨てるように言ったエルバは、彼を壁目掛けて激しく投げつけた。

「がぁ!?」アモンは壁に激突した衝撃と痛みに思わず声を上げる。また同時に部屋には、彼が壁に激突したことで鈍い音が響き渡った。

一方のエルバは、アモンの頭を鷲掴みにしていたことで手に付いた髪の毛を払うと、元のソファーに腰かける。一部始終を見ていたマルバスは、床で蹲っているアモンに蔑むような視線を向けていた。

「全く……理想を言う前に、貴方は兄上のような強さを身に付けるべきでしょう」

「ふん、興ざめだな。今日はお前の無礼を許してやる。この部屋からすぐに去れ。俺の機嫌が良いうちに……な」

「うぅ……も、もうしわけありませんでした」アモンは苦悶の表情を浮かべながら、よろよろと立ち上がる。そして、そのままエルバの部屋を出ると自室へと逃げるように戻った。

命からがら自室に戻ったアモンは、ベッドの横に置いてある『鈴』を鳴らす。それから程なくして、青年の執事が彼の部屋にやってきた。

「お呼びでしょうか。アモン様」

「リック、ごめん。手当を……お願いできるかな」

リックと呼ばれた執事は首を傾げるが、ベッドに寝ている彼に近づくと血相を変えた。

「こ、これは酷い！　誰がこのようなことを……すぐに手当ていたします」

リックはすぐに傷の処置を行い、屋敷の面々に声を掛けようとするが彼に制止される。そして、アモンは処置をされている間に事の次第を説明した。

「あはは……情けないよね。でも、事態が大事にならないように皆には、屋敷内で転んで怪我をしたと伝えるようにお願い……」

「アモン様……」

リックが心配そうに見つめる中、アモンはそのまま気を失った。

エルバの野心とアモンの理想

「はぁ……折角の酒と飯を不味くさせる奴だ」

アモンが部屋を出て行った後、エルバは不満に満ちた表情でグラスを一気に呷る。すると、マルバスが新しいグラスをスッと差し出した。

「お疲れ様です。兄上」

「ふむ。やはりお前は気がきくな、マルバス。アモンもお前のように要領が良ければ可愛がってやるんだがな」

エルバは差し出されたグラスを手に取ると、また呷って勢いよく飲み干した。その様子にマルバスは、エルバの機嫌が戻ったことを察して安堵するが、それを表に出すことはしない。その後も、エルバのグラスに酒を注ぎ雑談をしている中で、マルバスは言葉に気を付けつつ尋ねた。

「兄上、『アモン』が言っていた事に少し重なりますが、今の運営方法では正直三年から四年で、ここ『フォルネウ』の生活にも影響が出始めそうです。そろそろ、兄上のお考えを教えていただきたい」

マルバスは父親であるガレスと兄のエルバから、国の運営をほぼ任されている。だが、その方針を決めているのはエルバである。マルバスはエルバに力こそ及ばないが、政治力や運営力などには長けていた。その能力はエルバも認めており、実質的にマルバスは彼の右腕というべき立場に立っている。

「そうか……だが、四年持てば良いのだ。このまま限界まで軍備に資金は回せ。弱者が死ぬことなど気にしなくて良い」

「四年持てば良いということは……やはり、『獣王戦』が開かれる時に何かお考えなのですか」

エルバはグラス片手にニヤリと笑う。

「俺が『獣王』になれば、様々な指示を各部族にできるようになるからな。それによって狐人族は更なる発展ができるだろう。しかし、俺の本当の目的はその先だがな」

「本当の目的ですか？」マルバスは『本当の目的』と聞いて首を傾げる。

「そうだ。俺の本当の目的は『獣王の撤廃』と『獣人国の再編』だ」

「ほう。それはまた実に興味深いお話ですな。是非、内容をご教授頂きたい」

「いいだろう。マルバスには今後も働いてもらわねばならんからな」

エルバはそう言うと、考えている計画を語り始める。獣人族は人族、エルフ、ドワーフと比べても身体能力が高く、どの種族よりも優れているはずだとエルバは言う。では何故、獣人族は『大陸支配』をできていないのか。それは『獣王』という馬鹿げた仕組みにより、折角の能力を国外に対して活かせていないせいだと続けた。『獣人国』と言えば聞こえはいいが、内情は各部族がお互いに牽制している状況であり全部族の結束力は低い。その為、国力が高いとは言えないだろう。

「勿論、親父殿もすべて承知の上だ。俺が『獣王』となった暁には、すべての部族に対して俺に

『忠誠』を誓うように通達する。そして、逆らうようならその部族を亡ぼしてでも従わせるつもりだ」

「ふむ……その場合、我が部族以外がすべて敵となる可能性もあります。その辺はどうされるおつもりですか」

マルバスの懸念はもっともである。確かに、獣人族すべての部族が結束できれば『大陸支配』も可能かもしれない。だが、実際のところ獣人族は縄張り意識が強い為、組織的な結束をした歴史はなかった。『獣王』に関しても、部族同士での争いが絶えない中で生まれた仕組みである。その仕組みを撤廃するとなれば、各部族の抵抗はそれなりのものになることは想像に難くない。しかし、エルバは不敵に笑う。

「お前の疑問は尤もだな。だが、その為に『奴隷売買』を通じて『各部族』そして『バルスト』や『教国』などの他国との繋がりも作ったのだ。俺が獣王となり、獣人国の統一に動きだした暁には、その辺の国や部族の連中と連動する手はずは既にある程度できつつある……ふふ」

そう、エルバが奴隷売買を始めた理由の一つには、他国と他部族との外交を行うためというのもあったのだ。国によっては奴隷を表向き禁止している所もあるが、どんな国にも欲望にまみれた者はいる。そんな他国の欲望にまみれた相手を中心に、バルスト経由で奴隷を販売することで関係強化を同時に行った。その結果、エルバはすでに他国の有力貴族の一部では名前が知られており、一目置かれる存在となっている。

さらに獣人国の別部族においても、規模はそれぞれに違うが狐人族同様に『救えない子供達』は一定数、必ず存在していた。エルバはそういった子供達を『資金』に換えることで、結果的に国の予算を多少なりとも増やせる。運が良ければ子供達も現状より救われる可能性も出てくると、外交を通じて各部族の有力者達に『奴隷売買の利』を諭した。

最初は他部族における反対の動きも強かったが、実績を出して『利』を伝えることで最終的に懐柔することにも成功している。こうして、他部族と他国に対してエルバは繋がりを作り、彼の目的である『獣人国の再編と統一』と『大陸支配』に向けて着実に力を付けていた。マルバスは驚く気配はなく、ゆっくりと首を縦に振る。

「……つまり、兄上が決起すると同時に周辺国が後ろ盾となるわけですな」

「それだけではない。各部族にも俺同様、『獣王という仕組み』に対して不満を持つ者達はいる。この計画に賛同した上で、忠誠を誓っている者も既にいるからな。そのあたりも含めれば、現時点でも俺の兵力は獣人国では一番だろう」

弱肉強食の考えが基本の獣人国において、エルバの名前を知らぬ者はいない。何故なら、確実に次の獣王として注目されているからだ。他を寄せ付けない圧倒的な力を持つ存在、それが『エルバ』という存在であった。それだけ圧倒的な力だからこそ、父親であるガレス、長女のラファ、次男のマルバスはエルバに絶対の信頼を寄せている。

実のところマルバスは、エルバの計画についてある程度の予想はついていた。だが、あくまでしていたのは予想である為、この機に確認をする意図でエルバに尋ねたのである。そして、その目的を実際に聞いたことで、マルバスは歓喜に震えていた。

『狐人族が大陸を支配する』……通常であれば、そんなことできるはずがないと考える。いや、考えることさえしないだろう。しかし、エルバにはそれができるだけの『力』があるとマルバスは感じていた。マルバスの内心を察したのか、エルバは楽しそうに目を怪しく光らせる。

「俺が『獣王』となり獣人国を本当の意味で統一した後、『大陸支配』に乗り出す……獣人族の力を世界に示すのだ。想像するだけでも、血がたぎらんか」

「はい、その時は是非お供させていただきたく存じます！」マルバスはそう言うと、一礼する。その言動にエルバは満足そうに目を細め、不敵に口元を緩めるのであった。

◇

「うぅ……ここは……」

「にーさま、だいじょうぶ？」

アモンがベッドの上で目を覚ますと、心配そうに覗き見る少女の顔が目の前にあった。その少女の顔を見ると、アモンは安堵した様子でニコリと笑う。

「ああ……シトリー、心配かけたね。もう大丈夫だよ」

「よかった。でも、かいだんでころんだりしちゃだめだよ」

『階段で転んだ』と聞いて、アモンは首を傾げるがすぐにハッとした。意識を失う前、執事のリックに大事にしない為、そうするようにと伝えたことを思い出したのだ。

「そ、そうだね。次からは転んだりしないように気を付けるよ」

「やくそく、だからね？」シトリーは寝ているアモンに対して、小指を立てながら手を差し出した。

アモンは体が少し痛んだが、小指を立てながら手を差し出してシトリーの小指と絡める。

「うん……約束だね」

「へへ……やくそくやぶっちゃだめだよ。にーさま」

シトリーはアモンと指切りをできたことが嬉しかったのか、とても可愛いらしく微笑んだ。つられてアモンも表情を綻ばせたその時、部屋のドアがノックされる。彼が返事をすると、返ってきたのはラファの声だった。

「アモン、起きているのなら少し話したいのだけど、良いかしら」

「わかりました。どうぞ」彼が入室を許可すると、ドアが開かれてラファが入室した。シトリーが部屋に居る事に気付いたラファは、まず彼女に話しかけた。

「あら、シトリーも来ていたのね」

「はい……」

シトリーは頷くが、怯えた表情を見せ萎縮した様子で後ずさった。彼女の言動にラファは、楽し気に目を細めている。

「ふふ……シトリー。そんなに怖がらなくても、今日は何もしないわ。でも、今はアモンと二人で話したいから部屋から出て行ってもらえるかしら？」

「わかりました……」シトリーは残念そうに俯きながら答えると、そのまま部屋から出て行こうとする。その背中に、アモンは慌てて声を掛けた。

「シトリー、来てくれてありがとう。また、来てね」

「……!? はい、にーさま！」

シトリーはアモンの呼びかけに「えへへ」と笑うと、そのまま部屋を後にする。彼女を見送った後、少し間を置いてラファがアモンに話しかけた。

「それにしても、アモンは馬鹿ね。兄上の怒りを買い続けると早死にするわよ」

「そうかもしれませんね……」

アモンはラファの言葉を受け止め、なんとも言えない自虐的な笑みを浮かべている。ラファはそんな彼の顔を見て、首を傾げながら尋ねた。

「前から気になっていたんだけど、兄上を止めてまで貴方は何がしたいのかしら。あなたが理想とする世界はどんなものなの」

「……どういうおつもりですか？」アモンは怪訝な表情を浮かべ首を捻る。今までアモンの理想は家族の誰に言っても伝わらず、聞いてももらえなかった。当然、その中にラファも含まれている。何故、今になって聞こうというのだろうか。するとラファは、楽しそうに目を細めた。

「ふふ……そう警戒しなくて良いわ。ただのきまぐれよ。殺されるかもしれないのに、それでも兄上の怒りを買い続ける貴方に興味が湧いただけ。あなたが言いたくないなら、それでもいいのよ」

アモンは彼女の表情を窺い真意を探ろうとするが、やはりよくわからない。そもそも、『ラファ』自体が何を考えているのかよくわからない女性である。父親であるガレスや次男のマルバスは、長男のエルバを信頼していると言っていいだろう。ラファもエルバを信頼しているのは間違いないのだが、彼女はどこかエルバと距離を置いているような感じがする。

しかし、何故かはよくわからない。もしかすると、周りにそう思わせること自体がラファの目的なのかもしれない。それから間もなく、口を開いたのはアモンだった。

「そうですね……折角の機会ですから、姉上に聞いていただきたいと思います」

「面白くない話なら、途中で退室するわよ？」

アモンは苦笑しながら、彼女に自身の考えを語り始める。彼は狐人族の高い製作技術に着目しており、その技術力を他部族や他国に売り込むことで狐人族を発展させることを考えていた。狐人族の技術力は、ドワーフに勝るとも劣らないとまで言われるものである。その技術力を活かして他国や他部族が『必要とする商品』を受注、製作、販売することで永続的に収入を得ていくことを理想と考えていた。

「狐人族がまとまり技術を集結すれば、必ず他部族や他国が欲しがる品質の物を量産することができます。そして、部族としての資産も築くことができれば、それこそ『奴隷売買』なんてしなくても国は豊かになるはずです」

しかし、ラファはつまらなそうに欠伸をすると残念そうな表情をした。

「やっぱり、あなたの話はつまらなかったわね。一つ質問して良いかしら？」

「……なんでしょうか？」

つまらないとハッキリ言われたことで、アモンはムッとして不満そうにしている。だが、彼女は気にする様子もなく、怪しく目を細めた。

「ふふ、仮にだけれど、貴方の言う通り狐人族の技術力を世に知らしめたとして他国と他部族は

「……私達、狐人族を放っておくのかしら？」

「それは……」アモンは言葉に詰まってしまう。

高い生産技術を持っているということは、それだけ品質の良い武具を作れることにも直結する。

身体能力が高いと評される獣人が、品質の良い武具をも揃えられるということは、狐人族の周辺国にとっては脅威に映るかもしれない。

その時、何が起こりえるのか？　考えなかったわけではない。だが、考えたくないことではあった。アモンは少しの間を置いて、おもむろに答える。

「……他国が攻めて来ると言うなら、兄上達に協力をお願いして戦うしかありません」

ラファは眉をピクリとさせ、顔を顰めた。

「アモン……貴方のそういう所が甘いのよ。兄上のやり方を否定しているのに、いざとなったら兄上を頼るというの？　兄上と違う道を進むというなら、兄上と決別する覚悟を持ちなさい。そして、兄上に頼るなんて考えないこと。そうすれば、貴方の掲げる理想も少しは面白くなるかもしれないわ」

「……」

アモンは、ラファの指摘に何も言い返せなかった。確かに、エルバの考えを否定しておきながら、いざとなったら彼等に頼るという考えは都合がいいと言われてもしょうがないだろう。アモンはラファの言葉で己の未熟さに気付かされ、俯きながら悔しそうに下唇を噛んだ。

するとラファは、俯いているアモンの顎を掴み無理やり顔を上げさせる。そして、その表情を見て満足そうに目を細めた。

「あはっ。話は全体的につまらなかったけど、今のあなたの表情はとても良くて面白いわ……じゃあね、アモン」ラファはそう言うと、踵を返しそのまま部屋を出て行った。アモンは彼女に何も言い返せずに、背中を悔しそうに見送った。

◇

アモンの部屋を出たラファは、出てきた部屋のドアに気怠そうに背中を預けた。そして、正面に見える窓の外を眺めながらつまらなそうに呟いた。

「ふぅ……才能と素質はありそうだけど、アモンは駄目ね。どこかに兄上を超えるような、私を楽しませてくれる人はいないかしら？」

この約一カ月後、エルバが主導して行った『奴隷売買』がバルストで実施される。そして、その結果が狐人族の将来を大きく左右するものになるとはこの時、誰も予想だにしなかった。

書き下ろし番外編

ファラと魔法

「はぁあああ！」

「姫様、その調子です」アスナはそう言って、こちらの木刀による斬撃を軽く受け止めた。でも、ここで終わるわけにはいかない。「まだまだいきます！」と声を張り上げ、彼女に向かって新たな斬撃を繰り出していく。

リッド様との婚姻が正式に決まり、ザックとアスナに武術を教わり始めてから約一カ月が経過した。彼の妻として横に並び立てるように始めた武術訓練は、日に日に激しさを増している。だけど、アスナやザックには遠く及ばない。

訓練とはいえアスナと対峙することで、リッド様が遥か遠いところをすごい勢いで進んでいると実感した。だからこそ、少しでも追いつくことができるように日々の時間をこの訓練に費やしているけれど、成長を実感できずに焦りばかりが先行してしまう。

その時、心を見透かしたようにアスナが斬撃を躱しながら、私の首筋に優しく木刀を当て「姫様。今日はここまでにしましょう」と微笑んだ。同時に緊張の糸が切れて、その場でへたり込む。

「はぁ……はぁ……どうでしょう、アスナ。少しでも私は上達していますか？」

「少しどころではありません。短期間で驚くほどの上達ぶりでございますよ、姫様」

そう言うと、彼女はこちらに向かって手を差し伸べてくれる。深呼吸をして息を整えると、「ありがとう、アスナ」と答えその手を握り立ち上がった。

「ふぅ……それにしても、本当に私は強くなれているのでしょうか？　ザックやアスナは私に才能があると言ってくれますが、二人比べるといつも不安になります」

「あはは。姫様、それは杞憂というものです。先程もお伝えした通り、この短期間で私やザック殿に才能があると認められるほどに『成長』していることは間違いありません。もっと自信を持って大丈夫でございます」

「はぁ……それなら良いのですが……」

ため息を吐くと、彼女と間合いを取って木刀を構える。

「さぁ、アスナ。もう一度お願いします」

「申し訳ありません、姫様。本日はこの後、ザック殿が姫様に新しくお伝えしたいことがあるとのこと。一旦、迎賓館に移動いたしましょう」

『ザックが伝えたいこと』とはなんだろうか？

「そうなんですか……？　わかりました。ですが、服装はどうしましょう」

「ザック殿曰く、服装は稽古着で来るようにということです」

「そうですか。では、このまま行きましょう」

コクリと頷くと、アスナと共に訓練場を後にしてザックが待つという迎賓館に移動した。

◇

迎賓館に到着すると、屋敷のメイドに声を掛けザックを呼んでもらう。程なくして、彼が足早にやって来ると私達を見てペコリと一礼した。

「ファラ様、ご足労頂きありがとうございます」

「いえ、構いません。ザックとアスナは私の師匠ですから、気にしないで下さい。それよりも、アスナから聞きましたが、私に『伝えたいこと』とはなんでしょうか？」

「そうですな。しかし、ここだと説明しづらいので場所を変えましょう。すでに準備も整っております」

「……？　わかりました」

意図がわからないまま頷くが、ザックは目を細めて楽しそうにしている。それから間もなく、彼は迎賓館の裏庭に案内してくれた。そこは、『的』のようなものが設置してある少し開けたところだけれど、ここで何をするんだろうか？　そう思っていると、彼が「ゴホン」と咳払いをした。

「今回、ファラ様にお伝えしたいことは『魔法』でございます」

「……!?　魔法を教えて頂けるんですか！」

声がつい大きくなってしまう。だけど、ザックは驚く様子もなく「はい」と頷いた。

「元より武術がある程度の練度に達した時点でと考えておりました。ファラ様はとても飲み込みが早いですから、きっと魔法も問題なく扱えるようになるでしょう。では、早速始めますぞ」

「ありがとう、ザック。よろしくお願いします！」

魔法も使いこなせるようになれば、リッド様により近づける。そう意気込んでいると、ザックがこちらをのぞき込み「ふむ。やる気は十分のようですな」と微笑んだ。

「ふふ、当然です。さぁ、何からすれば良いのでしょうか？」

「では、ファラ様。早速ですが、まず私の魔法をお見せします。その後、座学を行い実際に魔法を試してみましょう」

「わかりました。お願いします」私が頷くと、彼は会釈をしてから少し離れた場所に設置してある『的』に視線を移す。そして、右手を的に向かって差し出すと「風刃」と呟く。すると、ザックの右手を中心に風が渦を巻き、間もなく的に向かって風が放たれる。そして、あっという間に的が真っ二つになってしまった。

「ふぅ。今のがレナルーテにおいて代表的な風の属性魔法である『風刃』です」

「はわぁ……」思わず感嘆の声を漏らした後、ハッとしてすぐに駆け寄った。「ザック、凄いです！この魔法を教えてくれるんですね！」

「はい。我らダークエルフは、魔法の発動に必要な属性素質は『闇』と『風』は誰しも持っていると言われておりますから、ファラ様にはまずこの『風刃』を発動できるようになっていただきます。では、一旦場所を変えましょう」

その後、ザックの指示に従い迎賓館の一室に場所を変えてしばらくの間、座学を行う。魔法についての知識はほとんど持ち合わせていなかったけれど、彼の説明はとてもわかりやすかった。

「つまり、魔法を発動させる為には、『魔力変換』、『適切な属性素質』、そして『想像力』が重要ということなんですね」

「その通りです。今回の場合、属性素質はおそらく問題ないでしょう。最初に『風刃』もお見せしているので、イメージもしやすいかと」

「なるほど……それでは、『魔力変換』を扱えるようになれば良いのですね」

コクリと頷き身を乗り出すと、彼は頷いた。

「仰せの通りです。後は、魔力変換の感覚を掴むまで訓練あるのみですな」

「わかりました。早速、先程の場所に戻って訓練を始めましょう！」

勢いよく答えると、ザックが魔法を披露してくれた場所に移動して、早速『魔力変換』を試してみる。しかし、初めてということもあってか、中々に感覚が掴めない。それらしいものを感じることはできるんだけどなぁ。苦戦していると、彼がこちらにゆっくり近寄って来た。

「魔力変換はいかがですかな？」

「うーん。座学で習った『生命力』のようなものを何となく感じることはできたと思うんですが、その先にはまだ至っていないという感じでしょうか……」

座学において魔力の源は誰にでもある『生命力』と習った。言われるまで考えたこともなかったけれど、実際に自分の中に意識を向けると、それらしい『何か』を少しだけ感じる。でも、魔力変換を行うにはもっと明確に感じる必要があるのだろう。すると、ザックはゆっくり頷いた。

「なるほど。しかし、悲観することはありません。我らダークエルフは『魔力変換』を得意とする種族でもあります。それ故、今の感覚をより研ぎ澄ませば、いずれ近いうちに魔法を発動できるようになりましょう」

「……そうですか。ですが、私は近々、バルディア家に嫁ぐ身上です。『いずれ』では遅いのです。何かもっと早く魔法を扱える方法はないでしょうか？」

そう答えつつ、切実な眼差しを彼に向けた。リッド様、こうしている間にもどんどん先に進んでいるはず。ここで足踏みするわけにはいかない。程なくして、ザックは「ふむ……」と相槌を打った。

「それでしたら、良い方法がないわけではありません」

「本当ですか⁉」

思わず声が大きくなるが、彼は眉間に皺を寄せて渋い顔を浮かべる。

「しかし、ファラ様。この方法には『強烈な痛み』が伴います故、あまり使用したくはありません」

「強烈な痛み……ですか？」

その後、ザックは『強烈な痛み』について説明してくれた。曰く、ザックが外部から『魔力変換』を行ってくれることで、強制的に私は魔力を自覚できるそうだ。だけど、他者から『魔力変換』をされると当人には『強烈な痛み』が走る。それもしばらく耐えなければならないという。

「……従いまして、私個人の意見としまして使用したくはないのです」

「なるほど。内容はわかりました。しかし、私には先程も言った通り時間がありません。痛みを耐えることなど造作もないことです。ザック、遠慮なくお願いします」

「姫様……本当によろしいのですか？」横で話を聞いていたアスナが心配そうに尋ねてきた。

「心配してくれてありがとう、アスナ。でも、リッド様の横に少しでも早く立つために必要なことですから、覚悟の上です。何があっても絶対に止めないでくださいね」

「……承知しました」

「さぁ、ザック。改めてお願いします」

「畏まりました。では、ファラ様。恐れながら両手を出していただけますかな」

「はい。これで良いですか？」

彼は頷くと、私の両手を優しく掴む。そして少しの間をおいて「いきますぞ」と呟いた。その瞬間、電流が走ったような痛みが全身を襲ってくる。思わず「あう……⁉」と呻（うめ）き声を漏らしてしまった。すると、ザックが心配そうにこちらを見つめる。

「ファラ様。大丈夫ですか。今からでもお止めになりますか？」

「い、いいえ。続けて……下さい。少し……驚いただけです。ふふ、それにこれぐらいは……痛気持ちいぐらい……です」このまま止めてもらうわけにはいかない。目に力を込めて、見返しながらそう言うと彼はニコリと頷いた。

「流石でございます。では、さらに強めますぞ」

「え……⁉　はぅうううう！」

その後、ザックの言葉通り私は激しい痛みに襲われるも何とか耐えきった。しかし、思った以上に体力を消費したらしく終わると同時に、その場にへたり込んでしまう。同時に「姫様！」とアスナの声が響く。

駆け寄ってくる彼女に「だ、大丈夫。少し、疲れただけです」と微笑みながら声をかけた。すると、アスナは安堵した表情を浮かべる。

「姫様、あまり無茶はなさらぬようお願いします」

「そうね……心配させてごめんなさい。でも、これは私が望んだことですから、避けては通れません」

そう言って立ち上がると、ザックが少し驚いた表情を見せる。しかし、彼はすぐに目を細めた。

「ファラ様。その想い立派でございます。では、もう一度先程のように魔力変換を行ってみて下さい」

「わかりました」

深呼吸を行い目を瞑り集中すると、先程とは違い明確に魔力の元になる生命力を感じることができた。でも、これで終わりじゃない。そのまま、習った通りに『魔力変換』を行うと、これなら魔法を発動できるという確信のようなものを感じることができた。そして、目をゆっくり開けると離れた場所にある的に向かって右手を差し出して「風刃」と唱える。辺りに風が舞い、的に向かって風の刃が飛んでいく。気付けば、的は真っ二つになっていた。

「や、やった……やりました！」

歓喜の声を上げてアスナとザックに視線を向けるが、彼らは何やら唖然としていた。

「まさか、魔力変換から魔法発動まで一気に進むとは思いませんでした。いやはや、ファラ様はリッド様に負けず劣らず末恐ろしい才能をお持ちのようですな」

「ザック殿の言葉に同意します。さすが姫様です」

予想外の反応に私は思わず、「え……？」と首を傾げるのであった。

◇

魔法を使えるようになってから、また一カ月程度の時が経過した。最近では、アスナとザックから『身体強化』を教わったことで武術訓練がより一段と激しいものになっている。でもその分、自分の成長を感じることができていた。

だけど、リッド様の横に並び立つ為にはまだ足りない。ノリスとの一件で彼が見せたような魔法を思い出すと、そう感じざるを得なかった。私もあんな魔法を扱えるようになりたい……そう考えながら魔法の訓練に勤しんでいると、アスナから声を掛けられた。

「姫様、何かお悩みですか？　先程から少し気が散っているように感じますが……」

「え……!?　あ、心配かけてごめんなさい。実はリッド様が見せてくれた魔法を、私もいつか使えるようになりたいなと思って……」

「リッド殿が見せた魔法……ですか」彼女は思い出すように呟くが、すぐにハッとした。「まさか、あの大規模な魔法のことでしょうか？」

「うん。でも魔法の仕組みを知れば知るほど、リッド様がどうやってあんな魔法を発動したんだろうって気になってるの」

ザックから教わった話では、魔法の発動に必要なのは『想像力』と『魔力』だ。でも、リッド様が見せた大規模な魔法を発動するには、相当具体的なイメージに加えて莫大な魔力が必要になる。だけど、彼が見せたあの魔法は根本的に何かが違う気がしていた。すると、アスナが「うーん」と首を傾げる。

「私は魔法についてはあまり詳しくありませんが、確かにあの魔法は異質でしたね。あの時、姫様はリッド殿の近くに居られました故、彼の言葉が何かヒントになるやも知れません。何か気になる言葉は覚えていませんか？」

「いいえ、そんな言葉は……」と答えたその時、ふとあることを思い出して口元に手を当てる。リッド様はノリスと対峙して魔法を発動した後、私達の説得で我に返るとすぐに気を失った。でもその時、気を失う前にこうも言っていた『あれは大規模魔法ではありません。ただのファイアーボールです』と。

もし、あの言葉がそのままの意味だとすれば、リッド様は『ファイアーボールを発動してから、魔力を供給して大きくした』のではないだろうか？

それに私はあの時ずっとリッド様のことを見ていたけれど、彼は魔法を発動する前に何か手を合わせて力を込めるような動きをしていたと思う。だとすれば……と考えを巡らせていた時、「姫様、大丈夫ですか？」とアスナに声を掛けられハッとした。

「あ、ごめんなさい。ちょっとあの時のことを思い出していたの」

「あの時……？　あぁ、リッド殿が大規模魔法を発動した時のことですね。それで、何かヒントになりそうなことはありましたか？」

「そうね……気になることはあったから、少し試してみます」

私はそう言うと、少し離れた場所にある的に視線を向ける。そして、リッド様がしていたように両手を合わせて手の中で魔法発動した。

(風刃……！)

すると魔法の核のようなものが手の中に生まれたのを感じた。そして同時に、生まれた核のようなものが外に出ようとする感触が手から伝わってくる。この瞬間、リッド様が行っていたことを『これだ！』と直感した。

おそらく、彼もこうして魔法の核を手の中で生み出して魔力を供給。その後、発動したのだろう……なら、私も同じことをやってみればいい。

その後、手の中に生まれた『風刃』の核に魔力を込め続けた。そして、抑えきれないと感じると同時に（この魔法は……ダメ！）と直感して、リッド様がしたように空に向かって解き放つ。すると、辺りに突風が巻き起こり凄まじい轟音(ごうおん)が鳴り響く。やがて落ち着くと、私は自身の発動した魔法に唖然としてしまった。

「姫様、ご無事ですか！　一体、何をされたんですか⁉」

「え、えっと、リッド様が見せてくれた魔法を思い返しながら真似してみたんだけど、当たりだったみたい」

「なんと……あはは、流石はリッド殿の妻になる姫様ですね」

アスナの言葉が嬉しくて、つい私は「えへへ……」とはにかんだ。その後、この魔法については私とアスナだけの秘密にした。仕組みは何となく理解したけれど、元々この魔法はリッド様がおそらく考案したものだと考えたからだ。

「それにしても、先程の魔法はシャドウクーガーの咆哮(ほうこう)を思い起こすような爆音でしたね」

「……⁉　それ、良いですね。なら先程の魔法名は『猛虎風爆波』にしましょう！」

私は名案とばかりに意気込むが、彼女はきょとんとして「え……？」と首を傾げていた。

紙書籍限定
書き下ろし番外編

エルバという存在

た合衆国である。これは、各部族による紛争を防ぐ意図に加え、マグノリア帝国などの大国と紛争となれば一部族だけでは対抗するのが難しいと考えた先人達の知恵でもあった。

実際、獣人がいくら身体能力に優れているとはいえ一部族の領地だけで見れば、大国からすれば恐れることはない。しかし、十一部族が結託するとなれば別である。

獣人国ズベーラは数年に一度開催される『獣王戦』で国の代表となる『獣王』が選出されるのだ。

当然、獣王を輩出した部族はズベーラ国内における影響力は非常に強くなる。獣王になればズベーラの中心地に位置する王都の政策と城を自由に扱うこともできるという利点も大きい。

王都は立地的に各部族の領地に囲まれた中心地に位置する場所にある為、各領地との貿易など物流を押える物理的な影響力も手に入れることができる。

従って、どの部族も『獣王』を輩出することに余念がないのは当然と言え、この仕組みの開始とともに獣人国ズベーラは『弱肉強食』の考えが色濃くなったと言われていた。

そして、物語はリッド・バルディアが前世の記憶を取り戻すことになる数年前に遡る……。

◇

狐人族の領地はバルストやマグノリア帝国のバルディア領に隣接する南東に位置している。その首都は『フォルネウ』と呼ばれており、中心には部族長であるグランドーク家の豪華な屋敷が立っていた。そして、その屋敷の執務室では狐人族の部族長、『ガレス・グランドーク』と一人の狐人族の男性が互いの主張をぶつけ合っていた。

「兄上、部族の長として我が領内の状況をどうお考えか⁉　今のまま厳しい税を敷き、軍拡を続ければ、民は疲弊して狐人族は衰退してしまいますぞ。民あっての長、民なき長など滑稽です。故に、政策を見なすべきと以前より申し上げているではありませぬか！」

「……グレアス。お前の言わんとしていることもわかるが、獣王戦も間近に控えている。その議論は今すべきことなのか？　それに、私が獣王となればその問題は解決する。獣王がズベーラ国内においてどれほどの影響力があるのか……私の弟であるお前が、それを知らぬわけではあるまい？」

ガレスは諭すように『グレアス・グランドーク』に問い掛ける。グレアスは、黄色く澄んだ瞳と白い髪。そして、整った顔立ちを綺麗な髭で覆った初老の男性だ。しかし、纏う雰囲気は毅然としており高潔な武人のようであった。彼はガレスの言葉にゆっくりと首を横に振る。

「確かに、『獣王』となれば現状でも狐人族の領地が豊かになるのは事実でしょう。ですが、『獣王』に頼る『政策』が根本的に間違っていると申し上げているのです。私が骨肉の争いを避け、兄上に家督をお譲りしたのは国を豊かにして民を導くため。そのことは十分にご承知でしょう」

「勿論、感謝しているさ。家督をどうするか揉めた時、私を部族長に推薦したのは、他でもないお前だからな。だが、部族長は私なのだ。グレアス、わかってくれ」

二人の間で議論はその後もしばらく続いたが、平行線のまま結論が出ることはなかった。

◇

執務室を退室したグレアスは苦々しい表情を浮かべる。

「兄上……獣王に拘り続けることは、狐人族の全体の首を絞めるというのに。やはり、貴方の言葉を信じた私が愚かだったのだろうか……」

ガレスとグレアスは、十年以上前に家督をどちらが受け継ぐのか？　という問題に直面した。その際、グレアスは家督争いによる混乱を避ける為に自ら辞退を申し出て、兄を支えることを公言している。その際、ガレスはグレアスの意向をできるかぎり反映した領地運営をしていくと、秘密裏に約束をしてくれたのだ。だが、当初こそグレアスの意向は尊重されていたが、昨今のガレスは家臣達の諫言を聞かず、強引に軍拡を進めている。今のままでは、狐人族の領地は緩やかに荒れ果て、衰退してまう。

「やはり、決断の時なのかもしれんな……」そう呟き、グレアスが足を進めていると「叔父上……少しよろしいか」と声を掛けられる。声のした場所に振り向くと、そこには大柄の男が腕を組み不敵な笑みを浮かべていた。

「なんだ、エルバか。どうした、久しぶりに戦斧の稽古でも付けてほしいのか？」

「ふふ。それも面白そうですが、一つ忠告をしておきたいと思いましてな」

「忠告だと……？」

首を傾げるグレアスをエルバは「まぁ、しかしここでは何ですから、私の部屋に参りましょう」と言葉巧みに自身の部屋に連れて行く。そして、棚から高そうな酒瓶を取り出した。

「叔父上も酒はお好きでしたな。折角ですから、飲みながら話しましょう」

「ああ……それで、忠告とはなんのことだ？」

エルバは自ら二つのグラスに酒をなみなみと注ぐと、ソファーに腰かけているグレアスに一つ差し出した。彼がグラスを受け取ると、エルバは満足そうに机を挟んだソファーに腰かけ足を組む。そして、グラスの酒を一気に呷ると「ふぅ……」と息を吐く。勿体ぶる様子にグレアスが眉間に皺を寄せ渋い顔になるが、エルバはむしろ楽しそうに悠々と口火を切った。

「……悪いことは言いません。軽率なことは考えるだけにして、大人しくしておくことです」

「何が言いたい……」グレアスは声を落として、ギロリと彼を睨む。しかし、エルバは全く動じず、自身のグラスに酒をなみなみと注ぎながら答えた。

「私はすべて知っているのですよ。親父殿の政策に不満を抱いている者は、叔父上だけではありません。親父殿が今まで部族長としてこの領地を運営できていたのは、叔父上が不穏分子達をうまくまとめていたからでしょう。ですが、それもそろそろ限界にきている。違いますか？」

そう言うと、エルバはグラスに入った酒をまた一気に呷った。グレアスは「ほう……」と相槌を打つ。

「ついこの間まで、戦斧の使い方を教えてくれと言っていた可愛い子供が、言うようになったじゃないか」

「確かに、私に『戦い方の基礎』を教えてくれたのは叔父上です。だからこそ、こうして忠告しているのですよ。それに……」エルバはニヤリと口元を緩めた。「叔父上には待望の子供が生まれると聞きました。混乱を避ける為、秘密にしていたようですねぇ……叔父上は生まれてくる子のことだけ考えれば良いのです。不穏分子など切り捨ててしまったほうがよろしいかと存じますよ」

「……!?　エルバ、貴様はどこでそれを知った！」

思いがけない指摘にグレアスは血相を変えて、声を荒らげる。しかし、エルバは不敵な笑みを浮かべて手に持ったグラス越しに彼を見つめた。

「ふふふ。だから言ったではありませんか？　私はすべてを知っているとね。親父殿との家督争いの時、実は叔父上の方が部族長に相応しいと囁(ささや)かれていたそうではありませんか。しかし、民を思うばかり、領内の混乱を避けるというくだらない理由で争いを避けた。それを今になってとは……軽率なお考えです。今なら私の胸の内に秘めておきます故、お止め下さい」

過去の傷を抉(えぐ)るような指摘に、グレアスは苦虫を噛み潰したような表情を浮かべる。確かに、ガレスとグレアスのどちらが部族長に相応しいか？　という議論が勃発した際、グレアスは戦うことを避けた。しかしそれは、ガレスがグレアスの主張を尊重するという条件が秘密裏に結ばれていたからこそでもある。

もし、あの時に戦うことを選んでいたら狐人族の領地は今もその傷跡が残っていただろう。エルバの言っていることは、結果論に過ぎない……グレアスはそう考え自らを落ち着かせるように深呼吸をする。

「……お前の言わんとしていることはわかった。胸に止めておこう」

「そうですか。なら私も忠告した甲斐があるというものです。ふふふ」

エルバの笑みに対して、グレアスは眉間に皺を寄せながら自身の手元にあるグラスの酒を一気に呷った。

「……それと、この酒は不味い。次の機会があれば、もっと美味い酒を用意してほしいものだ」

「それは残念です。私の一押しだったんですがねぇ」

「ふん。味音痴なのは幼い頃と変わらないようだな。では、私はこれで失礼する」

グレアスはそう言うと部屋を出ようとその場で立ち上がり、踵を返す。しかし、そんな彼にエルバが「ああ。そうだ、叔父上。一つ言い忘れていました」と後ろ髪を引いた。

「……なんだ」

怪訝な表情を見せるグレアスに対して、エルバはグラス越しに悠々と彼を見つめた。

「私は敵対する者には容赦いたしません。どうか、覚えておいてください」

「わかった。覚えておこう」そう言ってグレアスが部屋を出ていくと、エルバは一人楽しそうに笑い始めた。

「事を起こせば見せしめ、起こさなければ妻子を人質に飼い殺し。どちらにしても、叔父上の運命は決まっている。しかし、俺も人の子。できれば、血が繋がった者達を殺したくはないのだがなぁ……ふふふふ……あはははは！」

◇

「くそ……！　エルバの奴、どこで我が子のことを知ったのだ。これは、事を急がねばならんかもしれん」

グレアスは忌々し気に小声で呟きながら屋敷の中を足早に進んでいると、前から子供の狐人族がやってきた。その子は、彼を見るなりパァっと笑みを浮かべる。

「叔父上！　屋敷にいらしていたのですね」

「おお、アモンか。元気にしていたか？」

グレアスの表情が、先程より少し明るくなる。

「はい、叔父上も元気そうで何よりです。あの……この後、武術の稽古なんですが叔父上からご教授頂くことは可能でしょうか？」

「いや、すまんが今日は要件がある故、急ぎ戻らねばならんのだ」

「そうですか。残念ですが、仕方ありませんね。では、こちらに来られた時にまたお願いします」

アモンは目を輝かせていたが、少しシュンとなってしまった。「うむ……」と相槌を打ったグレアスは、ハッとして問い掛ける。

「そうだ、アモン。以前、教えた『民なくして……」

「『民なくして、長は務まらない』ですよね。ふふ、叔父上はいつもそう仰っていますから、もう覚えていますよ」

「そうか。お前は私の幼い頃によく似ている。その澄んだ瞳が濁らぬまま、大きくなってほしいものだ」そう言うと、グレアスはアモンの頭を優しく撫でた。

アモンは言動の意図がわからず、「叔父上……？」ときょとんとして首を傾げる。しかし、グレアスは気にする様子もなく、「では、またな」と言い残して屋敷を去るのであった。

◇

グレアスは自身の屋敷に戻ると、すぐにどこから我が子の情報が漏れたか確認したが、有力な手掛かりは見つからなかった。止む無く彼は、自身を支持する者達と連絡を取り今後の方針を確認するべく秘密裏に集会を行う。

情報が洩れている状況もあり集まった者達が疑心暗鬼になるなか、ここで引くか進むか決断しなければならない。動きは完全に後手に回っている。だが、グレアスとしては最早引くことはできない。エルバは『不穏分子は切り捨てろ』と言っていた。それはおそらく、ここに集まった面々の情報はすでに得ているということだろう。つまり、進む決断をしなければ、グレアスを支持してくれた者達には何かしらの処分が下される可能性が高い。

此処で引けばグレアスだけは助かるかも知れないが、彼等からすればそれは裏切りと変わらないのだろう。勿論、支持者が処分されればグレアスが決起することは今後不可能に近くなる上、人望もなくなることは想像に難くない。そしてこの機を逃せば、ガレスの暴政を止めることはできないということだ。議論が白熱する中、グレアスは重い口を開いた。

「情報が洩れているということは、すでに我らの周りは火に覆われているのだろう。進んでも、引いてもこの身は焼かれることになる。ならば、身を焼かれながらも死中に活を求めるしかあるまい。それにこの機を逃せば、ガレスに立ち向かう力もなくなってしまうだろう。皆、すまんがその命をどうか私に預けてほしい」

グレアスがこの場にいる支持者達に向かって深々と頭を下げた。辺りが静寂に包まれる中、一人の支持者がゆっくりと頷く。

「承知した。我が命、貴殿に預けよう。狐人族の未来の為、共に戦おう」

その言葉がきっかけとなり、支持者達はグレアスと共に決起することに次々賛同の声を上げるのであった。

◇

集会が終わった翌日、グレアスは自身の屋敷のとある部屋を訪れた。彼がノックしてから入室すると、部屋にいた小柄な女性がパァっと明るい表情浮かべた。つられるようにグレアスもふっと顔を綻ばす。

「マリチェル、変わりは無いか?」

「はい、グレアス様。私もこの子も元気一杯です!」

彼女はそう言うと、お腹を愛おしげにさすって微笑んだ。マリチェルは、狐人族でも珍しい『特殊魔法』を代々受け継ぎ扱える部族であった。しかし、その希少性から奴隷商や他部族など様々なところから狙われてしまう。結果、マリチェルの集落にいた狐人族は散り散りとなってしまった。

そんななか、彼らの状況を問題視したグレアスが行動を起こし、『マリチェル』を保護したのである。彼女は、黒く艶のある髪と薄い青色の瞳をしており、その肌は雪のように白い。かなり小柄でパッと見は女性というより、幼い少女にも見える。

しかし、彼女がさすっているお腹は膨らんでおり、そこには確かに小さな命が宿っていた。そんな彼女の言動に、グレアスはクスリと笑うが、すぐに険しい表情を浮かべる。

「マリチェル。これから話すことは君にとって、とても辛いことかもしれない。だが、私は誰よりも君と、この子を愛していることを忘れないでくれ」

「え……えっと、グレアス様、急にどうしたんですか？　まるで遺言みたいです」

唐突な切り出しに、彼女はきょとんと首を傾げた。

「ふふ……遺言か……言い得て妙だな。だが、マリチェル。安心してくれ。私は死ぬつもりなどない」

そう言うと、グレアスは自身の置かれている状況。そして、今後どんな動きが予想されるのかを、淡々と彼女に伝えていくのであった。

◇

グレアスとエルバのやり取りから一ヶ月程度が経過したある日。エルバは自室において、弟であるマルバスから報告を受けていた。なお、エルバはソファーにどっしりと腰かけており、マルバスは立ったまま淡々と報告書を読み上げている。

「……以上が叔父上、グレアス・グランドーグを支持する者達です。そして、父上と兄上が王都に出向いた翌日が謀反(むほん)の決行日となっているようですね」

「はは、さすが叔父上だ。俺達の留守中にすべてを掌握するつもりなのだろうな」

「……兄上、父上には本当にこの件を報告しなくてよろしいのですか？」

マルバスが少し不安げに尋ねるが、エルバは表情を変えずに淡々と答えた。

「ああ、これは俺達だけで解決した方が良い問題だ。親父殿は部族長という立場がある以上、あまり手荒な真似を家臣にできん。しかし、部族長の長男である俺ならば、ある程度のことは許容される。それに悪名を轟かす方が、国内外に対しての抑止力にも繋がるからな。そして、俺を諫めることができる存在として親父殿の評価もあがるだろう」

「そこまで考えていたのですか……感服しました」

「まぁ、今後の事を考えれば、叔父上には協力してほしかったがな。しかしこうなった以上、是非もない。それに、叔父上には『敵対する者には容赦しない』とも伝えている。言ったことは守らないとな……俺は約束を守る男さ」

その時、扉がノックされメイド姿の狐人族が入室してきた。

「……なんだ、貴様。人を呼んだ覚えはないぞ」

マルバスが威圧的に言いよると、メイドは「ふふ、私よ。マルバス」と言ってニヤリと笑う。その瞬間、彼女の容姿がみるみる変化していった。その様子にマルバスが「な……!?」と驚愕する。

やがて変化が落ち着き、目の前に現れた女性を見ると彼は呆れた様子で首を横に振った。

「姉上、素晴らしい『化術』ですが悪戯が過ぎます。屋敷でその術を使用する必要はないでしょう」

「あはは、良いじゃない。その反応が見たかったのよ」

楽し気に笑う妖艶な狐人族の女性は、グランドーク家の長女である『ラファ・グランドーク』であった。彼女は『化術』という『他人の姿に魔法で変身する魔法』を高度に扱うことができる存在でもある。

「それで、ラファ。指示を出した情報は手に入ったのか？」

エルバの問い掛けに対して、ラファは目を細めて頷いた。

「ええ、兄上。叔父上の子を宿した『マリチェル』は、やはりどこか別の場所に隠すみたいね。でも、その動きも把握してるから見落とすことはないわ。ふふ、だから思う存分、兄上の好きに暴れて大丈夫よ」

「やはり愛しい存在は隠す……か。ふふ、よくやってくれたラファ。これで、当日はより楽しめそうだな」

エルバはそう言うと、満足そうに笑みを浮かべるのであった。

あとがき

皆様、こんにちは。作者のMIZUNAです。

この度は『やり込んだ乙女ゲームの悪役モブですが、断罪は嫌なので真っ当に生きます4』を手に取って下さり本当にありがとうございます。また、この場をお借りして作品に関わって下さった皆様へ御礼申し上げます。支えてくれた家族、TOブックス様、担当のH様、素敵な絵を描いて下さったイラストレーターのRuki様、他ネットにて応援して下さっている沢山の方々。そして、本書を手に取ってくれた皆様、本当にありがとうございました。

本作は今回の書籍にて四巻目となりますが、ありがたいことに次巻である五巻も刊行が決まっています。四巻の発売日が二〇二三年六月十日ですから、順調に進んでいれば五巻の書籍作業は一段落していることでしょう。もしそうでないなら、きっと執筆に追われて大変なことになっているはず……。

まぁ、それは置いといて、四巻においては『製炭』についての話がありました。実は現代社会の日本においても、家庭で調理や湯沸かしに使用する燃料が電気やガスに変わったのは比較的最近のことです。日本では一九五〇年頃の木炭生産量は、年間で約二〇〇万トンを記録していたそうです。さらにその頃では、国が木炭に対して公定価格を設定。国民に木炭が行き渡るようにも配慮していたようですね。このことからもわかるように、二〇二三年の現在から振り返ると約七三年前は家庭で火を使用するために必要な燃料は一般的に『木炭』だったんです。

そう考えると、電気、ガス、石油燃料も普及していない本作の世界において、木炭を持続的に生産できる仕組みを構築したことはすごいことでしょう。リッドは後の時代で教科書に名前が載るかもしれません。本人は嫌がりそうですけど。

なお『木炭』には意外なメリットがあります。それは、薪と比べると非常に軽いことです。薪は木炭と違い水分を始めとした様々な物質があるので重い……つまり、輸送に適していません。現代社会で考えれば『車』という素晴らしい輸送方法がありますが、リッドの世界では荷車を人力で引くか、馬車で輸送するしかないでしょう。そうなると、水分などを含んだ『重い木』は輸送効率が悪いということは想像に難くありません。故に、現実社会の過去においても製炭作業を行う場所は、『山の中』や『山付近』が多かったみたいですね。木炭にするために伐採した木はすぐに製炭。軽くしてから運んでしまえ、ということだったんでしょう。先人達の知恵と工夫は素晴らしいですね。

さて、話を物語の本編に戻します。作中でも触れましたが、ドワーフのエレンやアレックスが作成する武具には様々な経費が発生していました。当然、燃料代もあったことでしょう。

しかし、リッドが木炭の大量生産に成功したいま、きっと二人は喜び勇んで木炭を燃やして依頼された武具製作をしているはずです。おそらく、すっごいハイテンションでニヤニヤしながら火を焚いて、加工作業を楽しんでいることでしょう。是非、そんなエレンやアレックスの姿も想像して楽しんで頂ければ幸いです。

それでは、また皆様と五巻でお会いできることを楽しみにしております。最後までご愛読いただきありがとうございました。

さぁ、授業を始めます
統べよ!
いざ、領地大改革で家族を守れ!
"型破りな腹黒神童"の
ハートフル家族再創造計画 第5弾!

マインとして
ローゼマインとして
ドラマCD10
同時発売！
詳しくは原作公式HPへ
tobooks.jp/booklove

大切な記憶へ
愛する者達へ
本好きの下剋上
司書になるためには
手段を選んでいられません
第五部　女神の化身XII
香月美夜
miya kazuki
イラスト：椎名 優
you shiina
第五部ついに完
2023年

恋を賭けた――
乗馬大会（ミーアピック）が始まる！

…って、いろいろ想定外ですわ！
ミーアさまぁ…！
ティアムーン帝国物語XIV
断頭台から始まる、姫の転生逆転ストーリー
2023年秋発売！
Tearmoon Empire Story
餅月望——著
Gilse——イラスト
ドラマCD第2弾
好評発売中！

小説
第14巻
2023年 秋
発売!
シリーズ累計
120万部
突破!
(紙+電子)
TVアニメ放送開始!
帝国物語
餅月 望——著
Gilse——イラスト
式HPへ!
原作HP
TVアニメHP

Comics
ティアムーン帝国物語
ティアムーン帝国物語
ティアムーン帝国物語
ティアムーン帝国物語
ティアムーン帝国物語
コミックス
第7巻
2023年 秋
発売！
漫画：杜乃ミズ
2023年10月より
MBS・TOKYO MX・BS11にて
ティアムーン
断頭台から始まる、
姫の転生逆転ストーリー
詳しくは公

メへ
陣!
東京ほかにて
メ放送開始!
発売!
おかしな
転生
XXIV
著
古流 望
NOZOMU KORYU
イラスト
珠梨やすゆき
YASUYUKI SYURI

原作小説
TVアニ
いざ出
2023年7月よりテ
TV
2023年7月10日、㉔巻

やり込んだ乙女ゲームの悪役モブですが、断罪は嫌なので真っ当に生きます4

2023年7月1日　第1刷発行

著　者　MIZUNA

発行者　本田武市

発行所　TOブックス
〒150-0002
東京都渋谷区渋谷三丁目1番1号　PMO渋谷Ⅱ　11階
TEL 0120-933-772（営業フリーダイヤル）
FAX 050-3156-0508

印刷・製本　中央精版印刷株式会社

ISBN978-4-86699-858-9